百年中国新诗编年

第九分册

1996-2005

主编：张清华　　分册主编：刘　波

山東文藝出版社

序

刘 波

新旧世纪之交，是本卷基本的时间架构，也生成了诗歌的独特景观。

如果按照文学运动的规律看，1990 年代的后期注定是一个孕育着新变的时期，但是“世纪末”作为一种文化精神，自然也带着某种颓圮的意味。确乎，在这个时间里，诗歌的写作无论从哪方面看，都呈现了一种疲软之态。所谓的“九十年代诗歌”，其核心美学，无论是“个体诗学”还是“知识分子写作”，都渐渐失去了其原有的针对性与方向感，随着社会生活渐趋去中心化，也不再有鲜明的文化属性与先锋意义。

因此，1990 年代后期注定是一个常态化的写作时期，具有标志意义的写作渐渐稀薄，一代新人尚未登台。与其说是“世纪末”，还不如说是世纪之交的“前夜”，因为前夜意味着平静与深沉，有沉睡的意味，而世纪末则有风云激荡或者山雨欲来的气象。

如果试图分析一下这个时期的状况，首先会发现诗人的文化身份出现了微妙变化。1990 年代前半叶，诗人承受着来自社会、文化、经济各方面的压力，那时他们以俄罗斯白银时代的诗人自比，或以海子式的文化英雄自况，都是有理由的；他们以悲情的眼光超然于历史之上，或是扮演着被世俗和消费的魔鬼所围困的末路之人的角色，都显得理所应当。因此，他们的写作中也投射出大历史的背景，带着英雄主义的气质。但随着时间的流逝，所有这些文化的压力都在渐渐消散，生存的场域由政治性的公共空间，转换为咖啡馆、快餐店、卡拉 OK 这样的消费场所，以及书斋与茶叙的私人场所，因而写作意义的承载，也逐渐狭窄化，失去了根基。某种程度上，诗人的文化身份，正如美国文化批评家丹尼尔·贝尔所说，正在迅速地“中产阶级化”。

这一时期的诗歌格局还形成了“中心”与“外省”的对比。由于中外交流逐渐频密，居于北京的诗人在国际化的交往中渐渐占据了优势。一些本来居于外省的写作者也逐渐汇聚到北京，或者以北京为中心，形成了一个类似“知识分子写作”的群落或阵营。所谓“知识分子写作”，最初是由欧阳江河等诗人提出的，其意在提醒一种写作身份，但在 1990 年代后期，他们逐渐变成了一种优势，一种在传播条件上的便利。这样，一些外省的写作者就意识到了他们所处的不利局面，开始通过强化其自身的“口语”和“民间”属性，来获取相对优势。

这就是所谓“盘峰论争”的背景。

1999 年春，由北京作协、《诗探索》编辑部等单位发起的“世纪之交：中国诗歌创作态势与理论建设研讨会”，在北京平谷盘峰宾馆举行。这场会议邀请了近五十位有重要影响的批评家和诗人参加。会上，持不同观点的诗人大体形成了“知识分子写作”与“民间写作”两个阵营，在会后，他们又分别组织了文字的论争，史称“盘峰论争”。

盘峰论争是 1990 年代诗歌在观念上持续分化的结果，但这一分化其实从 1986 年“第三代”登场时就开始了。现代诗“大展”虽然门派达到七八十家，但是核心的和有影响的却只有两派，即主智的一派和平民主义的一派。前者主要有“整体主义”“非非主义”“新传统主义”等，后者主要有“他们”“莽汉主义”“大学生诗派”等。他们分别代表了主张知性写作、深度建构的向度，与主张平权、书写日常生活的向度。这两派在1990年代逐渐融汇，写作立场也渐次分化清晰，演变成了两个阵营。

双方论争的态度至为激烈，但真正的分歧却并不大，只是风格与路径的差异而已。事实上在民间和口语派中，也不乏有知识分子精神的诗人，像韩东和于坚，他们虽历来属口语化的风格，但其写作却始终与当代文化思潮保持着密切而敏感的互动关系；在知识分子写作的一脉中，也不乏张曙光和孙文波这种十分具有“平民感”的成员。如果说真的有什么尖锐冲突的话，那么主要是在经典化和国际化过程中，有“获益不均”的情况，因为写作的起点是接近的，而客观上的诸多原因却导致了他们影响力的差异。

然而盘峰论争的意义，却远远超出了论争本身，它给当代诗歌注入了新的活力，使得原来近乎一潭死水的局面被重新激活，由此诗歌在进一步的诗学定位和自我认同中，进行着分化和重组。同时它也带给新一代写作者激励和孵化的可能。

由此诗歌界进入了持续数年的活跃期。首先，2000年前后，号称“70后”的新人开始登台，并且迅速占领了大片的诗歌版图；其次，网络世界开始向文学空间进军，大量诗歌网站和个人主页迅即出现，“诗江湖”“诗生活”“橄榄树”“橡皮”“界限”“个”“甜卡车”“终点”“唐”都成为发表诗歌和登载言论的平台；最后，一批新的民刊相继诞生，像《扬子鳄》《下半身》《诗歌与人》《小杂志》《或者诗歌》《外省》《界限》《阵地》《自行车》《东北亚》《偏移》《漆》《葵》等，这些民刊成为诗歌新势力得以展示的新空间。这三大因素给诗歌带来的新资源、新动力与新空间，极大地激发了诗界的活力，使其重现了多年未有的热闹景象。

在环境等诸多写作的外部条件中，最值得重视的是两点：一是世纪之交的节日氛围，还有网络新媒体赋予写作者的“狂欢”心态。这对主体而言，是一种新的境遇，因为在最初，网络世界的主体具有类似隐身的性质，言论的发表不会面临严格的技术限制，所以产生了假面舞会一般的效果，说话人在身份不明的情况下，难免有刻意的戏谑与放纵。二是由上述情形决定，诗歌写作中的娱乐化倾向变得日益明显，网络传播会导致写作者蹿红，这是传统的成长方式所无法实现的，对诗人的诱惑也很大。

在新世纪最初的几年中，写作现象可谓层出不穷。首先是“70后”的亮相及其新美学的诞生。关于70后，按照诗人朵渔的说法，大概有四类：第一部分是“起点很高的口语诗人：他们大都受过高等教育，这是70后诗歌写作者的主流”。第二部分是“几近天才式的诗人：他们一般没有大学背景，他们一下手就是优秀的诗篇，很本质，娘胎里带来的。这种人很少”。第三部分是“新一代‘知识分子写作者’”，是这一群体中的精英。第四部分是有中学时代写作背景的，注重发表，有官方刊物的趣味。① 显然，这批年轻人基本承接了“第三代”的写作格局，但彼此界限则相对模糊，他们的诗歌比前代更具有个人的情境感，精细而更趋微观，完全告别了宏大叙事。

美学上的粗鄙化问题是必须要指出的，这有大环境的原因。世纪之交的节日狂欢，网络世界的隐身喊话，写作的制度门槛忽然消失殆尽，这必然会致使写作出现粗鄙化的倾向。但这是从一般意义

①朵渔：《我们为所欲为的时候到了》，《诗文本》（四），自印，2001。

上来说，还有文化与美学上的原因。长期以来为各种因素所控制的写作趣味、等级观念，在浓烈的解构主义氛围中，忽然变得脆弱不堪；携着平权主义的合法性和消费时代的娱乐化诉求，浅白与刻意粗放、粗粝甚至粗俗的趣味，忽然有了合理性。于是，“下半身”“垃圾派”“低诗歌”依次登场，这些写作无疑有很大的恶作剧成分，有大量的糟粕，但在文化的意义上，却不能简单地一概否定，它们的背后所体现的，是权威与美学制度的崩解。

还有一个值得注意的现象，是所谓的“底层生存写作”。2002年5月，诗人柳冬妩的诗集《打工诗抄》问世。2005年，《文艺争鸣》杂志推出了专门的讨论栏目，由此揭开了持续数年的关于底层写作的论争，后来论争又蔓延到小说领域。论争的焦点似乎一直并不确定，赞同者多从公共伦理的角度，从诗歌写作荡开到社会问题，指出此类诗歌的意义；反对者则出于维护诗歌标准的纯粹性，对社会学视野中的分析表示不屑。但不管怎么说，打工诗歌的兴起唤起了诗歌写作介入现实与伦理担当的角色感，也使郑小琼这样最初作为女工的诗人成长起来，关键是，还唤起了人们对于社会正义的关注。

假如从现象学的角度考察，在上述历史线条之外，似乎还应该提到一个叫作“中间代”的群落。这一概念最初由诗人安琪提出，2004年海峡文艺出版社推出了《中间代诗全集》（上下卷），主编为安琪、远村、黄礼孩。以此为契机，一批出生于1960年代中后期的诗人，所谓“历史的迟到者”，终于可以会聚到一面旗帜之下。像臧棣、西渡、伊沙、桑克、侯马、余怒、安琪、寒烟等世纪之交逐渐成长起来的诗人，早已成为先锋诗坛的重要力量，在当代诗歌及美学上也标立了新的疆界，理当在经典化的过程中不被忽略。所以，尽管概念或许是权宜之计，但作用还是显现了。

本卷所编选的是1996年至2005年间重要的或是具有“痕迹意义”的作品。前半部分是以在1990年代坚守下来的“第三代”诗人的诗作为主体，后半部分则是以世纪之交崛起于诗坛的“中间代”诗人以及“70后”诗人的作品为主，力求动态地体现新千年到来之际诗歌写作的壮观的新格局。

目录

1996年

1997年

1998 年

1999年

2000年

2001年

2002 年

2004 年

2005年

1996年

敦煌十四行

叶舟

那秃头歌王黎明将尽时死去。
秋深了，十二张黄昏的豹皮把天空吹凉。

旧日的奶桶挂在心上人脸上。
萨黛特，一个牧主的女儿如今失去了荣光。

羊圈里走失的花朵是一架马骨。
门开启，一万根鞭子将井底照耀。

一双旧靴子分头寻找母羊。
小叶，敦煌如刀，七颗星座长眠山冈。

帕米尔之歌，三只筐子运来的水上屋梁。
迷途难返的人，对幼马高叫："阳光太高——"

就在路上，经幡们把石头吹凉。
三个喇叭犹如处女，梦见，脊梁发光。

深夜如窟，埋下头颅的大水走向新娘。

一段美丽的清贫，使大雁回归，这神伤的北方。

1996 年

选自《中国诗歌》1996 年第 1 辑，后收入叶舟诗集《大敦煌》，敦煌文艺出版社 2000 年 5 月版，诗人后来有改动

美好的日子

韩东

美好的日子里，吹来了一阵风
像春风一样和煦，它就是春天的风
还有温暖的阳光，一起改变了我
使我柔软、善良，迷失了坚定的方向

严酷的思想产生于寒冷的季节
平静的水面凝成自我的坚冰
大街上我感到眼眶潮湿
灵魂的融化已经开始

像河蚌从它的铠甲里探身出来
我变得这样渺小、低等，几近于草木
一阵春风的吹拂下我就像我的躯壳
我爱另一些躯壳——美丽的躯壳

1996 年 2 月 29 日

选自程光炜编选《岁月的遗照——当代诗歌精品》，社会科学文献出版社 1998 年 2 月版，后收入韩东著《韩东的诗》，江苏文艺出版社 2015 年 1 月版

在傍晚落日的红色光辉中

孙文波

在傍晚落日的红色光辉中，我们
的想象开始启动。一个比喻是这样产生的：
城市，巨大的狩猎场，在其中活动着
最让人胆战心惊的猎手。不！
或许这样的想象仍然不够生动；
城市，一只老虎的胃，可以吞食任何东西。
而另一个想象，却萎缩了，它不敢
在这时出现。因为它涉及一个人的
隐私。它把一个女人想象成一只豹子，
在贪婪地侵吞别人的情感。(啊！女人，
她们怎么会答应这样的比喻？)
我们的想象在这时只有带着自己出走，
去远方。哦，远方，什么样的远方才算得上远？
地球的另一面？迢遥的星外系？还是
一个虚构出来的地方？说起来，
虚构应该是我们的天职，我们的前辈们，
不但虚构出了一个伟大的天堂，
而且还虚构出了我们可能的来世。
但我们当然不能像他们一样，步他们的后尘。
我们的虚构应该更加宏大，它可以
给予一只鸟人的灵魂，给予一块石头

飞翔的能力，给予一朵花在火焰中盛开的特性。
它还可以使太阳不落下去，使风雨不来，
使什么时候需要黑暗就让黑暗降临。
不过，我们不会虚构出这样的场景：
一个活着的人突然进入死者的国度中，
目睹到死者在另一个世界的痛苦。
或者总是一种善与一种恶在较量。
我们的虚构将尽力抹去这一切，为自已
呈现一个不存在这一切的远方：而
这远方给予我们的是什么呢？给予
我们的是站在傍晚落日的红色光辉中，
突然地，心灵升起一种巨大的感动……对远方。

1996 年 3 月 13 日

选自孙文波著《地图上的旅行——孙文波诗选》，改革出版社 1997 年 3 月版

多么冷静

韩东

多么冷静
我有时也为之悲伤不已
一个人的远离
另一个的死
离开我们的两种方式
破坏我们感情生活的圆满性，一些

相对而言的歧途
是他们理解的归宿
只是，他们的名字遗落在我们中间
像这个春天必然的降临

1996 年 3 月 24 日

选自程光炜编选《岁月的遗照——当代诗歌精品》，社会科学文献出版社 1998 年 2 月版，后收入韩东著《韩东的诗》，江苏文艺出版社 2015 年 1 月版

电话

杨克

一

磁性的音色，像黑鳗从远处朝我游来
软体的鱼，带电的动物
一遍遍缠绕我的神经
你我是看不见的，有谁能看得见呢？
在感觉的遮蔽中，我们互相抵达
声音的接触丝丝入扣

嘴唇的花瓣，瞬间盛开和凋谢
狭窄的通道，一个岩洞的形状
语码进入耳廓。彼此
是对方急切寻找的向度和出口

表达从这一段躯体出发
在被告知的另一段躯体的内部消失
牙齿的闪电，淹没在黑暗的肉体里

二

电话是交流的怪物。是一道
可以随手打开的对话之门
任意阉割空间，消解语言的隐喻
迅捷把人带进精心布置的虚假场景
电荷漫游，声频信号转换
话语的遭遇其实是双料错觉
宣讲和倾听构成紧张对抗
叙事缝隙转瞬即逝
沟通隔绝的不是导线，它只是渡过方式
心有灵犀千千结
经纬的两端，灵与肉同步感应的震颤

生命的全息符号不断透析而来
像蜥蜴在草丛中来回窜动
无限膨胀的听觉空间虎虎有声
迷失于话语事件中不能自拔
渴望气息与爱情纠缠不已

三

什么也没“听”见，什么也没“说”出
爱是无底的沦陷，热流传递
我们完全打开五官，进入迷狂状态
眩晕和笑意双向投射
谁也无法拒绝别人的口水污染自己
当“自我”和“他者”互涵
倾诉和聆听合一
电流的“滋滋”声中，灵魂出窍
通灵的现代巫师
咚咚跳动的心不由自主地大声唱起歌来

一次短暂的通话就是一次终生的相遇

1996年3月24日

选自杨克主编《90年代实力诗人选》，漓江出版社1999年5月版，后收入杨克著《杨克的诗》，人民文学出版社2015年2月版

尤金，雪

王家新

雪在窗外愈下愈急。
在一个童话似的世界里不能没有雪。

第二天醒来，你会看到松鼠在雪枝间蹦跳，
邻居的雪人也将向你伸出拇指，
一场雪仗也许会在你和儿子之间进行，
然而，这一切都不会成为你写诗的理由，
除了雪降带来的寂静。
一个在深夜写作的人，
他必须在大雪充满世界之前
找到他的词根；
他还必须在词中跋涉，以靠近
那扇唯一的永不封冻的窗户，
然后是雪，雪，雪。

1996年3月

选自王家新著《游动悬崖》，湖南文艺出版社1997年8月版

保罗之雨天书

西渡

1

雨水、阳光和空气是我们无法
加以拒绝的三件事物。雨敲击
上帝的尖顶和低矮的屋檐，无休无止
唤醒沉睡的肉体，犹如我们自身
的病痛。春雨绵绵下到我们的

肉体中，也湿润了上帝的倾听
农家檐下一夜之间开齐桃花，在上帝
和我们的体内也经历了同样的变化

2

在淅沥的雨声中，一个沉睡的人
分不清他所置身的是傍晚还是
黎明，他同样难以分清梦中的道路
是向上通往天堂，还是向下直入
地狱，但更像地狱，他的下部像
土豆在绝望的空气里发芽，但他
仍然难以分清他对生活的感情是爱
还是恨，是遗世独立，还是孤单地被遗弃

3

一个在春夜里专注于听雨的失眠者
像我，会发现雨是从我们体内
下到空气中的，仿佛我们伏着身子
在密密麻麻的瓦垄间专心排卵
一枚避雷针像一支坚挺的阴茎
噢，孤独的夜晚，但仍然是湿润的夜晚
我们用全部的谦卑期待这个时刻
无所顾忌地把我们散布到上帝的荒淫中

4

需要有一次深夜的出走，并且
最好选择雨夜，需要重新变得一无所有
为了理解我们尚未理解的，为了
重温我们正在失去的肉体的魅力
雨掏出了一个正在剔牙的百万富翁
的口供，此刻他需要重新回到
饥饿，回到厨房的食物中，那里
他将变成一条鱼，感受到风雨的威胁

5

在漆黑的夜晚，雨落在城市的心脏
落在巨幅的霓虹灯广告牌上，也
落在城郊的麦地和海滨的别墅
雨落在广大的乡村，也落在太行山脉
的群山之上。雨落在群山中一只
迟暮的老虎背上，它身上的光芒
暗哑，唯有眼睛警惕地闪着饥饿的绿火
在广大的睡梦之上，饥饿守着乡村之夜

6

黑暗迅速降临，仿佛上帝在我们

头顶搬运一系列山脉，仿佛一列火车
碾过钢轨痉挛的手指——伸出手掌
我们将握拢十足的惊恐。在乡村
黑暗的年头再一次降临，丧歌的气氛
更加沮丧，麦子绝望地发芽，雨漏进
发霉的心，发霉的教室，发霉的乌篷船
发霉的炊烟像诺亚手中惊慌出逃的鸽子

7

门户不严的人家不喜欢下雨
有病人的人家不喜欢下雨
出殡的人家、嫁女儿的人家
不喜欢下雨，出海的人家不喜欢
下雨。忧心忡忡的家长半夜起身
噢，好天气会同样给生者和死者
带来好运道。而厌倦生活的人在雨中
磨亮纯银的箭镞，走上了反叛之路

8

让我们在雨中高唱一曲反叛之歌
沮丧之歌、厌倦和颓废之歌
疲乏的雨呵，犹如高烧的前额
苍白、滚烫、悸动着，陷入昏迷
噢，细胞的狂欢，神秘的顿悟！

私奔的神经冲出了意识的领地，马匹
甩下了骑手。停一停吧，我的爱人
我的兄弟，救救这无可挽回的倾颓！

9

雨落在瓜田里变成了瓜
雨落在橙子林里变成了橙子
雨落在广大的乡村变成了
麦子，雨落在少女的梦境里
变成了初恋，雨落在思考者
的漫步里，变成了苦涩的智慧
雨落在不孕的城里充满敌意
雨落在我的诗里变成了晦涩的词语

10

在漫长的雨季里有人喜欢
摆一盘棋，有人喜欢骑上
逡巡不前的毛驴寻亲访友
“细雨骑驴入剑门。”有人则习惯
在雨中作出重大的决定：威灵顿公爵
用泥泞拖垮了拿破仑，越南人
用同样的方法把美国人赶出了
红色支那，而孤独的人喜欢
在雨中蒙头大睡，彻底取消

白天，好像回到出生以前的日子

11

我梦见过另一种雨，不同于
以往的每一场雨。窗框停止惊惶
拍打，风声从飒然到寂静
雨燕的翅膀在我们额头的高度
撞开充血的产道，犹如思想的悸动
强行把我们嵌入盛大的仪仗行列——
大地紧张地弯曲着，仿佛等待从云层里
接生出一匹供新时代骑乘的骏马

12

为了迎接第一滴雨，我愿是一支
静穆的天线，在百货大楼的顶端
我愿是一张琴，在我的弦上呼应
它愤怒的叫喊，我愿是一块泥巴
在它的爱抚中瓦解了自身，我愿是
一棵树，在荒野中孤单地跳舞
为了承受它暴戾的打击，上帝啊
我请求你把我变成一片乡村的屋顶

1996 年 4 月

选自西渡《雪景中的柏拉图》，文化艺术出版社 1998 年 3 月版

未名湖

臧棣

虚拟的热情无法阻止它的封冻。
在冬天，它是北京的一座滑冰场，
一种不设防的公共场所：
向爱情的学院派习作敞开。

他们成双的躯体光滑，但仍然
比不上它。它是他们进入
生活前的最后一个幻想的句号，
有纯洁到无悔的气质。

它的四周有一些严肃的垂柳：
有的已绿荫密布，有的还不如
一年读过的书所垒积的高度。
它是一面镜子，却不能被

挂在房间里。它是一种仪式中
盛满的器皿所溢出的汁液；据晚报
报道：对信仰的胃病有特殊的疗效。
它禁止游泳；尽管在附近，

书籍被比喻成海洋。毋庸讳言

它是一片狭窄的水域，并因此缩短了
彼岸和此岸的距离。从远方传来的
声响，听上去像湖对岸的低年级女生

用她的大舌头朗诵不朽的雪莱。
它是我们时代的变形记的扉页插图：
犹如正视某些问题的一只独眼，
另一只为穷尽烦琐的知识已经失明。

1996年4月

选自臧棣《燕园纪事》，文化艺术出版社1998年3月版

节奏中的永远

邹静之

永远，一个孩子说着，他说永远
他对草和飞鸟说，他说
像庄严的独裁者，他说永远
把手指向山，太阳，河流
他说永远，那语言多么简短
他说，使衰草也盼望命名

永远，他说火焰和贴近的手掌
红色的丝线缠绕着血脉
他拢起手向远处呼喊

通知驿马把这个词寄给他爱的人
永远——黑体字，鲜明。是永远
他指出星星，把黑夜也包括进来

他只用一根手指说永远，他说
点铁成金。说永远，多少人等到这天
用金子的唾液，钢花四溅，永远
他说，像套马的骑手，指向天边
在坟场人群起立，永远
他们说，请把死再一次关闭

永远，他掌握了这个词，一个孩子
说着，像剧院的守门人使世界对立
他说，永远，轻声地说，永远
辉煌的事物就枯萎，在秋天
永远，伟大的卡拉斯在清唱，永远
那个孩子，他说，啊永远

只用一根手指，他说，啊！永远
指着土地庄稼还有朴素的旅葵，永远
他们开始敲打，我们就哭泣
你们宣誓，某些人沉默不语
永远永远，永永远远，巨大的歌咏
放弃了铁锹，怀中的恋人和钱币，
啊是这样

永远，说着唱着，他们歌咏永远
那个孩子进入睡眠

选自《五台山》1996年第6期

高速公路

沈天鸿

现在，所有经过自然选择的车辆
都来到高速公路
这是现在，然后和后来的道路
不能停顿，不能低于最低时速
坚决地，不必要警察监督地
向前，向前，就像无法减慢
无法取代的
这个时代的生活

无穷无尽，汽车变得越来越小
它迎着时间
在时间里面加上汽油
它歌唱，或者它喘息
红色、白色、黄色或绿色
一闪而过，连轮胎的辙印
也一点不留

高速公路把一切都高速化了
除了天空，除了音乐
已没有什么能够不在
速度中漂浮，就像
一架飞机，在跑道与天空之间
艺术地，但也是不得不持续地
奔跑

1996 年 6 月 8 日

选自《人民文学》1997 年第 3 期

铁路新村

孙文波

没有谁能够从它坚实的俄式建筑中看到
旧时代的阴影。一代人的梦境却从这里开始。
如今，当我站在院子中，回首童年，
一切那么遥远，像从月亮到地球的
距离。哦，我的母亲，已度过她生命
的黄金岁月，成为一个衰弱的老人。
而唯有那些桉树长得更高更粗，枝叶遮天。

我的姊妹，从可爱的姑娘长成愚蠢的女人，
势利地打量着世界；我的同伴们，在
商海里游泳。而我却为文字所惑，

在文字的迷宫里摸索。但我的笔却写不出
一个人失去的生活；我无法像潜水员
在时间的深处打捞丧失的记忆。我
曾经是什么样的少年？站在这个地方……

因此我必须说说我的邻居，患肺痨和肝硬化的老人，
尽管自己病魔缠身，仍哺养着死去兄弟的
四个孩子。一度，他是我精神的导师。他坐在
院子中央的姿态对我的吸引力就像
工蜂被花蕊吸引。他的死对我是一个故事
的结束。妻子改嫁，儿女四散。我
已经连他的相貌也记不起来。他成了幽灵。

还有他，一个资产阶级的孝子贤孙，
革命的敌人，他的知识曾经令我着迷。
我羡慕他拥有的书籍。对他突然
在一个夏日被五花大绑带到大街上游行，
惊怵不已；阳光下他的形象就如同
一只离开水的虾子。他是一只虾子吗？
我受到的教育说他是，但我的情感却在说：不。

还有他，我模仿过的人，他的年龄让我
一直自卑。我把他看作伟大侠士的化身，
追随他是我的愿望。但他总是对我不屑一顾，
除非我遵从他的话行事：一个时期，
他说向东，我就向东，他说向西，

我就向西。但他的消失对于我一直是
神秘的。他去了哪里？成为我终身的疑问。

只有她，形象一直没有变化。她仍然
以九岁的模样出现在我面前；一只蝴蝶，
一头健壮的牝鹿。以至于我只能将她
看作时间中的女妖精。她的魔法
太大了。我想过消除，却没能消除。
而如果要我承认这就是爱情，我
的确不愿意。我更愿意看见一个人逐渐老去。

但我又怎么能够不谈他呢？他，
一个家庭中的宠儿，与我作对的“敌人”。
他总是挥舞着拳头向我炫耀。而我
只能在想象中将他打倒在地。在我的
大脑中他死去过上千次，一次
比一次惨。就是他，给我提出了一生
都在解决的难题：人，怎么才能消除仇恨？

而梦境：一个褐石雕刻的华表。梦境：
幽暗的圣殿。梦境：通往另 个世界的道路。
使我不能以虚构来述说真实的存在。我
无法说出我以不谙世事的目光窥视着生活，
并懂得了它的意义。我只能说：那是
风暴的年代，仇恨像扬起的尘土一样。
我听到过枪声和诅咒声，它们使人夜半醒来。

是的。一切都只能在梦境中回来：如今
我站在院中的大桉树下。我就像一个严重的
精神分裂症患者，望着灰色的楼房：
窄长的窗户，失去门扇的大门。我看见
走出来的都不是我愿望中的人。时间，
已改变了这里的面貌。我看见的
是另一些人：孩子们在院中奔跑的身影。

1996 年 7 月 25 日

选自孙文波著《地图上的旅行——孙文波诗选》，改革出版社 1997 年 3 月版

种猪走在乡间路上

侯马

阳光
这一杯淡糖水
洒在冬日的原野
种猪走在乡间的路上

它去另一个村庄
忙
种猪远近闻名
子孙遍布三乡

这乡间古老的职业
光荣属于种猪
羞耻属于种猪

而养猪人
爱看戏的汉子
腰里吊着钱袋
紧跟种猪的步伐

自认为与种猪有着默契
他把鞭子掖在身后
在得钱的时候
养猪人也得到了别的

一个人永难真正懂得
种猪的生活
养猪人又是欢喜
又是惶恐疑惑

这时一辆卡车
爬过乡间土路
种猪在它的油箱上
顺便吻了一下

选自《天涯》1996 年第 4 期

雪

欧阳江河

1

雪深深落下
雪落下因为到达了某个平面：不仅在纸上。
一些消除了见解的神秘读音萦绕不散，
词与事物的接触立即融化了。

这些害羞的点滴，没有从乡愁溢出。
器皿对器皿是多么软弱。词也是软弱的。
眼前这片景色像桌布一样抖动。

雪落下是为了另一种心情，多年之后
我感到寒冷，但不是恰在那个时刻。
桌子在远处：请拿掉面包和酒。

2

雪在人群中寻找被脚跟抹去的痕迹
脚趾从胸脯取得了温暖，至于嘴唇
让它贴近第二类自然的阴影吧。

散步者的天空在气象消息中持续下降，
电梯和水银交替上升到心灵的刻度，
宽衣解带的美，朝摩天楼屏息一吹。

你以为停泊在天空中的自行车
会和双脚一起落地吗？穿上你的鞋子，
这是脆弱、孤立的片刻，玛利亚。

3

空气和视野因雪的亮度而显得干燥，
生殖力埋入花园。词语造成的人
有着想象中豹子的前额，铁擦亮了铁。

我置身于各种器官之间比例的崩溃。
肉体走出肉体传递过来的精神音乐，
由于相互不能打听的原貌而被修饰，被扰乱。

幼兽的美丽犄角慢慢爬到人类身上。
花纹和香气的丧失在一枚徽章里重现，
正如明信片上的风景显示出金钱的本色。

4

竖起的衬衣领子并不意味着闲暇。
某种被注意到的内心变化在客厅里

空出一张椅子，我把它搬到厨房。

雪像卷舌音一样弯曲，像括号
少于自身的一半。在从不下雪的南方，
土地每种植两年就要荒废两年。

把生活欠下的交给美去偿还吧。
总有一些亡魂试着从言辞挣脱出来，
透过本地人的目光和异乡人的对视。

5

因为是从取景器向四周眺望，雪和雪
隔着一些栏杆，台阶，门牌号码，
夏天的音乐会隔着黑白琴键的排列。

对于眼前这些雪，真的有过夏天吗？
裙子里的腰从有力的搂抱消失了，
你伸出的是手套里的手，玛利亚，

夏天你去看母亲，汽车向西行驶。
冒烟的雪，从排气管爬上天空，
苦闷的热带扑面而来。

6

为什么是落到底片上的雪打动了我，
而不是落到镜子里的雪，
那些胭脂尚存、睫毛上、嘴唇上的雪？

因为雪在纸上是颤抖的，
是从书写的清晰度产生出来的茫然目光，
在人群中望着我，不提任何要求？

或者因为泪水中的墨水过于强烈，
几乎有些昏厥？钻石最终将闪耀出来，
把我已经写下的涂掉，撕掉，忘掉。

7

取景器深处的雪并没有真的落下。
仅有一些难以辨认的读音，笔迹，脚印，
与手纺袜子的泥土味混在一起。

一个动词的空间快速滑向药片，
高级文体的混合缺少一滴眼泪。
预先就注定无眠的眼睛是闭上的。

按下快门：人站在梦境中看雪落下，

醒来时赤裸着身体晒太阳。
如果没有风景，地球将空无一人。

8

行将消失的地点，几根简单的平行线
穿过公园里的长椅子，仿佛旧时代的甜蜜生活
可以无限延长，词的奇境来得太晚。

雪助人忘却，但被推迟到老年。
钥匙和电话将屈从于毫不动心的蜡，
墨水是踉跄的，泪水是狂野的。

到处是公用电话和邮政信箱。
我看见一些精确的、彼此卡住的零件。
词所缺少的只是词，这正是哀愁之所在。

9

一群无可救药的唯美主义者，
依靠对虚构事物的信赖推动生活，
以毁容的激情走上表演。

如果没有舞台，雪还会落下来吗？
有时候，政治比芭蕾有更多的鞠躬，
但永远不可能像芭蕾那样踮起足尖。

雪落下因为我预先感到它要落下。
玛利亚，告诉我雪是怎样变成黑色的，
你给了它一个理发师，却不让它有头发。

10

我忘记了这是在布景里看雪落下。
我的处境，以及植物般的亚裔外貌，
被暗中移植到好莱坞的艳俗风景中。

雪在一万英尺的胶片上只落下一半，
电影票递到我们每个人的手中，
但是，天堂的电影院在哪里呢？

这是两小时的美国梦：
上帝的美丽女儿有着魔鬼的身材，
男主人公像死者一样刀枪不入。

11

怎样的雪停留在亡灵的高度上？
词与物的片刻接触产生了分离的正面，
隐身人从一闪不见的阳光往回看——

在这些连续到来的马的替身中，

我无法插进一个棋局，以便认出
少数人的王后，马在无底的棋盘上急驰——

少到不能再少的构词法迷住了我。
雪小得像针眼，王后的头颅便穿了过去，
身体却留下不走：这始终是个谜。

12

过去像某种威胁那样存在着。
玛利亚，整个冬天我们在吃鳕鱼，
但到了夏季，依然不能在水底飞翔。

火焰的肺没有学会用灭火器呼吸，
尽管暴风雪像鱼身上的碎片，
闪耀着工业化的马赛克天空。

计划经济的婚姻像纪念碑一样耸立，
鱼子酱从另一种现实邮寄过来，
敲门声远在长途电话的另一端。

13

时间在角色分配中放进一道减法。
如何从南中国的一个荒凉小镇，
看待曼哈顿上空这些美丽的雪？

两个完全不同的世界擦身而过。
曼哈顿是天堂，如果只在那里待一天，
如果途径它去另一地。

没有曼哈顿，另一地也并不存在。
当我从生命之半的旅途回过头来，
生活已无力回到它的本来面目。

14

我被告知雪最迷人的是它的迁移自由。
但是雪能在南方植物中扎下根子，
展开它的角度，它热烈的对立面吗？

事物的公正性深深植根于本地口音。
对于短促的句子，灯还不够亮。
不要把旧日子像灯一样关掉，玛利亚。

人积蓄泪水是为了看不见的欢乐。
要了解这些眼泪，必须在别的泪水中
找到一滴墨水：它毫无用处。

15

乌鸦和蝴蝶从墨水瓶溢出，

墨水在乌鸦身上站着，放弃了公众的雪，
而更多的蝴蝶被强加给一只蝴蝶。

从乌鸦与蝴蝶的差异去分享个别的雪，
就能分享一个间谍：他的朋友，
他的美学敌人，耳朵中的聋子耳朵，

以及那些零花钱。蝴蝶的最后崩溃
在档案中留下许多乌鸦的眼睛，
我从中看到黑得不起变化的黑。

16

现在，是那听不见的声音在为你弹奏。
暴风雨经过彻底的精神分析后
汇集到一只按钮：歌剧通向高压电。

合唱队深深压抑在胸脯里面。
孤独的女高音被封闭起来，
作为部分的、远处的雪。

雪听上去像是歌剧院深处没有嗓子。
只有假发，釉彩，面具和追光，
但没有嗓子，倾听的人单独在倾听。

17

雪将以夏天的样子被记住。
中年：一条终于松开的绳子，
双手从长满皮毛的事实缩了回来。

雪的浪漫灵魂牵涉到光线的变化，
哦雪，巴洛克风景的崇高闪烁，
肖像从肖像吹拂过去，词回到词。

玛利亚，随着词的改变
我们也改变着自己的肉体。
事实变轻了，词却取得了重量。

18

雪不一定在生前落下，也不一定在故乡。
我已用尽了从怀乡病汲取的力量，
没有一条路通向真正安宁的书房。

眼前这些雪处于另一片景色的显现
或消退之中。事物与心灵保持接触。
我在雪人的行列中举起零的面孔。

只有在死后重新落下的雪才会传开。

但一切都不会长久，除了落在纸上的雪，
仅一滴墨水就可以涂掉它们。

1996年9月24日

选自欧阳江河著《透过词语的玻璃——欧阳江河诗选》，改革出版社1997年3月版

雪

郑单衣

该是记忆里说来就来的
那群菜花蝶吧
绕着满园子的蜡梅枯枝乱唱
唱个没完

该是大晴天午睡时梦见过的那对
尚不会哭泣的小胖梨吧
拒绝和人分享的冻红的手指头

我的。我们的
彻夜沉醉于自身热血里的
一行行大白话的诗……而且

那蹑手蹑脚的又该是谁呢
在窗外……你？你们？

又回到我这泛着白光的日子里来
是凭记忆吗?

而且，时间的粉状物正如此肆虐地
聚于这一刻，要照亮某一天的黄昏
当我们
还是那两枝相许的出墙梅
彼此，深深深深地，在嗅着对方

1996 年秋

选自郑单衣著《夏天的翅膀——郑单衣诗集》，上海三联书店 2005 年 11 月版

暮色中的华北平原

胡续冬

暮色中的华北平原，艾蒿、煤渣
和吹鼓手的华北平原，田野的间隙里
游手好闲的人们像成熟的高粱一样
在收获之季羞愧地垂下了头颅和烟袋;
他们的后代三五成群，散布在铁路沿线，
六七岁的花朵年纪，一挥手就会在车窗上留下
辉煌的战绩，而再次砸开车窗可能会是
挈妇将雏挤进遥远的城市遥远的生计。

暮色中的华北平原，嫁鸡随鸡
和随地吐痰的华北平原，一位妇女脸上劳动的红色
正在等待另一种草率的劳动来消除，一个
年迈的考古工作者已把肿胀的挖掘之手
伸进了爱国主义的裙下殷商的子宫：啊，伟大的历史
它怎能像一根不负责任的火柴一样
一闪即灭，它怎能让一个乳臭未干的治安联防队员
手提马灯一脚踹痛了起伏的土地上呻吟的民族渊源。

暮色中的华北平原，前行的路程像一块
沿着脊骨腐烂的猪肉一样的华北平原，
现象学的蝇虻在两个深深陷入窗外的
眼窝里飞作一团：那个渺小得如同阿米巴虫的乘客
在车厢一隅蠕动着联想癖的伪肢。而当
教科书里剖腹产下的关怀以发黄
而揪心的哭声刺破了他脑中变幻的空白，他
分明看见：一只被民兵的气枪打中的雨燕
像一颗出轨的行星消失在暮色中晦暗的华北平原。

1996年10月12日

选自程光炜编选《岁月的遗照——当代诗歌精品》，社会科学文献出版社1998年2月版

小丑的花格外衣

张曙光

浓重色块的几何图形，在强烈的聚光灯下将会
变得轻盈，橙红色和橘黄色，像一个响亮的音阶
仿佛蓄意从无法分离的自身中逃逸
而微笑，在那些充满幸福预期的瞬间
自玫瑰色的嘴唇上抛出，飘浮在空气中
带着命运全部的赐予……似乎
而我也在变轻，上升，被引领到更高的境界——
但谁会为我喝彩，当幕布沉重地垂下
那一张张痴呆的脸，因惊奇而拉长的腭骨
音乐，或命运的节奏，会急遽地响起
执拗地牵动着肥大的裤腿和尖尖的皮鞋
在另一些时候，我的服装一半白色一半黑色
我的嘴角一半翘起一半下垂
球形的鼻子，鲜红，像一枚熟透的酸果
谁的手（纤细而洁白，有着淡蓝色的血管）
将在灌木丛中将它采下？
哦虚幻的场景
布景师的杰作，当我向窗外望去
广场上的树影，在十一月的天气中不安地摇动
国家剧院的灯光和招贴海报上
寒冷的雨丝落下。将会有俄狄浦斯王
或阿伽门农的故事上演，伴着合唱队的

辉煌，或古罗马剧场巍峨的圆柱？
那条伸向黑暗深处的林荫路（我记不清
法国梧桐还是桉树）将拖着我疲惫的脚步
走过肮脏的街道和打烊的店铺，走进散发出霉味的
楼梯口和窄小的房间。劣质咖啡和纸烟，或一小杯
淡红色的甜酒。毫无意义，也许……
黑暗收拢着夜的空间，像一只攥紧的拳头……
但悲剧是否是一把光的利剑
使现实流血？在另一些时候，崇高……
哦，多么生疏了的字眼！
睿智的亚里士多德在一张发黄的羊皮纸上
疾书着，身后是雅典的天空，岩石，橄榄树
以及闪动着浪花和帆影的大海……我赞美古典主义
没有可供炫弄的技巧，像那束舞台灯光
从意识的空白处升起，燃亮
生存和风景隐秘的秩序，催促着
智慧浅白色花瓣，在晨风中洒落
或结成金色的苹果——
在维纳斯的微笑中，一千只帆张开
驶向特洛伊：而海伦正漫步在城下
像苹果花一样美丽——
但英雄们死去，少女们
涂着蓝色的眼影，在大街上招摇
她们的牛仔短裙，短得像那些美好的时日
现在她们也许变老了，牙齿开始摇动
皮肤像干瘪的橘子，当美丽的外衣被

时光的手指剥去。“在我年轻的时候”
她咕囔着，“那么多的小伙子
整夜在我的阳台上弹着吉他，或发出
猫儿一样的声音。但直到现在，我才认识到
生活的真实，它那么荒诞，散发着
兰草和蛤蜊的腥味。”她是谁？我的妻子
或我的情妇？对这个时代
我能说些什么？那么多垃圾，充斥着
每一片洁净的天空和港口
或每一座舞台。一个可怕的事实，对这些
我必须报以微笑，并使之成为一幅风景
或做一个鬼脸，歌唱那过去和未来或者当今
唱给拜占庭的老爷太太听？不，历史只是
一堆肮脏的文字，在时间的风雨中变得模糊
没有人会从中挖掘出真理——
但来吧，在这制造梦幻的工厂
你会寻找到你想得到的一切。哦伟大的二十世纪
种种了不起的发明——精神分析，原子弹，焚化炉
和口服避孕药，艾滋病，流行歌曲
以及更为重要的东西——
那是我从事的职业，让人发笑，多么崇高
而神圣——如果还存在着
这类字眼，我将用我的痛苦换来你们的欢笑
狂呼，攀上快感的巅峰，因为
这是我的宿命，或我必须走的钢索
而那些曾为阿伽门农命运流泪的人们

现在因我的窘境而感到欢乐
但我会翩翩起舞吗，从堆满道具箱
化妆品和杂乱衣物的后台走出，笨拙得像一头大象
在花丛中追赶一只蝴蝶？笑声（或嘘声）也许将我抛向
一个峰谷，我的巨幅照片会在广告牌上出现
成为这个时代最精确的象征——它的下面
贴满寻人启事的医治性病的招贴广告
或每一个早晨电视机中闪烁着我的微笑
“它将伴你度过愉快的一天”
而我又是谁？福斯塔夫，或查利·卓别林？
一位大师，一位人类疾病的诊断仪
弄臣，无可救药的吸毒者，技艺高超的骗子
令人发笑的可怜虫，拙劣的推销员
销售或展示自己的愚蠢，只是为了使你们发笑
以及，跨越时空的旅行家
在历史的每一页中都会找到我——我或我的替身
我曾是想喝退潮水的君主，被宿命所驱使，向山上推着石头
然后惊奇地看着它隆隆滚落，或那个向风车挑战的疯子
人们叫他唐·吉诃德，以及烟草经纪人
或名叫阿道夫·希特勒的极端的尼采主义者
在另一个场景中，我将扮演另外不同的角色
但在强烈的光线下，我会消失吗？或变成透明的影子
展示着历史的虚无，或不仅仅是历史——
这世界到底需要什么？也许是一场闹剧——
一棵树，乡间的一条土路，一两个角色
几句干干巴巴的台词——

但我是否参加这个没有意义的盛典
像一个大人物，是否必须戴着面具
保持做梦的清醒？如果摘下我的帽子
里面能否变出雪白的鸽子？
多么荒诞，在这里我对着你们说话
或面对黑暗和一页稿纸。而谁会倾听我？
当最后一个观众离开，面对盛满空虚的剧场
疲惫潮水般向我袭来……
此刻我看见你
在梦与清醒的小径边缘徘徊
布列东与瓦雷里……你脸上的油彩抹平岁月的印迹
沉思……在那个初雪冬日淡淡的光彩中
麻雀在黑色的电线上哆嗦着
如同杂技演员在走钢索，而你走着另外的一条……
我们则从童年走过，从没有深度的历史走过……
无聊的话语……它会使我们进入一个崭新的领域
变轻，升起，越过幕布，远远抛开世俗的场景
像一只节日的气球，载着生命的沉重？或许
你快活的身姿包裹着另外一种现实，用一种惯常的姿势
表达某种更为深层的含义，含混或清晰
像年老的妓女，吃力地将肥胖的身体
塞进一条已不时髦的裙子——
海滩上，赤裸的男人们在兜售真理
那一筐筐泛着腥味的鲭鱼
在一座早已停摆的钟上，老人努力
寻找自己青春的面影，当他的船队穿过风暴

瑙西卡和巨人的岛屿，以及塞壬月光般的歌声
“那一切多么美妙，”他说，“可时间又带给我们什么
模糊的记忆，和一片巨大的虚无。”
或许那就是大海，或海岸线上的阴影
此刻正在落日中同大片的鸥鸟融在一起
汇成大自然蔚为壮观的奇景
是谁在这个蹩脚的剧本中，虚构出一切？
或为了一个金苹果或它所代表的
词语，引出特洛伊的大火和尤利西斯的历险
哦可怜的帕里斯，哦可怜的海伦
我们只是上帝的一个古怪的想法，如果还有上帝
我们只是扮演着各自的角色
遵循着自己的命运，并试图展示着永恒，但不曾注意到
脚下的流沙正在形成新的山峰
构成我们生命和历史韵律的曲线
　　但当另一道帷幕落下
幻觉和光明消失，我们不过是些陌生人
永远无法召回的流放者，没有回忆
也没有希望，哪里是我们的家园
和最后的归宿？哪里是这一切的终极？
我会找到牧猪人破敝的小屋吗？
在珀涅罗珀的花毯上，将会破译出怎样的喻义？
“哦，亲爱的桑丘，感谢你伴我做完一个个
有趣的游戏。”或者，“尊敬的尤利西斯阁下
欢迎你再来巨人岛。”而我们（是否如一些人所说）
仍然生活在一个悲剧的时代，尽管悲剧

已不复存在？只是等待，无休止的等待，像
一只手在写一封冗长的信——
“在一个夏天，我们曾在海滨相遇
在那间小木屋里，度过了一个美好的黄昏
你的嘴唇使我深深地陶醉”
或“我必须拒绝因为我不能不拒绝……”
却无法知道在等待什么——
因为没有什么会到来
时间一幅幅过时的风景画片
在桌子上散乱交叠，它漫不经心的主人
外出度假，或是赴一个约会——当门砰的一声关上
这声音显得沉闷，但并不忧郁——
但是否会有最后一个词语出现？
它将带给我们什么？一束康乃馨
或一个照相簿，记录下你过去的生活？
全部。虽然略有些发黄，模糊
盛装的你看上去仍然年轻
“哦，他可真逗。”姑娘们的赞叹从涂满唇膏的
浑圆的嘴唇中吐出。一串串气泡
浮起在水草间。或“多么可怕，他看上去
像个魔鬼。”靡菲斯特在巨大的月亮中
拖曳着长长的尾巴。现在舞台像巨大的舰只
泊入夜晚，声音如一颗颗钉子
楔入正午的黑暗，使空间延展
“我是谁？”你问，或“下一次
我将扮演什么角色？”平静的湖水

忧伤的华尔兹，黑色的树干以一个个静止的姿势
飞快得掠过六月。当月亮映着纸糊的小屋
透过窗子和岁月的栅栏，你眺望着
远处的风景，或成为风景。也许比预期的要好
在每一幕中，精心设计出爱情，谋杀
和一具具尸体，但这些
并不使人惊怖，或伤感
哦，我们是否继续用崇高
装饰着青春期的谵语
或为现实戴上月桂树的花冠?
　　我的工作（多么神圣）
只是把眼泪和叹息转化成一场喜剧：
狂喜。欢愉。如跳着斗牛士的桑巴舞
而那些公牛已被阉割，在山坡和牧场
恬然吃着青草，尾巴轻轻甩动着
驱赶着牛蝇和尘世的烦恼。或它们的皮制成
巨大的鼓，在篝火边擂响
人们环舞着，他们的手紧紧挽起
狂喜。按照来自生命深处的节奏。雨点落在他们的脸上
欢愉。他们的身体蕴含着一种超然的姿势
他们的腿交替着弯曲地抬起
成为黑暗中光明的影子——
狂喜狂喜狂喜把它们写在
天空，和每一个人的额头。远远地避开黎明
舞蹈着，向着庄严的黑暗王国——
当号角吹响，一个黑衣人在远处歌唱

狂喜。我们的队伍衬着六月黑暗的天空
雨水和雷电。拿着长柄镰刀和沙漏的主人
走在队伍的前面，弹里拉琴的人在后面紧紧跟随
“我将记下这一刻。这寂静，这暮色
这一碗草莓和牛奶，晚霞映照下的你的表情”
（安东尼俄斯·布洛克说。也许的确会是这样）
但我们能否获救？在一盏昏暗的灯泡下面
从古老的羊皮纸的图册或泉边的
蓟丛中，寻找到往昔的面影
和拯救时间的咒语？

　　此刻，四月的冰冷的雨丝
在窗玻璃上蠕动。我合上手中的书
所有的房门在风中砰然敞开——
但我们置身于一个更为狭小的空间
面对枯萎的日子和疯狂的逻辑
生活是一种艺术，抑或艺术也是一种生活，渗入一个
狂暴的历史？云在一只眼睛的虹膜中移动，或消失
尽管天空还会布满新的云
也许会下雨。那一棵棵树，只是出于偶然的机遇
在瞬间抽芽，或枯萎。我出生在一个偏僻的县城
有着狭窄的土路的破旧的店铺
和一间间低矮的茅草屋——
我祖辈的尸骨仍埋在那里
一些模糊的记忆，几幅发黄的快照
构筑成我生命早期的历史
在返回城里的公共汽车上，一只缚着绳子的鹳鸟

无精打采地啜饮着母亲（是我的）喂给它的唾液
但在中途，它终于孤立无助地死去
可怜的玩偶……在这之前，它们白色的身影
穿过平稳的气流，在清澈的水面上低低掠过
死于饥饿，抑或一种无法面对的恐惧
还有那些山雀，被父亲挂在树上的笼子捕获
一种阴险的图谋，但它们仍然欢叫着——
双重的困窘，然而你必须面对……
我的一生也许是一场辉煌的失败
啜饮着童年的伤感，仿佛喝着一罐
可口可乐。面对那些如痴如狂
（或表情麻木）的面孔，我勾画着
自己的形象，在镜子中它陌生而虚假
交换着一片嘲讽或欢愉的笑声
我将在一张白纸上写下我的诗句
或变得疯狂，像那个年老的傻瓜，在暴风雨的夜晚
他的亲人背叛，国土被瓜分，胡须上
沾满泪水和泥土。疯狂是我们唯一（也是最后的）
权利，当面对着命运和胜者——
我来了，我胜了，或我征服
但胜者何胜，而败者何败——
他们的故事最终将会被我叙说，在舞台上
在炉火旁，或叙说的只是我自己的故事
喃喃地，在另外的一场梦里

选自《声音》1996年卷

猪泪

徐江

听过猪叫，见过猪跑
也吃肉，我没有见过
猪泪

一周前，在四号路市场
看见卖熟食的桌案上
有什么东西闪光
走近才知道，一个猪头
眼眶下有两道冰痕

它们透明着
一点不像冻住的泪水
也怪，熟得发白的猪脸
冰痕像泪水流淌
那时路灯
天哪，路灯是那么暗
甚至比不上
一瞥间我头顶的星星
夜晚，我看见猪泪流淌

而我不是

一个素食主义者
那一瞬，我走了过去
我想
也许有什么地方出了错

1996 年

首发于 1996 或 1997 年台湾《新陆》，后收入天津《葵诗歌作品集》1999 年卷

下降

陈东东

下降仪式里燕子的试探性
有时也会是盘旋中军舰鸟
渡海的试探性

而一座煤气厂试探着飞临了
所谓晕眩，是轰鸣和意外
勉强的委婉语

在扇形田野它再一次减速
在更加壮丽的扇形海畔，它
站稳了脚跟，两只锃亮的

不锈钢巨罐将成为乳房

喂养火焰，就业率
喂养三角洲意识空白的襁褓理想

于是有人从铁烟囱滑落
像一面解除警报的旗
他走出煤气厂

身份中混合着末世子孙和
大经济新生儿灼痛的血
他脑中的视域仍在

半空：燕子和军舰鸟
为即将到来的大雨而欢聚的
蜻蜓，啊蜻蜓

他顺着坡道缓缓向下
走进较为浓郁的
绿色。——被迫收缩

乡村在更低处。在那里
失眠，是悲哀和期望
含混的委婉语

1996 年

选自陈东东著《海神的一夜——陈东东诗选》，改革出版社 1997 年 3 月版

黑暗中的少女

黄灿然

一张瓜子脸。生辉的额、乌亮的发
使她周围的黑暗失色，她在黑暗中
整理垃圾，坚定、从容、健康，
眼里透出微光，隐藏着生活的信仰。

她的母亲，一脸忧悒，显然受过磨难
并且还在受着煎熬，也许丈夫是个赌棍
或者酒徒，或者得了肺痨死去了，
也许他在尘土里从不知道自己有个女儿。

每天凌晨时分我下班回家，穿过小巷，
远远看见她在黑暗中跟母亲一起
默默整理一袋袋垃圾，我没敢多看她一眼，
唯恐碰上那微光，会怀疑起自己的信仰。

1996 年

选自黄灿然著《世界的隐喻》，文化艺术出版社 1998 年 3 月版

古桥头

杨键

万物在人的烦恼中
显得晦涩，不安而易逝。
麻雀像一阵污水，
飞回了柳树林。
这是我们的失败。
可怜啊，我们这些拒绝说教的猴子！
我们把哭声引入了
大好河山的祖国。
多么像我们自己，
金黄塔尖周围的蝙蝠。
钟声散成灰烬，
松树拧成铁丝，
落日像一个吻，
印在肺痨病患者的运河上。
田地没有耕种，
荆棘没有拔除……
什么也没有生下，
我们留给子孙的将是十分荒谬，
十分神经质的空白。

1996 年

选自《芙蓉》1999 年第 6 期

我心中的宗教景观

郁郁

这么多年，这么多女子
这么多悄悄滋养的珍珠

我蚌一样的心情
终于像一个婴儿的四肢
舒展在这愈来愈令人心疼的世界

世界的俗气在不知不觉中
成为我们脑袋里最后一根生锈的发条

手指已无法弹去睫毛上的压迫
就像推开了伤心的过去
我依旧生活在你们中间

风，常常穿梭在我的骨髓里
始终的寒心是因为我一次次的激情
是你们哈欠背后的无所谓

就像我贡献了气氛，却
独自感叹在自作多情的活该

这么多年，这么多朋友
这么多渐渐无望的爱情的宗教
全都成了我一个人的内心景观

夜晚，我游览自己确定的墓地
在宁静的冬雨中
我仍然能听见你们的步履
和我一起走向无知的年年月月

1996 年

选自郁郁著《亲爱的虚无　亲爱的意义》，北岳文艺出版社 2000 年 5 月版

自由

吉狄马加

我曾问过真正的智者
什么是自由？
智者的回答总是来自典籍
我以为那就是自由的全部

有一天在那拉提草原
傍晚时分
我看见一匹马
悠闲地走着，没有目的
一个喝醉了酒的

哈萨克骑手
在马背上酣睡

是的，智者解释的是自由的含义
但谁能告诉我，在那拉提草原
这匹马和它的骑手
谁更自由呢？

1996 年
选自《人民文学》2004 年第 7 期

教育诗篇

孟浪

危房里的小学生寂静
一块旧黑板兀立
将提供他们一生的远景——

黑板的黑呀
攫住他们的全部纯洁。

新来的老师是你
第一课，可能直接就是未来
所以，孩子们在黑板上使劲擦：
黑板的黑呀，能不能更黑？

为了，仅仅为了
多一点儿、多一点儿光明
但从房顶的裂缝投下了
这个世界，天空的所有阴影。

你没有出现
课堂本身说话了
它不忍心自己预言一座废墟！

危房里的小学生寂静
寂静，打开了它年轻的内脏。

1996 年

选自孟浪著《南京路上，两匹奔马》，光明日报出版社 2006 年 10 月版

齐云山的早晨

黄梵

炊烟描出不安的忙碌，山谷中
树根割疼了道路
当我在村口用钱买下
养眼的石头和脚注

我喜欢守望千年的一棵枫杨

欣赏挑夫的紧张，和击鼓老人的一言不发
喜欢雾用迟疑打开早晨
寂静里暗藏一朵浪花

瀑布用飞落，重现皇姬的绫罗绸缎
她裸出冰冷的脚，养育露水和回忆
这是岩壁上被手指打动的又一则唐人传奇
这个早晨，山谷来风宜于清除怀疑

漫步走过，发觉树叶开始在春天飘落
闭门思过，听见河水已在窗外流落
这时树丛中闪亮着安详，和鸟的轻吟
令我惊异这里的清代七品县令——

他用鼻烟敲打清冷的爱情
很轻的怜悯即刻混入山中的风中……

1996 年

选自潘洗尘、树才主编《生于六十年代——中国当代诗人诗选》（中），长江文艺出版社 2013 年 6 月版

1997年

爱

庞培

我是沿河的旧弄堂。
我是冬天被大雪扫空的花园。
是活下来的树根，也许不会有人注意，
我是十个手指中用于敲门的那根指节。

我是离去的人留在他窗外的目光。
我是别离的脚步中霜一样白的哀怨。
是天色微暗的时刻——
哦，流逝的光阴在我手上找到了脉搏！

我是整条街上最僻静的房子，
是阳光最安谧的角落，最忧郁的脸。
我走路的声音里有沿途飘飞的落叶——

我走在人群里——我渴望被认出——
啊，让我的灵魂活过来的
仅仅是一双像我那样孤独的眼睛！

选自《人民文学》1997年第1期

朗诵

孙磊

如果确实有愿望，如果所渴望的东西确实光明，那么对光明的渴望就会产生光明

——〔法〕S. 薇依

在说话之前，要先想一个朴素的词
一个试图睡去的瓷罐
要带着潮气，带着被岩石磨砺的咸涩音调
为了表示吹拂的力量，要扬起衣襟
要让怀里的草充满生长的欲望
要秘密地投胎，要旋转
把自己从诞生中拧干，要猝然改变
惊醒时的姿势，像一枚枯叶从树中重又弹出
要吮吸，像坛子一样空腹
像黄金，无知而昂贵。要返回庭院
信任灌木和草丛，要适当地留下阴影，留下
漫长的移动让世界倾听

要把波浪吹到膝下
要倾斜，让内心存有高地和低谷

要听见干枯里的燃烧，听见旗帜和鼓

以及努力分裂的瀑布。要听着群体的声音
听着森林在狩猎中失声，听着麋鹿脚底的
火焰。要从里往外听，从心脏，肢体
要听着它，引来八月，一个晦暗的月份
雨和腐朽如此之多。要听下去
把苔藓听得旺盛起来，把锈在身体里的
一块铁听化，像雪一样
要有解构和消融的方向

要准备好流浪和逃亡，“严峻的死暗暗打断我们”
要用大半个晚上撕纸，白天，要活得更涣散

在说话之前，要先握住一滴水
像握着一整条河流
要摘取岸边的果实，要念出壳体里的哭泣
找到这时代最后一个宫女，要试着
同她一起缅怀，帝王的神仪和颓废
要冲洗她的眼睛，看到那些易于
溶化的事件，琐碎、繁盛而且平淡

要斑驳，让光被每一块碎片有限地吞噬
要接受照耀，接受一次短促的信仰

要在洼地上根植火种，要把风
从山体里拉出，要让黑暗中的沉默发出响声
也要存有影响的焦虑，在顺风的枝丫中

“挺住意味着一切。” 但仍要折断
要哀悼。雪降临了，预言变得更暗
要在绽放中冷却，要消损被同化的部分
要带着余光凋谢，持续地凋谢。要剥开
花萼，亮出贮蓄已久的异色
在乡下，要刨树根，刨出村庄古老的神经
要沿着它回溯到饥饿，在乡下
要咳嗽着读书，直到把雪
读进另一个人的安眠

要惯于拍打身上的铁屑和灰尘，并向它们致敬
要清澈，由于坡度，要接受净化的指引

在冬天，要先尝一粒黑莓
尝到提前到达的春天
要怀着巨大的惊骇，对我来说
春天是否是又一次敏锐的毁坏？是否
一个人可以把火种擎持到冻土里
当洒水车还在雪地上打滑，要去捡些干草
要让车子不再持续地空虚着，在春天到来之前
要有足够的寒冷。在寒冷里活着是高贵的

要告诉园丁，要像神一样给火花添水
要添得适当，在冬天，要维持住那座缩水的花园

要迈过海岬。一整个晚上，海水沿着欲望结冰

要沿着狭长的滩地走下去，要留下足迹
在海边，常常，我只遇到一次波浪。要等它
带着咸味涌来，要嗅到它肢体里的弹性
要听到船声，听到马达撞散的鸥鸟
它们总聚在一起飞翔，这是否是世界的表象？在海边
要用礁石表达孤独，要像岸一样有所寄托
要在鱼群出没的地方建立灯塔，“谁在启示我们?”
要带着空想的美守在大堤，要像船舱一样慵倦
在海边，雪来得太快。要恍惚地登上桅杆
谁不拒绝眺望，谁就能像海水那样
守护住自身的温暖

要诵读，漂浮的码头，潋滟的波光
要盘膝在甲板上，对计划中的航行保持敬畏

在北方，到处是骨骼和猛兽
到处是岛屿。要禁锢海面上的云霭
它的阴影将淹没岛上的喷泉。在北方
要再度出场，要让脚佩叮当作响，要年老且贫穷
在一棵棕榈下避寒，在一块浮冰上呼号
要伸手捞起海藻，它带着太多的浮华和泡影
要晕眩，在路过一堆芒果时，要饥渴
要让咀嚼带来的幻景更深入。要灵敏地说动
每一次早潮，在北方，光正急剧地减弱
要更加盲目，到处游说

要编织，用草绳和丝绒
要改变喻体，用热血的老虎

在说话之前，要抬起头，要贪婪
像树枝，要高过自身，要迎接
毁灭过的尘埃，它们即将来临
雪已经停了，要攥着胆小的石块
要把它攥出光来。要不朽
要学会做一只蜜蜂，在凉荫里卸下蜇针
要一闪即逝，融化显得过于奢侈。要用镜子
推开另一个世界的门。要跟着白鹭和鹰上升
要撤出太阳中的黑子，它们是阶梯上的蛀虫
要微微地闭目，当摸到带刺的行星
要流下鲜血

要在天平上忽然失去重量，要轻
要裸露舌尖的一粒细沙，要展开卷帙

要牵着一群羊，要蹑足走过河床。战争流失了
人们还在旋涡里，刀像证词一样闪光
要爱戴兵器，爱戴它宁静的微笑，当它损害了什么
什么就充满汁液。要安排一次晚宴
要着盛装和华衣。那曾是我们的位子，现在
还空着。那曾弹过的马头琴正克制着另一个灵魂的叹息
要转身弯曲我们的思想，要忘记它
从竹帘溅入的水滴，要把暗记刻到房梁上

烟灰熏黑了檀木，到处是稀落的容颜
当一次战役结束，一条河流也已改变。要允许
干涸，当混浊的月亮进入流淌
要允许它离开幽暗的长廊

要穿越沮丧的消息，要蔑视停泊
要凹陷，有一种节奏值得暗合

在说话之前，要先点一盏油灯
要裁剪火苗，它刚刚哭过。要往它内心灌注
酥油和马奶。要高龄
在火苗下雕刻大理石，要用最谦逊的刻刀雕出夜莺
它正试着显形，要给它声音。到处都是黑卵石
到处都带着磁性的沉默。要感到震惊
单色的暮年，要仍然向往彩饰的项链和手镯
要化晚妆，在挚友间悄悄崩溃
要像一条蜥蜴沉溺于冬眠，要能想起
一颗流星，它已不再是一枚明亮的钉子
要重新开始，要说一个朴素的词
要说：光明，一切就挪出了阴影

1996年冬至1997年春

选自《山东文学》1999年第2期，后收入孙磊著《演奏——孙磊诗集》，上海三联书店2005年11月版

带着问题居住

南野

站在高层住宅的窗前看着
那么多低矮，匍匐着的房屋
如密集着的牲畜
——他转过脸来，眼里
　　残余着昏暗的怜悯

　　我体会俯视者的困苦，不是扬扬自得
　　洞察和意欲嘲弄的停止
　　低处的吸引力如沼泽之雾升起
　　——向水泥地面跌落的危险性
　　和起飞的可能，被充分领略
　　充分思索。这不适合鸟儿的翅骨
　　不适合一首诗，却适合一个人
他的妄想与悲哀

判断着生活。什么样的，我在问
我们在问，可没有更多的人
只有这么几个。当我清洗好餐具的时刻
去看那些灯火，散布在黑夜的下部

可以向远看，另一些事

秋日里醒目的宽阔河流，华美
或艰难的船只，时隐时现的航道
更宽阔的郊野，那儿的山峦
目光如来自远方的葡萄胀满起来

另一些事，如那儿山坡上的橘树
泛青的橘果，我对它们的领会程度
与之相似。目光与内心的方式有着差距

——而更加遥远的，他站立着回忆
　　想念远处的冬天，经过的与将来临的
　　他在记忆里把一些人的地址撕碎扔掉
　　想到一切都无可挽回时，他笑起来
——而眼前一头牲畜打发着秋的时光
　　这在正常中浮动令人疑惑的东西

现在情况改变了一部分
早晨，我注意到一杯牛奶，一辆卡车
窗子里与窗外，昨晚的停留
菲薄的雾像妇女世界
室内的地板已擦得光亮
微笑的尘粒开始醒目，以及它们的
内部，与巨大岩石的关联
我坐下来加以考虑，在他的暗影里

太阳跃到了左边

他们相互打量，无所避讳

我打开门，“一副外出挣钱的样子”
——有几个在公园内席地而坐
　　交谈，他们捉住间接的语义不放
　　轻松柔软的词语，或者腐烂的怨言

　　他们活着，是因为能给人活着的消息
——而我呢。我只有一种水果
　　青色的橘子。我以我的左手帮助
　　右手。我不能与时间约定
　　在道路上我寻找不到自己的姓名
　　他们都不认识我

　　事实愈加模糊，如雪地上尚没有
　　车辙，如秋天田野不再有稻草人
　　没有人真的在乎另一个的过去
　　写自传的队伍被吹胀起来
　　他们被世界宠坏或戏弄

可我被谁弹奏着
那只手与拨弹的手指
我是个勇敢的人吗
没有什么可以害怕
痛恨的东西正在垮掉。身体拥挤着
灵魂非常疏松。生活仍然缓慢

穿过暴雨中的街口时，我想

后来我和一个女子走回房间
我们升上去，背景的颜色渐渐淡起来
寓意被区别开来
所有的词语等待被体温烘干
语言和拥抱在靠近

——如果可以健康地活下去
——我微微地激动着
我听见他说，你还想看见吗
看见什么。我说，我的确希望看见
但不是永远。我曾经穿越过遥远
只是还没有真正生活过的人期望着长寿

选自《人民文学》1997 年第 4 期

自白

祁国

我一生的理想
是砌一座三百层的大楼

大楼里空空荡荡

只放着一粒芝麻

1997年4月3日

选自《黄河文学》2005年第6期

致青年诗人

马永波

我以忘记的速度写下诗歌
我不再关心你们，请原谅我的死亡
关于生活我没有什么可以教给你们
至于诗歌，我把它当作回忆
仅仅是回忆，是回忆的回忆
是对大脑的抄写，一张
词语结成的蛛网，所谓现实
只不过是网上露水的闪光
因此，将诗歌人生化或者
将人生诗歌化，都是危险的
前者会堕落为散文，而后者
则往往奉献给历史，几具漂亮的
尸体（这有实例可考）
本来可以生活的却没有生活
本来可以幸福的却两手空空

不要指望缺少睡眠的爱情

她眼圈发黑，使诗歌骨质疏松
培养肉体懒惰的习惯，使它可耻地发胖
（诗像鸟，与骨骼轻盈有关）
也不要同情那些老人，死亡会
收留他们。趁着嘴唇还鲜艳、柔软
亲吻吧，能吻多久便吻多久
只是别变成撕咬。要学会保存体力
给创造性的夜晚——因为
诗是与死亡搏斗，与时间争夺
正在消逝的事物……

1997 年 5 月 15 日

选自马永波著《词语中的旅行》，花城出版社 2015 年 4 月版

为大海而写的一支探戈

西渡

海风吹拂窗帘的静脉，天空的玫瑰
梦想打磨时光的镜片，我看见大海
的脚爪，从正午的镜子中倒立而出
把夏天的银器卷入狂暴的海水

你呵，你的孤独被大海侵犯，你梦中的鱼群
被大海驱赶。河流退向河汊
大海却从未把你放过，青铜铠甲的武士
海浪将你锻打，你头顶上绿火焰焚烧

而一面单数的旗帜被目击，离开复数的旗帜
在天空中独自敞开，在一个人的头脑中
留下大海的芭蕾之舞，把脚踮起
你就会看见被蔑视的思想的高度

大海的乌贼释放出多疑的乌云
直升机降下暴雨闪亮的起落架
我阅读哲学的天空，诗歌的大海
一本书被放大到无限，押上波浪的韵脚

早上的暴风雨从海上带来
凉爽的气息，仍未从厨房的窗台上消失
在重要的时刻你不能出门，这是来自
暴风雨的告诫，和大海的愿望并不一致

通过上升的喷泉，海被传递到你的指尖
像马群一样狂野的海，飞奔中
被一根镀银的金属管勒住马头
就像帝国的政治常常拴在妇人的腰间

国家意志组织过奔腾的民意
夏天的大海却生了病。海水从街道上退去
暴露出成批蜂窝状的岩石和建筑
大海从树木退去，留下波浪的纹理

而星空选中在一个空虚的颅骨中飞翔
你打击一个人，就是抹去一片星空
帮助一个人，就是让思想得到生存的空间
当你从海滨抽身离去，一个夏天就此变得荒凉

1997 年 7 月 1 日

选自西渡著《雪景中的柏拉图》，文化艺术出版社 1998 年 3 月版

被比喻的花朵

余丛

她把自己比喻成花朵
有一天蜜蜂飞过她的脸
她先红红地羞涩了一次
而后绽开笑容
两只蜜蜂飞过她的脸
她犹豫一下而后露出笑容
三只、四只、五只
更多的蜜蜂飞过她的脸
她保持了永恒的笑容
但看上去有点枯萎

1997 年 8 月 24 日

选自《诗选刊》2011 年第 8 期，后收入余丛诗集《被比喻的花朵》，暨南大学出版社 2010 年 12 月版

瞬间

安琪

我将忍不住衰老
我将像一顶灰帽子又冷又灰

永恒的瞬间从自身卸下
水，和森林
比你想象的更暗
一个飞翔的人可以同时卸下
翅膀和歌唱

我将把灵魂放在
自由的彼岸
一个散失十月的人
我将祈求风和哀悼的节拍！

选自《山花》1997 年第 9 期

菠菜

臧棣

美丽的菠菜不曾把你

藏在它们的绿衬衣里。
你甚至没有穿过
任何一种绿颜色的衬衣，
你回避了这样的形象；
而我能更清楚地记得
你沉默的肉体就像
一粒极端的种子。
为什么菠菜看起来
是美丽的？为什么
我知道你会想到
但不会提出这样的问题？
我冲洗菠菜时感到
它们碧绿的质量摸上去
就像是我和植物的孩子。
如此，菠菜回答了
我们怎样才能在我们的生活中
看见对他们来说
似乎并不存在的天使的问题。
菠菜的美丽是脆弱的
当我们面对一个只有 50 平方米的
标准的空间时，鲜明的菠菜
是最脆弱的政治。表面上，
他们有些零乱，不易清理；
它们的美丽也可以说
是由烦恼的力量来维持的；
而它们的营养纠正了

它们的价格，不左也不右。

1997 年 10 月

选自《上海文学》2001 年第 10 期，后收入臧棣诗集《宇宙是扁的》，作家出版社 2008 年 1 月版

消失的白马

王长征

一匹白马自古而来
它招摇的尾巴是众多的歧路

一匹白马此刻正经过我的身体
像逝去的岁月一样洁白

一匹奔跑的白马
踏碎了我心中一段薄冰似的空白

迎面而来的白马
它的眼睛像蔚蓝的湖水
像深邃的未来
吸引着我
它的一声嘶鸣就是一场惊心动魄的战争

而此刻这匹奔跑的白马

正从我的心田中嗒嗒远去

我就像一位没赶上这匹白马的英雄
隐姓埋名

转身回到自己蠢笨的身体
转身回到城市里编号的房间
因为刚刚扛完一罐煤气
而喘息不已

选自《山东文学》1997 年第 11 期

十二月重唱

杜涯

河流在两公里外迎来了冬天
芦苇延伸着，像白色的火焰燃烧
此刻，它们被你大片大片地
涂上画布，挂在墙上
每天，我们看看天气，然后透过画面
看见十二月的影子在那里燃烧

又一次，毛白杨在窗外脱尽了叶片
放下你的画笔，坐到火边来

风太紧，天空太蓝
树林在远处呼啸
不用出门去看，我们就知道
芦苇延伸着，像白色的火焰
唉，十二月，它们和鸟雀和世界不会知道
我们正坐在某个角落，头抵着头，像两支蜡烛
悄悄地燃尽。

1997 年 12 月 16 日

选自《诗刊》1999 年第 2 期

探求

麦芒

我行走于两山之间，溪流潺潺
一鸟飞过肩侧，撞入森林
疑惑，未知脚底卵石是假是真

我躺在平坦海滩，日头直晒
上下仅有寸布挂身
青天完全乌有，似苦行僧

然而我是享乐者，耳边但听
少女成熟的笑声，我闭目

在这样的场合放纵内心黑暗的缄默

1997 年 12 月 22 日

选自臧棣、孙文波、肖开愚编《激情与责任：中国诗歌评论》，人民文学出版社 2002 年 9 月版

门厅

宋琳

现在，门扉敞开着，像白色的天使。
又一次，我们迁徙。
海的呼吸离得更近了，夜里，
沉闷的汽笛一如水妖的歌声
来到枕畔。直到太阳湿漉漉跃起，
连同难以捕捞的梦中手稿，
它们化为泡沫，一些失去魔法的象征，
也开始变成亲切的话题。
注视门厅（在把散乱的书籍
从地板移到墙壁上以后）。
那里几乎空无一物，没有衣帽架，
登山鞋，手杖，或者爪哇雨伞。
门把手的金箔也许是唯一奢侈
的装饰，令人想起在门的开关之间
年华的易逝，而我们
出出进进，浑然不觉它的磨损。
光线漫游在云和树冠上，

一部分被窗玻璃所过滤，
于是，白昼统治了阴影的洞穴，
通过一把握在万能之手里的弓箭。
我们到达天涯海角了吗？
是否某个没有天使看守的乐园
在明亮的深邃中，对称着这些门窗，
并随时准备向我们敞开？
今天我自问，在视域之外
人为什么渴望那不可见的？
而即使有一个神站在一定的距离间，
例如，显现了一秒，我们也会
很快地转向其他。因为太强烈的存在
你并不能承受。喜好龙又害怕龙。
人，不知道自己所需要，
一瞬间犯下了渎神罪。
创作体验使我们对日常冷漠，
仿佛一个人质落入米诺托的迷宫。
睡意沉沉，况且家具又太笨重，
倏忽的落日就这样在血液中下沉。
我在门厅前踱着步，天色渐暗，
隐约的歌声允诺我们会幸福。
妻子带回今天的报纸和一束花，
说世界依然是满目疮痍。

1997 年 12 月

选自宋琳《门厅》，北岳文艺出版社 2000 年 5 月版

春秋来信

张枣

1

这个时辰的背面，才是我的家，
它在另一个城市里挂起了白旗。
天还没亮，睡眠的闸门放出几辆
载重卡车，它们恐龙般在拐口
厮抢某件东西，本就没有的东西。
我醒来。
　　　　身上一颗绿扣子滚落

2

我们的绿扣子，永恒的小赘物。

云朵，砌建着上海。
　　　　　　　　　我心中一幅蓝图
正等着增砖添瓦。我挪向亮处，
那儿，鹤，闪现了一下。你的信
立在室中央一柱阳光中埋着羽毛——
是的，无须特赦。得从小白菜里，
从豌豆苗和冬瓜，找出那一个理解来，

来关掉肥胖和机器——

　　　　　　　　　　我深深地

被你身上的矛盾吸引，移到窗前。

四月如此清澈，好似烈酒的反光，

街景颤抖着组合成深奥的比例。

是的，我喊不醒现实。而你的声音

追上我的目力所及："我，

就是你呀！我也漂在这个时辰里。

工地上就要爆破了，我在我这边

鸣这面锣示警。游过来呀，

接住这面锣，它就是你错过了的一切。"

3

我拾起地上的绿扣子，吹了吹。

开始忙我的事儿。

　　　　　　　　　　静的时候，

窗下经过的邮差以为我是我的肖像；

有时我趴在桌面昏昏欲睡，

双手伸进空间，像伸进一副镣铐，

哪儿，哪儿，是我们的精确呀？

……绿扣子

1997 年　赠臧棣

选自张枣著《春秋来信》，文化艺术出版社 1998 年 3 月版

怀疑

李元胜

我一直怀疑
在我急着赶路的时候
有人把我的家乡
偷偷搬到了另一个地方

我一直怀疑
有人在偷偷搬动着
我曾经深爱着的事物
我的记忆
如今只剩下光秃秃的山丘

一个人究竟应该走多远
在这个遥远的城市
我开始怀疑
盲目奔赴的价值

在许多的一生中
人们不过是满怀希望的司机
急匆匆跑完全程
却不知不觉

仅仅载着一车夜色回家

1997 年

选自《诗刊》1998 年 3 月号，后收入李元胜诗集《无限事》，重庆大学出版社 2012 年 11 月版，作者后来有改动

当你老了

食指

当你老了
已经步履蹒跚
身后，是你走过的万里山川
有你失足的令人心寒的谷
也有你爬起又登上的艺术峰巅

当你老了
梦中常见大海
你就是船长
又驶出平静的海湾
继续在人生苦海中乘风破浪
你比以前，更加沉着勇敢

当你老了
心境十分坦然
昏花的老眼时常傲视蓝天

仿佛在问　有谁和你一样
历经磨难，写那些苦难的诗篇

1997 年
选自《北京文学》1998 年第 4 期

下槐镇的一天

李南

平山县下槐镇，西去石家庄
二百华里。
它回旋的土路
承载过多少年代、多少车马。
今天，朝远望去：
下槐镇干渴的麦地，黄了。
我看见一位农妇弯腰提水
她破旧的蓝布衣衫
加剧了下槐镇的重量和贫寒。
这一天，我还走近一位垂暮的老人
他平静的笑意和指向天边的手
使我深信
钢铁的时间，也无法撬开他的嘴
使他吐露出下槐镇
深远、巨大的秘密。
下午 6 点，拱桥下安静的湖洼

下槐镇黛色的山势
相继消失在天际。
呵，过客将永远是过客
这一天，我只能带回零星的记忆
平山下槐镇，坐落在湖泊与矮山之间
对于它
我们真的是一无所知。

1997 年

选自《诗刊》1999 年 8 月号

爸爸在天上看我

韩东

九五年夏至那天爸爸在天上看我
老方说他在为我担心
爸爸，我无法看见你的目光
但能回想起你的预言
现在已经是九七年了，爸爸
夏至已经过去，天气也已转凉
你担心的灾难已经来过了，起了作用
我因为爱而不能回避，爸爸，就像你
为了爱我从死亡的沉默中苏醒，并借助于通灵的老方
我因为爱被杀身死，变成一具行尸走肉
再也回不到九五年的夏至了——那充满希望的日子

爸爸，只有你知道，我的希望不过是一场灾难
这会儿我仿佛看见了你的目光，像冻结的雨
爸爸，你在哀悼我吗？

1997 年

选自韩东著《爸爸在天上看我》，河北教育出版社 2002 年 8 月版

鸟踵

钟鸣

其实该说弯向床头的月光是什么，
伸进病人头颅的一片乌云是什么，
从未见过这样的鸟粪，鸟儿在千年前
还轻松地诉说着阿里斯多芬的喜剧，

他是第一个告诉我们鸟和人距离的。
鸟儿奋击天空，人张开自己的网罟，
现在，你只看见一架超薄型的飞机，
它最了不起的姿势就是飞越障碍物。

你可以用乐器模仿鸟儿扑打的声音，
把乱扑的鸡当作凤凰供奉在圆桌上，
给风琴喂块巧克力，让它学学燕子，
但我们耳朵里不会有那么薄的风声。

窗外有人在吹口哨，只是这一瞬间，
你才觉得自己像个女巫，在屋檐下
探得瓢泼大雨，换得一次心跳……
我的兄弟们现在要靠摇头丸才会清醒，

而我的姐妹们要靠计算才能安然无恙，
我所见的文人不过是道德的成功者而已。
为什么呢？——就因为不太道德，因为
地球倾斜在不太干净的大气中。

神经和道德已完全错乱的人，现在，
鸟儿要用其速度来丈量你的肺活量了，
不合格的，便会推荐给蚯蚓那
或许更柔和一点的肘关节。你哞哞地叫，

在耕地上疯跑，就为了一堆废铁，
即使从飞机库拾出最结实的
滑行器，你仍进入不了大自然，
仍会被鸟儿朝着大地的深渊驱赶。

因为暴力——即使是内心的，
也只能在荒野中施行，跟着，
就是人的腐烂，尽管你朝着
生存的理由猛烈地鞠躬……

而这正是风和鸟所要你作的，

作为永恒的回报，也作为
惩罚的永恒回报。秋天在其
叶子被释放时就已经毁了容，

而作为最后的仿生者，我们
还要砌许多石塔并战胜瘟疫，
鸟儿在上面画了许多无法辨认的符号，
恐怖的脚印匆匆掠过凌乱不堪的海潮。

风暴从不会装腔作势，
这只是昆虫短暂的分离。
鸟儿在空中跺跺脚，我们便有了
善与恶，有了完美的观察。

只有鸟类知道大地上什么动物
会遭到无情的歼灭，风儿
已将大地的一切事情告诉了它，
而它再也不能表演滑翔的技艺。

当蜜蜂在罐里探得飞翔的知识，
那被遗忘的夏天就要乘势结束。
我们将忘记南方那挥霍的习性，
而记住北方冻结在土里的鸟食。

洁净的牲畜和不干净的人啊，
在各自的空间活过了六百岁，

六百岁对鸟类来说并不算长，
而对于人类来说也并不算短。

1997 年

选自钟鸣著《中国杂技：硬椅子》，作家出版社 2003 年 7 月版

北站

肖开愚

我感到我是一群人。
在老北站的天桥上，我身体里
有人开始争吵和议论，七嘴八舌。
我抽着烟，打量着火车站的废墟，
我想叫喊，嗓子里火辣辣的。

我感到我是一群人。
走在废弃的铁道上，踢着铁轨的卷锈，
哦，身体里拥挤不堪，好像有人上车，
有人下车。一辆火车迎面开来，
另一辆从我的身体里呼啸而出。

我感到我是一群人。
我走进一个空旷的房间，翻过一排栏杆，
在昔日的检票口，突然，我的身体里
空荡荡的。哦，这个候车厅里没有旅客了，

站着和坐着的都是模糊的影子。

我感到我是一群人。
在附近的弄堂里，在烟摊上，在公用电话旁，
他们像汗珠一样出来。他们蹲着，跳着，
堵在我的前面。他们戴着手表，穿着花格衬衣
提着沉甸甸的箱子像是拿着气球。

我感到我是一群人。
在面店吃面的时候他们就在我的面前
围桌而坐。他们尖脸和方脸，哈哈大笑，他们有一点儿会计的
假正经。但是我饿极了。他们哼着旧电影的插曲，
跨入我的碗里。

我感到我是一群人。
但是他们聚成了一堆恐惧，我上公交车，
车就摇晃。进一个酒吧，里面停电。我只好步行
去虹口、外滩、广场，绕道回家。
我感到我的脚里有另外一双脚。

1997 年

选自肖开愚著《肖开愚的诗》，人民文学出版社 2004 年 6 月版

沪杭道上

姜涛

经典的细节忽远忽近地照料着
车窗上压扁的鼻梁
一卷风景像赝品没有署名
但灵感的确来自一首自由诗
王辛笛　新派文人受过西洋教育
善在二等车厢里草拟生理譬喻
“中国的肋骨：一节节社会学问题”
那畦飞逝而过的稻田
似乎还在为此而左胸酸痛
而此刻　道边别墅里
时装母牛正用鼻音朗诵
两只粉碎的菜包在胃中
也正激荡着半沓未消化掉的诗篇
“初到南方总会有些晕眩，
这很正常……”
是出于对进口引擎的敬意？
“你看！它抓住我们的心田
飞翔得多么自信”
还是出于北方人对近代史特殊的负疚感？
好在一条高速路
像笔直的裤缝穿在江南十月

依旧葱茏的腿上　宽敞的奥迪车内
也可挖鼻、修脚，将拼凑的机锋
当作风景移动的脚注
啊　南方的群艺工作正蓬蓬勃勃
啊　北方的民间运动也左右逢源
把头枕在两股乐音的汇合处
疲倦的小官僚在瞌睡中嗅着体内
一束沾满汽油味的兰花
仿佛一个不谙世事的少年
初次领略了女人肉体之外凸起的伦理部分

1997 年

选自陈树才选编《1999 中国最佳诗歌》，辽宁人民出版社 2000 年 4 月版

火车从村庄经过

田禾

火车经过村庄的时候
五磨村还在夜里
拉一声汽笛，警报火车通过
今晚进入安全时刻
汽笛声拉得很长
拦腰截断了夜的前半部分
后半部分笼罩在月光中
这一站，是黄石至武昌之间

的一个逗号。火车停站十分
我的去南方打工的九妹
在最后一分钟上了车
火车尖叫一声就往南开
往南，往南，一直往南
途中走直路，也走弯路
钻很多隧道，停很多站
两行铁轨承受着整列火车的重量

1997 年

选自《十月》2006 年第 6 期，收入田禾诗集《喊故乡》，人民文学出版社 2006 年 9 月版

美学在泥泞中

孟浪

美学在泥泞中
它的表面光洁如明镜
碎了，自我就拼命歪曲
自我，就拼命践踏
自我——从小腿的想象中抽出

歌剧院的立柱可能是
人民愤怒的喉咙
直冲云霄的还有

大批无力的疾病……
……美学在反抗中

叹息，迈着猫步，活了起来
紧紧锁住人类码头的雾
在煤的背后难以驱散
燃烧，正把道路冻结

而人民在啸聚
美学，足以把他们间离、放弃
眼泪是大泥泞
大泥泞用力抛起彩虹

1997 年

选自孟浪著《南京路上，两匹奔马》，光明日报出版社 2006 年 10 月版

亲人

雷平阳

我只爱我寄宿的云南，因为其他省
我都不爱；我只爱云南的昭通市
因为其他市我都不爱；我只爱昭通市的土城乡
因为其他乡我都不爱……

我的爱狭隘、偏执，像针尖上的蜂蜜

假如有一天我再不能继续下去
我会只爱我的亲人——这逐渐缩小的过程
耗尽了我的青春和悲悯

1997 年

选自雷平阳《雷平阳诗选》，长江文艺出版社 2006 年 12 月版

暮晚

杨键

马儿在草棚里踢着树桩，
鱼儿在篮子里蹦跳，
狗儿在院子里吠叫，
他们是多么爱惜自己，
但这正是痛苦的根源，
像月亮一样清晰，
像江水一样奔流不止……

1997 年

选自杨键著《古桥头》，上海文化出版社 2007 年 12 月版

外滩

陈东东

花园变迁。斑驳的虎皮被人造革
替换。它有如一座移动码头
别过看惯了江流的脸
水泥是想象的石头；而石头以植物自命
从马路一侧，它漂离堤坝到达另一侧

不变的或许是外白渡桥
是铁桥下那道分界水线
鸥鸟在边境拍打翅膀，想要弄清
这浑浊的阴影是来自吴淞口初升的
太阳，还是来自可能的鱼腹

城市三角洲迅速泛白
真正的石头长成了纪念塔。塔前
喷泉边，青铜塑像的四副面容
朝着四个确定的方向，罗盘在上空
像不明飞行物指示每一个方向之晕眩

于是一记钟点敲响。水光倒映
云霓聚合到海关金顶
从桥上下来的双层大巴士

避开瞬间夺目的暗夜
在银行大厦的玻璃光芒里缓缓刹住车

1997 年

选自陈东东著《解禁书》，作家出版社 2008 年 1 月版

谁去谁留

欧阳江河

黄昏，那小男孩躲在一株植物里
偷听昆虫的内脏。他实际听到的
是昆虫以外的世界：比如，机器的内脏。
落日在男孩脚下滚动有如卡车轮子，
男孩的父亲是卡车司机，
卡车卸空了
　　　　　停在旷野上。
父亲走到车外，被落日的一声不吭的美惊呆了。
他挂掉响个不停的行动电话，
对男孩说：天边滚动的万事万物都有嘴唇，
但它们只对物自身说话，
只在这些话上建立耳朵和词。
　　男孩为否定物的耳朵而偷听了内心的耳朵。
他实际上不在听，
却意外听到了一种完全不同的听法——
那男孩发明了自己身上的聋，

他成了飞翔的、幻想的聋子。
会不会在凡人的落日后面
另有一个众声喧哗的神迹世界？
会不会另有一个人在听，另有一个落日
在沉落？
　　　哦踉跄的天空
大地因没人接听的电话而异常安静。
机器和昆虫彼此没听见心跳，
植物也已连根拔起。
那小男孩的聋变成了梦境，秩序，乡音。
卡车开不动了
　　　　　　　父亲在埋头修理。
而母亲怀抱落日睡了一会儿，只是一会儿，
不知天之将黑，不知老之将至。

1997 年

选自欧阳江河著《事物的眼泪》，作家出版社 2008 年 1 月版

黑色狂想曲

吉狄马加

在死亡和生命相连的梦想之间
在河流和土地的幽会之处
当星星以睡眠的姿态
在蓝色的夜空静默

当歌手忧郁的嘴唇失去柔软
木门不再响动，石磨不再歌唱
摇篮曲的最后一个音符跳跃成萤火
所有疲惫的母亲都已进入梦乡

而在远方，在云的后面
在那山岩的最高点
沉睡的鹰爪踏着梦想的边缘
死亡在那个遥远的地方紧闭着眼
而在远方，在这土地上
千百条河流在月光下游动
它们的影子走向虚无

而在远方，在那森林里
在松针诱惑的枕头旁
残酷的豹忘记了吞食身边的岩羊
在这寂静的时刻
啊，古里拉达峡谷中没有名字的河流
请给我你血液的节奏
让我的口腔成为你的声带
大凉山男性的乌抛山
快去拥抱小凉山女性的阿呷居木山
让我的躯体再一次成为你们的胚胎
让我在你腹中发育
让那已经消失的记忆重新膨胀

在这寂静的时刻
啊，黑色的梦想，你快覆盖我，笼罩我
让我在你情人般的抚摸中消失吧
让我成为空气，成为阳光
成为岩石，成为水银，成为女贞子
让我成为铁，成为铜
成为云母，成为石棉，成为磷火
啊，黑色的梦想，你快吞没我，溶化我
让我在你的仁慈的保护下消失吧
让我成为草原，成为牛羊
成为獐子，成为云雀，成为细鳞鱼
让我成为火镰，成为马鞍
成为口弦，成为马布，成为卡谢着尔
啊，黑色的梦想，就在我消失的时候
请为我弹响悲哀和死亡之琴吧
让吉狄马加这个痛苦而又沉重的名字
在子夜时分也染上太阳神秘的色彩

让我的每一句话，每一支歌
都是这土地灵魂里最真实的回音
让我的每句诗，每一个标点
都是从这土地蓝色的血管里流出
啊，黑色的梦想。就在我消失的时候
请让我对着一块巨大的岩石说话
身后是我苦难而又崇高的人民
我深信这千年的孤独和悲哀呵

要是岩石听懂了也会淌出泪来
啊，黑色的梦想，在我消失的时候
请为我的民族升起明亮而又温暖的星星吧
啊，黑色的梦想，让我伴随着你
最后进入那死亡之乡

1997 年

选自《延安文学》2009 年第 4 期

雪中即景

张曙光

1

雪落在佩雷德尔基诺或更远的地方，
寒冷摇撼着木屋后面的冷杉林。
透过蒙着水汽的窗玻璃
他的目光变得严峻。
尤里死去了，在时代的旧电车旁
他的心因为爱和苦难而破碎。
无可挽回。暴力是对人类最恶毒的诅咒
而在荣誉和祖国间，他最终选择了后者。

2

另一个人在巴利的古堡中凝望

在纷乱的雪中逐次展开的原野。
曾经为一个女人和更为虚幻的影像发狂
但此刻似乎归于平静，“如果智慧在
世界上确实存在，那将毫无疑问地
存在于孤独的头脑。”想到了死去的朋友，
往壁炉中加几块泥炭，看着火光
欢快地跳动，他的思想变得生动而澄澈。

3

习惯于在冬日的黄昏降临前完成
手边的工作，然后喝一杯酒
使心绪安闲而恬静。歌颂着春天
绿色的火焰，却跌入一个深深的冰川。
雪装饰着校园，麻雀们在空地上啄食，
暴君的塑像在渐渐臃肿。找到了
最后的归宿（还不算太坏），把生命和才华
融入大师们不朽的诗行。

4

而那个令全世界感到目眩的天才
——有着狄更斯笔下人物的名字——
从挽起衣袖的双手间，飘逸出
飞舞的雪片，使这个小小的舞台
重现童年新泽西的冬天。

挣脱于现实和苦难，梦想
带我们飞升，像鸽子，扇动着白色的
翅膀，从遍布死亡足迹的雪地上掠过。

1997 年

选自张曙光著《午后的降雪》，重庆大学出版社 2011 年 1 月版

旅行报告

杨小滨·法镭

你下车时，和梅菲斯特擦肩而过。
你从站台上捡起他吹落的披风。
列车飞驰而去。
你站在他的位置上。落日
坠入你的头颅。随后
你的沉默里升起一枚月亮。
他甚至没有认出你。他无意中
代你赴约。你的剑
还佩在腰上。

在下一个车站，列车呼啸而过。
没有人察觉。
一节空的车厢，载着影子而去。
朝向天空的冲刺。

你裹上披风，走出车站。
你把黄昏和愤怒带给一个陌生的小镇。

1997 年

选自杨小滨著《为女太阳干杯——杨小滨诗集》，自印诗集，2011 年台湾

二月的最后一天

寒烟

这最后的一天，马蒂斯
复活的台风
无法描绘，无法安慰
丛林上空——
死亡与梦幻狂欢
辛酸的云烟漂浮
大地的关节开始松动

二月，一只幼兽
被凶猛的春天
咬掉前生的尾梢
醒来，醒来……

二月的最后一天
最后一天的二月……
谁在反复念叨

着了魔的冰块
在高脚杯眩晕的星空
撞响漫长的冬夜
泪水淹没了太阳
圆月流尽最后一滴酒浆
离别的瓦霜，在婆娑的泪影里彷徨……

未来的日子怎能没有你
正如命运女神的缺席
使相思的疆域
更加辽阔，自在——
风呵，在我们身体的缝隙间
穿行，多么猛烈……

1997 年

选自寒烟著《月亮向西》，漓江出版社 2012 年 12 月版

让我接受平庸的生活

蓝蓝

让我接受平庸的生活
接受并爱上它肮脏的街道
它每日的平淡和争吵
让我弯腰时撞见
墙根下的几棵青草

让我领略无奈叹息的美妙

生活就是生活
就是甜苹果曾是的黑色肥料
活着，哭泣和爱——
就是这个——
深深弯下的身躯。

选自《上海文学》1997 年第 10 期

1998年

木马

丁丽英

在人民广场上走着，穿过
分割的空地，身边的朋友
被冷风吹得缩起了脖子，衣领像鞋垫一样飞扬
二月，连鸽子也没人围观，
没人买下玉米喂它们。
我们步履匆匆，忙着去找一家餐馆。

我们关心着自己的事，盲目走过西藏路。
然后是福州路，在这条文化街上
辨别着方向。此时，不止一人会提醒
这儿曾经是红灯区，这儿住过一些会吟诗的姑娘。
当我们径直走到另一条街上的小店坐下，
谁都来不及辨别其中的意义。

我渴望阳光，渴望温暖的天气。我想，
这样可以稍稍掩饰苍白的脸色。
不是因为彻夜工作，其实我早已准备
婚后穿着这件蜥蜴色的外套出现。
人们一定会在意我的改变，包括苍白，
当我们呷着茶，吃着嫩黄瓜。

我们谈起看过的三级片。这种爱好
是该严肃地对待，最后
还是忍不住笑起来。我得承认
婚姻的好处，但它却使一些本该禁忌的东西
从抽屉里跳出来，什么也没穿，
它使艺术和想象力遭到损坏。

或许我早该在成为女学究前
就成为别人的妻子，
学做真正的家常菜，而不是在菜谱上。
端着满满的一碗鸡汤走过走廊，
保持平衡，会比往返于考场和图书馆
更难，抑或仅仅是味道平淡？

看着旧日的朋友，当我们
从午饭顺势回忆到童年，
商店里传来娜娜·莫丝克莉的歌声。
我们注意到甜美本身，和孩子们，
他们总是厚颜无耻的。就像色情
发展到最后，我们已经离开了那儿。

我们带着钢琴的尾部，又回到
寒冷的空阔地。我们不知道
该怎样打发剩下的时间，
在有生之年不沦为无聊者。
激情在哪儿？我们呼唤，直到

在人民公园坐上木马，

静静地听着机械的摩擦声——
平稳地悬空，降落，有点缓慢。
我们双手抓牢它小小的耳朵，
转了一圈又一圈。两个成年人，
人们已经开始注意：一动也不敢动，
双脚套在铁环内。

1998 年 2 月 24 日

选自孙文波、臧棣、肖开愚编《语言：形式的命名》，人民文学出版社 1999 年 11 月版

栖居

鲁西西

你不可能总是要求你爱的人
像第一次坐在这样的街心，这样的
石凳，并且面带羞色

也许一群鸟在从前，只是一种
纯洁行为：唱歌，说话，从阳光中穿过，在
斜坡的一棵树上终止

现在，它们拘束，苍白，目光呆滞

仿佛带着城市艺人的姿态，无业者的姿态
穷人的姿态，在街头喋喋不休

所以你不要老是说："在这条街
还是小巷子以前，我们穿玻璃拖鞋结婚
点蜡烛照顾老人，和孩子……"

日子在早些时候，你能记住它的幸福
你能让童年安顿在宽阔的乡野，这无疑是
一种欣慰，像燕子又飞回来

你想想世界上一年要出版多少册书，陪伴
我们的能有一本，这就够了。在有些难解的
问题上，你要服从自己的经验

为什么爱着的人出现就消失
为什么老人在后半夜比前半夜
更清醒，为什么一个孩子用五种语言

也无法对付稍大一些的人的传统
还有：为什么年轻人的身上要打上很多烙印
才能变成有资格的老人

为什么火把要照亮很多角落和理由
才能养活火的品质；为什么思想，灵感，
良知都不能促进诗歌，而物质能

真理是痛苦的。如果可以，我会回到沙地
和草原，离四肢近一点，离心脏远一点
让人类变得像马群，自信而健康

选自《长江文艺》1998 年第 3 期

小小蚂蚁

树才

小小蚂蚁，爬上了我的手臂
一阵疾速的痒！只能是它

抬起手臂，双眼同时睁开
草地上的午睡比溪水更清浅
我看见蚂蚁正匆匆乱爬

纤细的汗毛对它该是高大的芦苇
泛绿的血脉之河也让它不敢迈步
旁边，一颗黑痣更像一片可怕的沼泽地

小小蚂蚁，在我的手臂上着急
它进退两难。它试图突围。它来回空跑
细心的观看让我忍住了神经里的奇痒

我轻轻将手臂放下，想让它顺势爬回草地
它却偏要攀登！眼看就要爬过肩头了
我心中一急，嘴里已吹出一口大风

小小蚂蚁，霎时不见踪影
我懊恼地抬眼望向天空
突然，又一阵疾速的痒
小小蚂蚁竟又出现在我的手臂

蚂蚁太多，也太渺小，
我已认不出：这一只
是不是刚才那一只

1998 年 3 月 1 日

选自《诗刊》1999 年第 8 期

白云浮动

陈先发

白云浮动，有最深沉的技艺。
梅花亿万次来到人间

田野上，我曾见诸鸟远去
却从未见她们归来
她们鹅黄、淡紫或蘸漆的羽毛

她们悲欣交集的眉尖

诸鸟中，有霸王
也有虞姬

白云和诸鸟啊
我是你们的儿子和父亲
我是你们拆不散的骨和肉
但你们再也认不得我了，再也记不起我了。

1998 年 3 月

选自《诗刊》2004 年 12 月上半月刊

杜若之歌

东荡子

我说那洲子。我应该去往那里
那里四面环水
那里已被人们忘记
那里有一株花草芬芳四溢

我说那洲子。我当立即前往
不带船只和金币
那里一尘不染
那里有一株花草在哭泣

我说那洲子。我已闻到甜美的气息
我知道是她在那里把我呼唤
去那里歌唱
或在那里安息

1998 年 4 月

选自东荡子著《东荡子诗选》，黄礼孩主编《诗歌与人》2013 年 5 月

伸向大海的栈桥

宋琳

漂浮不定。对于大海蓝色的终极，
只不过延伸了一点儿。

像一个告别的手势，
一方丝帕，或一个吻，
对于命定的距离
只不过延伸了一点儿。
眺望大海的人，
为了眺望而眺望，
栈桥在他记忆中的形式
与鸟翅或星光相似。
船在开，影子就会
在他眼前不停飘落。

并非栈桥可以在岸上自足，
只不过漂浮使意义延伸了一点儿。

1998 年 8 月 11 日
选自《上海文学》2000 年第 3 期

太太留客

胡续冬

昨天帮张家屋打了谷子，张五娃儿
硬是要请我们上街去看啥子
《泰坦尼克》。起先我听成是
《太太留客》，以为是个三级片
和那年子我在深圳看的那个
《本能》差球不多。酒都没喝完
我们就赶到河对门，看到镇上
我上个月补过的那几双破鞋
都嗑着瓜子往电影院走，心头
愈见欢喜。电影票死贵
张五娃儿边掏钱边朝我们喊：
“看得过细点，演的屙屎打屁
都要紧着盯，莫浪费钱。”
我们坐在两个学生妹崽后头
听她们说这是外国得了啥子

“茅司旮”奖的大片，好看得很。
我心头说你们这些小姑娘
哪懂得起太太留客这些龉龊事情，
那几双破鞋怕还差不多。电影开始，
人人马马，东拉西扯，整了很半天
我这才晓得原来这个片子叫“泰坦尼克”，
是个大轮船的外号。那些洋人
就是说起中国话我也搞不清他们
到底在摆啥子龙门阵，一时
这个在船头吼，一时那个要跳河，
看得我眼睛都乌了，总算挨到
精彩的地方了：那个吐口水的小白脸
和那个胖女娃儿好像扯不清了。
结果这么大个轮船，这两个人
硬要缩到一个吉普车上去弄，自己
弄得不舒服不说，车子挡得我们
啥子都没看到，连个奶奶
都没得！哎呀没得意思，活该
这个船要沉。电影散场了
我们打着哈欠出来，笑那个
哈包娃儿救个姘头还丢条命，还没得
张五娃儿得行，有一年涪江发水
他救了个粉子，拍成电影肯定好看
——那个粉子从水头出来是光的！
昨晚上后半夜的事情我实在
说不出口：打了几盘麻将过后

我回到自己屋头，一开开灯
把老子气惨了——我那个死婆娘
和隔壁王大汉在席子上蜷成了一坨！

1998年9月
选自《山花》2000年第4期

秋日郊外散步

陈超

京深高速公路的护栏加深了草场
暮色中我们散步在郊外干涸的河床
你散开洗过的秀发
谈起孩子病情好转
夕阳闪烁的金点将我的悒郁镀亮

秋天深了
柳条转黄是那么匆忙
凤仙花和草钩子也发出干燥的金光
雾幔安详缭绕徐徐合上四野
大自然的筵宴依依惜别地收场

西西，我们的心苍老得多么快，多么快
疲倦和岑寂道着珍重近年已频频叩访
十八年我们习惯了数不清的争辩与和解

是呵
有一道暗影就伴随一道光芒

你瞧，在离河岸二百米的棕色缓丘上
乡村墓群又将一对对辛劳的农人夫妇合葬
可记得就在十年之前的夏日
那儿曾是我们游泳后晾衣的地方

携手漫游的青春已隔在岁月的那一旁
翻开旧相册
我们依旧结伴倚窗
不容易的人生像河床荒凉又发热的沙土路
在上帝的疏忽里也有上帝的慈祥

1998 年 10 月

选自《诗神》1998 年 12 月号，后收入陈超诗集《热爱，是的》，远方出版社 2003 年 12 月版

厨房之歌

朱朱

多么强大的风，
从对面的群山
吹拂到厨房里悬挂的围裙上，
屋脊像一块锈蚀的钟摆跟着晃动。

我们离街上的救护车
和山前的陵墓最远，
就像爱着围裙上绣着的牡丹，
我们爱着每一幅历史的彩图。

有水壶和几瓶酒，
水分被空气偷偷吸干的梨子，
还有谦恭地邻近水管的砧板。
在日光中，厨房像野鸭梳理自己的羽毛。

厨房多么像它的主人，
或者他的爱人消失的手。
强大的风掀开了暗橱，
又把围裙吹倒在脚边。

刮除灶台边的污垢，
盒子被秋天打开的情欲也更亮了，
我们要更镇定地往枯草上撒盐，
将胡椒拌进睡眠。

强大的风
它有一些更特殊的金子
要交给首饰匠。
我们只管在饥饿的间歇里等待，
什么该接受，什么值得细细地描画。

1998 年 10 月

选自《花城》1999 年第 6 期

记忆与忘却

南野

一只麻雀阅读报纸的下午（一个时间，也是一个位置的确定）
另一时刻，雪地上，飞鸟的脚印失去规则，迷失着方向
　　它们飞翔时从不这样（像乌鸦的飞翔停止）
多年之前，那输送煤炭的乌黑的列车穿过高原荒野
当我在远处（现在）望（已听不见声音）那种移动
　　　　似在逃遁，在急忙穿越空旷的时刻，时代
我以为遗忘了（就像我的父亲［我之前的一段时间］失踪）
却保存得更深，更精确
就像记忆中的一个夏天，每日下午与雷电相遇
　　　　天空被电光撕扯，发出狂笑，救火车嚎叫着奔至
　　漂泊的雷声终于归来，我重又听到
仿佛在记忆里梦想未来（活着只能是记忆与记忆的增殖
　　［死亡就是遗忘］），时间被拉为弓状
欲望之潮趋于平稳（身体呈现又一时间）
我仍有我的时间（黎明），和我的问题（热情）

选自《山花》1998 年第 11 期

冬日往柏林以北松林湖畔

梁秉钧

冬日车往柏林以北松林湖区
老妈妈想看六十年前度夏的地方
汽车愈是驶近北方的冰雪
我们愈是接近她的少年
一个来自俄国的女子
还未遇上一个德国的青年
青嫩的湖水里有什么光影
召唤这年轻的灵魂?

汽车驶离城市的高架公路
经过荒凉的空地来到市镇
后来一个国家分成了两半
规划出她不认识的建设
六十年未回来的老妈妈
不能忍受绿林变成水泥
然后剩下一片剥落，她跟我们保证
过去的一切并不是这么平庸
我们不知你能否寻回过去
汽车转入两旁种满树木的林荫道
年老的父亲说这不叫“小巷”
年轻一代现在都不知道小径和道路

德文里这些字眼的含义有什么分别了
贝亚提也是对文字敏感的呀，她积极
分辨各种过去运用得更细致的词汇
好了，贝亚提是一个懂得分别的翻译家

但可是我们又该如何翻译时间？
罗拔在抵达后将会发觉遗失了车匙
贝亚提会在雪地上不断抽烟
两老自顾自走向更远的雪林
留下我们在这儿摸索
你们曾经摸索过的
我们或许也将失去
你们失去过的
寻回你们寻到的夏日喇叭的高音？
青葱绿草的爱情与表亲的游戏
拔尖升上林梢高处那是什么？
跃跃的翅膀期待满月的飞行
到头来超越纸鸢与群燕的共舞？
我们春天的血如树液往高处输送
接触另一幅肌肤体会气温的冷暖
草原与湖畔接壤处的干湿

我们沿着雪地点数
上天给予我们闪烁的珠宝
不觉来到林木的尽头
那起伏的是坟丘还是婴儿的被褥？

你认得那湖水伸展的形状
于你曾是最初的波涛
如今我们瑟缩在结冰的蓝色边缘
未能踏足试探它的软硬深浅

我们将要去到一所古老的酒店
建于世纪烂漫的童年
宾客纪念册上有天真的话语
押韵的诗行无法道尽日后的辛酸
橡木的装潢主持着圣婴降临的佳庆
一晃又已经是一个世纪
天使的翅膀眨一下划过迷乱的灯色
红了老妈妈的眼睛

裹在寒衣里是当年的少女曾经绘画
一张浮世绘风味的花卉
那是战争以前的日子
那时夏日的阳光烂漫
那时还未知日后花蕾开出灰暗
房子会陷落成为废墟
又再建起平庸的住宅
汽车老在林荫道上前行
汽车离开柏林驶出郊外
驶过半个世纪的毁灭与重建
六十年未回来的老妈妈
不能忍受眼前的平庸

过去不是这样的，你向我们保证
再往前驶会寻回夏日的青葱
汽车一直向北行驶
时间的轮子没有停顿

1998年12月

选自孙文波、臧棣、肖开愚编《语言：形式的命名》，人民文学出版社1999年11月版

曼德尔施塔姆

寒烟

一个浑身着火的人
闯进了谁的时代？
请接受我冒烟的问候

你被呛出了眼泪？
啊……我吞噬空气
吞噬我们亲密的距离
没有人比我更热爱这血液里的陌生

当真理在黑暗中分泌毒液
我的人民，让我去试刽子手的刀
我已听到黄金的韵律
世纪的幼芽在宇宙的胎盘里

惊醒

石头——冲向雕像
“这可怕的加速度”
别想把我从中剥开
“这可怜的元素"
多少世代后人们将把我谈起

请听一听这意外的声音
请听一听这消灾的声音——
“没有净土……”

1998 年
选自《山东文学》1999 年第 1 期

青海的草

古马

二月呵，马蹄轻些再轻些
别让积雪下的白骨误作千里之外的捣衣声

和岩石蹲在一起
三月的风也学会沉默

而四月的马背上

一朵爱唱歌的云散开青草的发辫

青青的阳光漂洗着灵魂的旧衣裳
蝴蝶干净又新鲜

蝴蝶蝴蝶
青海柔嫩的草尖上晾着地狱晒着天堂

1998 年
选自《诗刊》2000 年第 1 期

杜甫

黄灿然

他多么渺小，相对于他的诗歌；
他的生平捉襟见肘，像他的生活，
只给我们留下一个褴褛的形象，
叫无忧者发愁，痛苦者坚强。

上天要他高尚，所以让他平凡，
他的日子像白米，每粒都是艰难。
汉语的灵魂要寻找恰当的载体，
而这个流亡者正是它安稳的家。

历史跟他相比，只是一段插曲；

战争若知道他，定会停止干戈；
痛苦，也要在他身上寻找深度。

上天赋予他不起眼的躯壳，
装着山川、风物、丧乱和爱，
让他一个人活出一个时代。

1998 年

选自杨克主编《1999 中国新诗年鉴》，广州出版社 2000 年 6 月版，后收入黄灿然诗集《我的灵魂》，重庆大学出版社 2011 年 1 月版

高原上

朵渔

当狮子抖动全身的月光，漫步在
黄叶枯草间，我的泪流下来。并不是感动，
而是一种深深的惊恐
来自那个高度，那辉煌的色彩，忧郁的眼神
和孤傲的心。

1998 年

选自《天涯》2000 年第 6 期

张常氏，你的保姆

伊沙

我在一所外语学院任教
这你是知道的
我在我工作的地方
从不向教授们低头
这你也是知道的
我曾向一位老保姆致敬
闻名全校的张常氏
在我眼里
是一名真正的教授
系陕西省蓝田县下归乡农民
我一位同事的母亲
她的成就是
把一名美国专家的孩子
带了四年
并命名为狗蛋
那个金发碧眼
一把鼻涕的崽子
随其母离开中国时
满口地道秦腔
满脸中国农民式的
朴实与狡黠

真是可爱极了

1998 年

选自《名作欣赏》2002 年第 5 期，后收入伊沙著《伊沙诗选》，青海人民出版社 2003 年 9 月版

起风了

娜夜

起风了　我爱你　芦苇
野茫茫的一片
顺着风

在这遥远的地方　不需要
思想
只需要芦苇
顺着风

野茫茫的一片
像我们的爱　没有内容

1998 年

选自《诗刊》2003 年 5 月下半月刊

克制的，不克制的

沈苇

在沉寂和安详中度过一些时日之后
在游历了沙漠并拥有一张沙漠的床榻之后——

你是一座干燥的四面漏风的葡萄晾房
而心依然挂在体外，任凭风吹日晒
像一件苦行僧的袈裟，破烂不堪
会的，会有一件新的袈裟，一颗新的心
这是你向尘世最后的乞讨
这是时光屈辱的奖赏

你感到存在一个可能的边境
一座中国的长城，一堵耶路撒冷的哭墙
哭吧，坍塌吧，墙——
泪水浮起石头、砖块，像浮起轻盈的羽毛
一个可能的边境也可能是不存在的

像夜，漫无边际地荡漾开去
夜是液体的，在头盖骨的酒杯中晃动
闪烁着往昔岁月幽微的磷光
尽管灵魂修修补补，但足以自成一个国度
你体内的蛮族在睡梦中醒着

擦着弓箭，试探着陌生的寒冷的疆土
呼啸的马头像一把斧子
将你一劈为二：克制的，不克制的

1998 年

选自《诗潮》2003 年第 5 期

敬惜字纸

黄斌

我写字　写着字的美学
每一个汉字都发生过故事
还等待着故事
我透过汉字看到母亲的微笑
那笑来自地下的坟茔　像只兔子从草丛里跳出来
让我的怀念在深夜把自己揪紧
还在酒精中痛悔自己荒废了的青春
我想告诉她有很多新词在她死后出现
另外我还忘记了很多她教给我的方言
有不少可能是在吃奶时学会的方言
所以我喝酒　一个成年男人要喝的奶
酒精让我一眼看到汉字里的生命
就像我相信母亲不过一直在那里睡着
只是不愿意醒来而已

每次我读着母亲写给父亲的情书
就发疯似的爱上了汉字
珍宝着那些笔迹
那是六十年代的蓝墨水写的　红色栏格的信笺
上面还有红色的毛主席语录
我看到一个少女在用青春写诗
用汉字蹦出自己的心跳
而在她死后　我看到
每一个字都像她走动的身体

我的母亲是个教师
别人都叫她但老师　但是的但
她用她的爱情生出我的生命之后
用七十年代的缝纫机给我做衣服
给我做饭　还骂我是喂不饱的猪
我一直没有注意到母亲还是个会写字的女人
直到我看到她在煤油灯下写信
把一个乡村小学的夜写得油尽灯枯

就这样我顺便爱上了写字
母亲说那是书法
而我练过多年的书法
只是给她用白布写了篇祭文
和她一起进入焚尸炉
我看到炉顶的烟子冒了出来
像永字八法那样最先冒出一个点来

我就知道母亲已经活到汉字里去了

所以我相信汉字一定是美的　最少曾经很美
我想让每一个汉字回到她的过去——爱和生命
直到我自已也在汉字里存活

1998年

选自《青年文学》2006年12月上半月刊

公共汽车·两姐妹

韩博

年长的一个，锯下
他的双腿。年幼的那个
把他装进麻袋
堆上阳台。看上去
他只是积雪中的一袋杂物

圆脸的一个，叉开双腿
像鸟儿张开翅膀。长脸的那个
栖落在座位上，左腿
压住右腿。她们的裙子冬夏两用
短得好似春光

年长的一个，捏着杯子

品味断腿中的收获
虽然不多，总算
能把酒杯斟满
还可以切上几片香肠和咸肉

圆脸的一个，打量着临座
他可能是位谢顶的上帝，在后半夜
降临。他说，要有光，她就有了
假发、皮靴、手袋、香水、内衣
和尽情聊天的移动电话

年幼的那个，也学着
把自己斟满，好像一截雨水淋透的松木
躺在菊花衰败的锯木厂
她爱上了满口粗话的劳动模范
下班之前。他把奖金塞进袜子

长脸的那个，今天很累
车厢里没有她的上帝
她想休息，去买本杂志
再给妈妈打个电话，就说
一位副教授向我求婚，我很犹豫

年长的一个，只想多飞一会儿
蒸馏酒的翅膀
刚刚张开。年幼的那个

还想插上红酒的羽毛，逗留在
客人拥挤的低矮天空

圆脸的一个，是位贫困的
天使，出差人间的隆冬
也要赤裸双腿。长脸的那个
还要献出肚脐，为了观察和微笑
为了陈列福音的样品

年长的一个，听到车轮
在窗外，踉过新雪
就像……一二十年前，那个
只想打一个电话的夜晚
只想，不让肚脐着凉的夜晚

长脸的那个，似乎看到
北风挟着钢锯，为车窗
撒下一抹暗白的锯屑
公路起伏，生意清淡
晚景……不过就在杯中

年幼的那个，当然相信
上帝，以及貌似上帝，或与上帝
年纪相仿的夜半乘客
藏在袜底的奖金，逃不过
战胜了爱情的明眸

圆脸的一个，跨过杂物
的时候，差点摔倒，突然的刹车
接着是打滑，翻车，滚下公路
她坚持站着，想象着
一只鸟儿，怎样乔装成锯屑

1998 年

选自韩博著《借深心》，作家出版社 2007 年 11 月版

爱情

荣荣

已有些年了
我在诗中回避这个词
或由此引起的暗示和暖色
她是脆弱的　抵不住
一根现实的草茎
又像没有准星的秤
当我揉亮眼睛
她的直露让我羞赧
她的无畏让我胆怯
我曾因她的耀眼而盲目
如今又因清醒而痛楚
这个词　依然神圣

但对着你　我总是嘲笑
我一再地说　瞧
那些迷信爱情的家伙
等着哭吧　有她受的！
可是　我知道
我其实多么想是她
就像从前的那个女孩
飞蛾般地奔赴召唤

1998 年
选自《诗探索》作品卷 2007 年第 1 辑

女生宿舍

路也

其实女生宿舍就相当于
古代小姐的闺房
如果念的是中文系
那就算是潇湘馆或蘅芜苑了

窗外晾晒的衣裙正值妙龄
被阳光哄骗又滋养
楼下槐树影里总有男生伫立
失魂落魄，个个像贾宝玉或张君瑞
挂风铃的窗口在虔诚的目光里

被仰望成革命圣地的宝塔
这是通往爱情的最后一站，如同前哨阵地

像债务似的，书桌上堆积着待补的笔记
给好日子笼罩上阴影
课桌里塞着伙食费换来的口红
这是给美丽上交的那么一点点税
印染床单铺着大面积的鲜花
花丛里隐匿着蜜蜂般的机缘
床架上的长筒袜很慵懒
一件颜色愁苦的连衣裙月经不调
布娃娃比她的主人还出众
脸上的小雀斑古色古香
日记本暗暗地在枕头底下怀春
一枝红杏已伸出了硬壳的封皮
还有刚刚封口的信函，郑重其事得犹如精心装修过的房间

像不爱江山爱美人一样
她们有时不爱身材爱巧克力
看书时总要吃着五香瓜子，嘎嘣嘎嘣
其速度与准确度超过阅读
并随时准备像嗑瓜子一样
把她们自己的身体也嗑开来
方便面吃多了怎么有股肥皂味呢
它的保质期跟爱情一样，超不过半年
而最疯狂的恋爱，也无非等于

害一场偏头痛。副产品是一大批
诗与散文，属哼哼唧唧派

时光跟口香糖般耐嚼，不见消耗
总得发生点儿什么吧，总得
从青春这朵玫瑰中提炼出点儿什么来
在最关键的时刻
最好是病上一场，病成西施的模样
爱情跟革命的性质相仿
往往在身心链条最薄弱的环节取得胜利
在这里，每个人，都把自己当成
生活影片中的女主角
并把某男生的殷勤看成上帝发给自己的奥斯卡奖

1998 年

选自《星星》1999 年第 6 期

四合院

多多

滞留于屋檐的雨滴
提醒，晚秋时节，故人故事
撞开过几代家门的橡实

满院都是

每一阵风劫掠梳齿一次
牛血漆成的柜子
可做头饰的鼠牙，一股老味儿

挥之不去

老屋藏秤不藏钟，却藏有
多少神话，唯瓦拾回到
身上，姓比名更重

许多乐器

不在尘世演奏已久，五把锯
收入抽屉，十只金碗碰响额头
不惜钟声，不能传送

顶着杏花

互编发辫，四位姑娘
围着 棵垂柳，早年见过的
神，已随鱼缸移走

指着石马

枝上的樱桃，不用

一一数净，唯有与母亲
于同一时光中的投影

月满床头

在做梦就是读报的年龄
秋梨按旧谱相撞，曾
有人截住它，串为词

石棺木车古道城基

越过一片平房屋脊，四合院的
逻辑，纵横的街巷，是从
谁的掌纹上预言了一个广场

一阵扣错衣襟的冷

掌心的零钱，散于桌上
按旧城塌垮的石阶码齐
便一边拾捡着，一边

又漏掉更多的欣喜

把晚年的父亲轻轻抱上膝头
朝向先人朝晨洗面的方向
胡同里磨刀人的吆喝声传来

张望，又一次提高了围墙……

1998 年

选自多多著《诺言：多多集 1972—2012》，作家出版社 2013 年 10 月版

1999年

叙事

叶辉

这家有五个女儿和一个
过了中年的父亲。我常常看到
他拎着空垃圾桶站在路口

他的女儿如放飞的小鸟
在小镇的舞厅和宾馆前笑。而他的妻子
我从未见过，她可能
像只母鸡。羽毛上闪动整齐
内敛的光芒

有时他伫立在阳台上
像是在守候。在飘动着的
五彩衬裤和他自已朴实的外套后面
我爱上他家最小的那个

直到她们不断离开
直到我忘了她的美貌和坏名声
如今。他像是消失了，看不见了
仿佛五盏照着他的灯被移开
他暗了下来

选自《山花》1999 年第 1 期

怀疑论者之死

王艾

我死在自己煮沸的熔炉里。我的唯心的
月光画册中，阶级美人匆匆走过
而思想的花园驻足着马匹和羔羊。秩序的
语言中，我是自己的奴隶
主观的铁链捆住，这理性的胳膊
我不得不做出对自己不利的反应，像
掌中火焰，照亮脸庞。那称之为明镜的
天空，脸庞抛锚在树冠，屋檐
与春日之间。我死在幽暗的宗教乡村里
臣服于农业的人生，对灿烂的工业妇人报以
微笑。我的敲击来自不听话的心灵
血液沿着生命的本质追求时髦的话语。

我死在自己建筑的纸上的虚无。我唯物的
落日图画中，异类的鸟儿奏出
无补于生命的歌，栅栏，钢琴，
旧时代的灰尘掩埋高音区的城市，我是
自己的叛变者。暴乱的掌中的权柄
卖血者苍白的脸孔，幻化为黄昏的蝙蝠
哦这想象的心形蛋糕，幸运的舌头的蜜糖
均被客观的我的日子所肢解。我死在粉碎的

经验的园林，先是迷路，后是消失
如梦人间有人在不断地付出，他们重蹈覆辙
怀疑，辩论，成为后来者的模范

1999 年 4 月

选自王艾著《奇异之乡》，时代文艺出版社 2015 年 9 月版

晨风正在穿越大地

大解

晨风正在穿越大地　从石家庄至北京
华北平原无遮无蔽　我坐在火车上
翻看一本旧书　偶尔抬头
看见许多事物一掠而过　原野在飞速撤退

透过车窗　霞光迎面扑来
远方的城镇和村庄飘出烟缕
我认不出更远处的事物　麦苗和畦埂
分割着田野　有人藏在地下
趁着春天抽出油绿的叶子

正是从那秘而不宣的根须和叶脉上
形而上的晨风从四面八方涌入我的窗口
吹乱了我的书页　唉　多少年过去了
一群呼号奔走的人长衫飘飘

就这样倏然隐没在历史和文字之中

时间会不会重来
让我在古城中遇见他们的背影？
再过一小时　北京就将出现在我的视野里
火车在加速　似乎只有加速
才能追上前人匆忙的一生

但谁能在风中久留？
谁能从纪念碑的浮雕上走下来
甩动着荷叶似的黑发　手捂着胸脯
等待我来临？
此刻　曙光所照耀的马路在原野上分岔
一群逆风骑车的中学生向我招手致意
而火车呼啸而过　沿着卧倒的天梯直冲向黎明

火车经过华北平原　中间没有停留
我从车窗伸出手去　感到风
一直在吹　这虚无而持久的力量
使地上的麦苗和孩子不住地拔节
模仿做梦的青草轻轻晃动

选自《诗刊》1999 年第 5 期

抵达

阿信

风抵达一片草叶。阳光
抵达草叶上寂静的露水
玛曲：雪水汇聚的河流
抵达一座
雾气蒸腾的草原
三声鸟鸣，九座耀眼的帐篷
抵达一个人内心的边疆
梦中的牛羊
抵达《圣经》中遥远的故乡

选自《星星》1999年第5期

安眠药

盛兴

我的那些朋友们
将安眠药咖啡般轻轻搅匀
一口一口地小啜
剩在碗底的部分一饮而尽
向我摊一摊手

他们端着杯子的姿势
像一只坚硬的盾牌
在夜晚无懈可击

有时我们在去药店的路上相遇
彼此摇一摇头
就进入各自没有安眠药无法入睡的黑夜

你不能同时买下大量的药
你将遭到猜忌与拒绝无疑

而这些年我们所食安眠药的总和
足可以杀死一整个黑夜里的光明
救活一整个白昼里的黑夜也足够

在那些光阴里
我们拖着无法成双的鞋子
在卧室趿来趿去
有时也举杯祝愿
彼此的黑夜与白天
杯子干了以后就聊一些与睡眠无关的话题
感受着睡意与清醒间的过渡
寻找着虚度了的岁月
与其他岁月的界限

选自《天涯》1999 年第 6 期

天使之城

蔡天新

我站在阿克罗波利斯山上
背对着巴特农神庙，眺望雅典城
天使是白色的，塞菲里斯声称
他最爱的是辛格鲁林荫道

假如柏拉图还活着，今晚他是否会
路过此地，坐在光溜溜的石头上
并不是阿卡德米废墟里的那块
他遣散诗人却挽留下几何学家

是谁创造了科林斯的圆柱
和那些谜一样的希腊字母
山下的波拉卡灯火渐明
像一张硕大无比的棋盘

成千上万的游客围拢在餐桌前
分享着鲜花、美酒和佳肴
来自摩尔多瓦的妓女混杂其中
她点燃一支烛焰，牙齿发出咯咯的笑声

1999 年 7 月 17 日

选自臧棣、孙文波、肖开愚编《激情与责任：中国诗歌评论》，人民文学出版社 2002 年 9 月版

穿睡衣的高原

谯达摩

此刻睡衣醒着，而高原沉睡。
唯有漫山遍野的羔羊
从云的乳房汲取奶水。

此刻溶洞潮湿。没有语言，只是麻酥酥的震颤。
幽谷的泉水冲洗了她。
她蹲坐在光滑的鹅卵石上，开着喇叭花和秋菊。

此刻睡衣醒着。一种收割灵魂的吟唱。
这是赶着马车的细雨，行游在树梢，
去天堂度假。

溶洞再次潮湿。露出她的雀巢。
透过枝叶婆娑的林荫小径，从花瓣守卫的
花盘，她羞涩地吐蕊。

此刻睡衣醒着，收藏蝴蝶和钻石。
这是依山傍水的宫殿
点一盏煤油灯可以龙飞凤舞，两盏灯可以升天。

此刻溶洞潮湿。此刻她如鱼得水。

她的睡衣突然被风拿走。迷醉的山峦扑面而来。
漫山遍野的羔羊，啃着青草的乳房。

此刻睡衣再次回来。她抚摩着她的土地。
她的幽谷中，大片的红罂粟遍地生辉。再也无处藏身。
一匹瀑布，卷帘而上。

那些娃娃鱼的倒影开始疯狂。

选自《诗刊》1999年第8期

是谁背叛神的意志灭了蛐蛐知了王国

灰娃

高悬树顶琤琤玐玐仿佛
日光摇筛碎琥珀我的心
一圈圈回环灿亮细波
而草丛璎珞丁零丁零一串又一串
把寂静一再扩展一再绵延虚空

神的钟响了　快出来吧
快来感恩季节的馈赠
人心　世道　都被神意浸透
我们身心溢满那种
清冷凄伤的幸福

安息日到来前大地深层
发布警示传出信号
自天门飘洒红黄绿褐的
音符飞旋着
零落时凄楚却嘹亮峭拔

无论荫翳轻笼还是玫瑰照耀
红铜金黄闪烁墙头林梢
上苍的眼波嚣张跋扈退尽
满眼清澄洗练禅意漫染
莫非

神异的光源流射人间
天堂传来祈祷的回声
唤醒灵魂掬饮生命深意
过往旧事萦怀不已
又惆怅又甜蜜　可今年

秋光秋云依然颀长阴影曳得更长
浅金色烟雾漏下金箔银片
晃来晃去与点点幽暗离合交错
我的心眷留低回　该怎样
安顿大地的心　因为

那一串串穿凿世事撕着人心的铿鸣

熄灭了
虚空不可挽回大地和我的心
但梦很长很长　千年的惋惜的影子
在流光隧道飘荡

可既然大地坚忍无比
谁竟从大地逼走
摇落清芬的音乐？是谁
竟从人心里掏去那
百念丛生万千感慨的凄然之美呢

选自《人民文学》1999年第9期

教孩子们伟大的诗

陆忆敏

当我
带伞来到多雨的冬季
我心里涌起这样一种柔情
——教孩子们伟大的诗
教孩子们喜爱精辟的物语

车站外的灯光是昏暗的
墙壁是陈旧的
地上是冰湿的

我和我心中的我
近年来常常相互微笑
如果我的孤独是一杯醇酒
——她也曾反复斟饮

我有过一种经验
我有一种骄傲的眼神
我教过孩子们伟大的诗
在我体质极端衰弱的时候

选自《作家》1999年第9期

与谁告别，告别什么？

森子

一叶落，多么轻，如卷边的云
最后一吻，烧焦秀发的黄昏与
理性，你说深情，也包含了厌倦
不知所终的旅程可以到达任何一点
掐紧自己的脉搏，但无须数数
比赛、竞争只与假想的情敌打个
平手，而深渊已从倾斜的平面上打开
涌出多余的人群、车辆和灯光
给你腾出一个带耳塞的单身房间

灰头土脸，可以，你是自己丢失的
一部分，可以燃烧、哭泣的一小部分
当然，你可能想到骨灰这个词
但怎样解释灵魂自在性这一命题
是你抛弃了，还是被抛弃
抑或没有法则的循环游戏
你梦想的整体是无穷的铁环相扣
圆满、孤寂带有神龛的神秘气息
最后的一支曲子，你没跳
水晶般的舞鞋坠入喧嚣的街道
别人看到你在旋转，天旋地转
可生活似乎纹丝未动
皮鞋、轮子轧在你脸上，覆盖
已经过期的生存密码，不能给
平庸的生活加深任何东西
甚至思考也是别人的黄昏
你说过类似告别这样愚蠢的话吗？
与谁告别，告别什么？
连一行电话号码你都不想添满
风吹落昨日，吹落杯盘中的
叮当记忆，为你的遗容涂荧光粉
挽歌拖着长腔从死亡之舟上飘过
你又一次感到了屈辱和欺骗
索性你离开了时间这样的
易于伤感的抽象门槛，燃烧或腐烂
还需等待抽身离去的幻觉萌生

过去，你认为自己有灵魂

1999年9月12日

选自谢冕总主编《中国新诗总系1989—2000》，人民文学出版社2010年9月版

我攥紧，拒绝松开写诗的手

余丛

这一只右手，在我的眼里。比左手重要
因为它会写诗，所以我攥紧——
我知道，有时候攥紧的是烧红的铁条
有时候是一根救命的稻草

但，我拒绝，松开写诗的右手
即使它大部分时候，不是在写诗
而是握着笔，发呆
写不出一句令左手欣慰的诗句

1999年9月28日

选自余丛著《被比喻的花朵》，暨南大学出版社2010年12月版

皇城（节选）

贺中

——谨以此诗献给安多尼玛、铁木尔、安建军、哈拉布奇、强强、虎子、巴尔斯等这些牧野之子，雪山飞狐和挽歌的制造者，草原最后的一批高地工匠

1

我拖着黄昏的寂静：那弥漫乡间的灰色路面
穿过柳林拂盖的小桥，停止于一个孩子的手心
如果小小的蜂鸟飞过阴暗的光线，羊群从远处的阳坡
慢慢移来，我拖着黄昏的寂静，肯定吹响了口哨
白杨树肥大的叶子，肯定吹响晚风的口号
我的表兄，长着光秃额头的铁木尔，肯定睁开了夜鸟的眼睛
我们会踏过雨后的小街，向一座古堡靠拢
各自开始充满幻觉的行动，把鼻子伸向幽黑的古穴

2

有一个时间，我喜欢哼着蓝色的牧歌
把脑袋定格在中世纪的一段游牧场景之中
从光荣的部众战士身上寻找远征的勇气：我拖着黄昏的寂静
寻找一个时间，一个戴红头巾的美人，一段传奇的复活——

我玩过的地方很多，只是关于乌勒斯苔河的涛声
关于王宫的逸闻宛若歌谣般回响——每次凝视已失的风景
这些宽阔的背景，这些骑士头顶耀眼的翎毛
和周围的群山总是融合为一体，成为我历史的中心

3

很久以来，我都不再关心这块地方的牧野
当我再次拿起笔，拿起这份永生的粮食，那不同于一切的
古谣就响彻耳际——它是那么尖锐，又是那么动人
清晨的美景飞速飘来，海子上空的鸥鸟重临胸怀
“走得再远，你这头戴云帽的游子，也要回头张望！
走得再久，你这忘记土地的浪人，也要举目故地”
想起光阴浸泡的羊皮古书，镜子闪光的预言
我只能拖着黄昏的寂静，唤醒熟睡的婴孩同往

5

野豆子吸引幼稚的心灵，我拧动第一朵向日葵的头颅
抢下第一颗小小的果实，那田园里的布谷鸟，那山野里的喜鹊
和草莓的秋天同样让云雀高高歌唱——
我拖着黄昏的寂静，如同现在，也抢来另外的叹息
另外的骨头，另外的歌唱！那些圆圆的山峦
环绕在心脏的四周，那些子夜的铜钟
敲碎每一个黎明的额头！多么寂静啊——
溢进水库长长的堤坝，像冷冷的银色小鱼游动

7

皇城！皇城！我终身牵挂的城堡
我少年时代的无上水晶，我万枝疏动的莲花
我走不过你的视野，换不了你的皮肤——
咆哮不息的瓦尔多河，如同你给我的血液
把深宵的梦乡唤醒，把酒后的醉汉扶起
皇城啊皇城，我要写下暮年的诗篇
赞美你酒糟一般的四季，诅咒你车轮般碾过的岁月
我要向现在：拖着黄昏的寂静，拖来清亮的鸟鸣

10

鬈发的小妹妹，水井旁的风情，白马带走的美月亮
——皇城啊！梦中的极乐圣宫，一场大雪以后
我拖来黄昏的寂静，写下给你的敬意和怀恋
“时代之子，你的缝隙落满各色小鸟
纷纷扬扬的羽毛是星辰的舞蹈！”
我捧起精血的碎粒，像羔羊般呼唤——
多么寂静！多么寂静！在高高的雪原：我拖来黄昏的寂静
如同我手中的笔，有着无法言说的痛苦啊——

11

大雪在山峰厚厚堆积，那在宫道环行的娥女已经消失

通过古老的经卷我知道了过去的故事，古老的姓氏啊
像群山之上的银冠，泛出旧日温暖的夕光
悄悄旋飞的鹰群，一如既往地飞临辽阔的大草原
我愿意在正午的睡意里，置身一片松柏的浓荫
追随香味中闪现的裙袍，越过永世不返的河水
成为这个时代动人的传诵：“寒风萧萧，白雪飘飘
身着红色大氅的王孙又要走向哪里?!”

14

记得曾经在二十岁时漫游祁连大草原，庞大的废墟
和雪的纪念停泊河边，牛车拉开雾气蒙蒙的傍晚
《保树》的诗句开始涌动，《沙特》诗句开始涌动——
历代的先人：这些太阳的孩子，这些逐水草而居
因战乱逃亡的王族，在我的体内奔波
逃亡者的泪啊，给我了一生不变的坐标
难民们的血啊，给我了一生隐秘的烙印
“当我超越了遗落的种族，胸怀中将收留什么?”

15

“金顶的鸽群飞掠红墙内的宫殿，信徒们手持玛尼转山——”
我置身遥远的异地，目视相同的风景，写下这些朴素的字词
而且拖来黄昏的寂静，苍茫地看自己逐渐消散为大沟口的流云

选自《民族文学》1999 年第 11 期

雪的教育

桑克

“在东北这么多年，
没见过干净的雪。”
城市居民总这么沮丧。
在乡下，空地，或者森林的
树杈上，雪比矿泉水
更清洁，更有营养。
它甚至不是白的，而是
湛蓝，仿佛墨水瓶打翻
在熔炉里锻炼过一样
结实像石头，柔美像模特。
在空中的T形台上
招摇，而在山阴，它们
又比午睡的猫更安静。
风的爪子调皮地在它的脸上
留下细的纹路，它连一个身
也不会翻。而是静静地
搂着怀里的草芽。
或者我们童年时代的
记忆和几近失传的游戏。
在国防公路上，它被挤压
仿佛轮胎的模块儿。

把它的嘎吱声理解成呻吟
是荒谬的。它实际上
更像一种对强制的反抗。
而我，嘟嘟囔囔，也
正有这个意思。如果
这还算一种功绩，那是因为
我始终在它仁慈的教育下。

1999年11月21日

选自《中国作家》2002年第6期

中国酒吧

般龙龙

好像叙述一件黑色的事
音乐，深渊，只为了你

你回来了
带着突然的光芒

谁也想不起丑陋人的善良
要说的故事沁人心脾
一杯酒开始了最初的歌唱

谁也无能为力
谦卑沉入血液，如黄河的泥沙

真的，是什么将你推到
美好的悬崖上
不再为动身的日子手忙脚乱

在黑暗中生存
我们听见的只是自己的心

如果离开
一匹马应当跑在前面
我们坐在车内，与世隔绝

燕子冲进新婚的雨中
它哭过，几乎卷走秋天的忧伤

贫穷贴在沙滩上
像条鱼

在哪儿爱过你，想过你
水游着各种各样的清凉

在哪儿想过你，爱过你
我的舞蹈在痛
我的诗长在亚洲

选自《一九九九　九人诗选》，中国文联出版社 1999 年 12 月版

这世界……

凌越

这世界，让我们言说，
在光的耳旁，夜的腹部，让我们言说，
十二月的月光过于阴郁，这世界过于沉默：
云的信使，时光丢失的落叶，
哦，还有那么多土地上走动的人。
这世界，让我们言说，不停地说，
在话语里，我们微微放肆的笑容里，
这世界，终于出神了片刻。

选自《天涯》1999 年第 6 期

小小炊烟

李南

我注意到民心河畔
那片小草　它们羞怯卑微的表情
和我是一样的

在槐岭菜场，我听见了
怀抱断秤的乡下女孩

她轻轻的啜泣

到了夜晚，我抬头
找到了群星中最亮的那颗
那是患病的昌耀——他多么孤独啊！

而我什么也做不了。谦卑地
像小草那样难过地
低下头来

我在大地上活着，轻如羽毛
思想、话语和爱怨
不过是小小村庄的炊烟

1999 年
选自《红岩》2002 年 5 月号

飞行诗篇

赵野

一

如果在宁静中，可以赢得时间
和智慧，欲念不再涌动
灵魂澄明而安详，如月亮

遥远、莫测、高悬天空
如果在一枚鲜红的樱桃
和樱桃树之间，可以有选择
那么这一切，连同适度的原则
有多大意义，我表示怀疑

二

从昆明飞回北京，一种高度
使我眩晕，并产生遐想
我刚读完詹姆斯·希尔顿的
《消失的地平线》，不免诧异
六十年前，他杜撰了一个名字
就想解放西方的心灵
但是活着，我敢说，却远比
一部小说更微妙和细腻

三

痛感中年的疲惫，心为形役
想象一片净土，没有人迹
而肉体又怎能为思想拯救
因此一代代，只闻空吟
“归去来兮，田园将芜胡不归”
白昼劳顿，黑夜孤寂
现在一万米的高空上，落日熔金

我却挂念一片云，她飘在巴黎

四

她朴素，美好，并且生动
如羚羊和桂木，我可以感受
尘世的美，或许短暂
却更真实，激荡我的血液
这些云彩和光芒，都不如
她的声音，使我温暖亲切
我还记得在希腊的海滨
十年苦战，只为了一个海伦

1999 年

选自赵野著《逝者如斯》，作家出版社 2003 年 12 月版

半夜里的灰尘

莱耳

半夜里　这些灰尘浮起来
比在阳光下更加喧嚣
它们轻轻地碰触
让骨头发出清响

半夜里的灰尘

伸展着四肢　练习舞蹈
让语言开出浓艳的花
让水在失去温度时　沸腾

半夜　这些灰尘
经历一场短兵相接的战争
那些丢弃的铠甲和残骸一起
在清晨之前慢慢冷却并且宁静

半夜　这些灰尘浮起来
在分裂之前把眼泪和温情一起展览
天空开始学会把欲望埋藏
像一个初生的乞丐
把眼神放在穿西装的人的背影后面

半夜
让灰尘浮起来
让死亡浮起来
让记忆淌出新鲜的浓厚的汁液
说，我来
只是作为一粒灰尘而来
——与你无关

1999 年

选自《星星》2003 年 4 月下半月刊

水果店的黄昏

马铃薯兄弟

水果店的老板娘
又在擦拭她的橙子
她挨个擦拭
动作
温柔而优美
像在重温
一种失落已久的
手上的感觉

她眼神邈远
眼睛越过橙子
的金光
感到有什么
在皮肤内外
开始滚动

她擦拭橙子
直到果皮干涩
在黄昏的灰光下
发出引诱而
甜蜜的气息

她把最光洁
最圆润的
放在最上面
然后
关上店门
消失在寒冷
与黑暗中

1999 年

选自《诗刊》2004 年 5 月下半月刊

寻找调门的人

张执浩

一生中，他都在跑调。他的苦恼在于
不能主宰自己的音高，更在于
他不能与大众协调
从变声期到更年期，他过着
五音不全的生活，他埋怨过
舌头、喉咙，他的胸腔埋藏着
一团生活者的怒火，如果我们允许
他诉说，他将把生米烧成熟饭
把冰凉的人间变成熊熊大火
唉　在歌唱的年月里，他跑得越远

越能证明歌唱的代价
除了他，谁都不想这样付出
而事实上，他只有一个梦想，梦想
有朝一日能与生活平起平坐
他选择过美声、民歌和通俗
在三者之间，他最后选择了缄默
命运关上了耳朵，连呼吸声也显得多余
这是大众安眠的时刻，一个缄默者
让我们集体醒来，因为
我们已经习惯了他，如同节日
习惯了虚情假意的赞颂，如同
他一生的奔跑，而道路原本就忐忑
他起初责怪鞋子，后来是脚
最后是身后跑过来的道路

1999 年

选自《特区文学》2005 年第 1 期，后收入张执浩诗集《苦于赞美》，武汉出版社 2006 年 1 月版，作者后来有改动

慢跑者

姜涛

终于等到了这一天，到邮局领取退休金
可以早睡早起，完全听凭内心的安排
六月的天空像一道斜杠插入，删除床板尽头
肉感的悬崖，溅起一片燕语莺声

以及昨夜房事中过于粗暴的口令

缺乏目的，做起来却格外认真
白网球鞋底密封了洪水，沿筋腱向脚踝
输送足够的回力，一步步检讨大地
只有老套经验不足为凭，他决定尝试
新的路线，前提当然是：身披朝霞的工程师
还能爬上少妇茁壮的高压塔

“多吃大豆，少吃猪肉，每天用日记
清洗肠胃”还要剥开个性
露出人格，“看看它还能否嘶嘶作响，
像充电灯里骄傲的旧电池”
所以，他跑得很慢，知道在赛跑中
即使甩掉了兔子，还会被数不清的霉运追赶

可行之计在于为体魄画上节奏的晨妆
肚子向前冲，让时光也卷了刃
但小区规划模仿迷宫，考验喜鹊的近视眼
于是，他跑得更慢，简直就是蹑手蹑脚
生怕踩碎地上的新壳（它们沾着晨光的油脂
刚刚由上学的小孩子们褪下）

他跑过邮电局，又经过家具店
其间被一辆红夏利阻隔，他采取的是
忍让的美德，蜷起周身蔬菜一样的浪花

努力缩成一个点，露水中一个衰变的核
防备绊脚石，也防备雷霆
从嘴巴里滚出，变成肤浅的脏话

惊扰一片树叶上梦游的民工
而马路尽头，正慢性哮喘般喷薄出城市
朦胧的轮廓，清风徐徐吹来
沿途按摩广告牌发达的器官
这使他多少有点兴奋，想到时代的进步
与退步，想到成队的牛羊

已安静地走入了冰箱，而胖子作为经典
正出入于每一个花萼般具体的角落
“我们的推论丝丝入扣，像柏油里掺进了
白糖，终于在尽头尝到了甜头！”
慢跑者意识到心脏长出多余的云朵
灵魂反而减轻了负担

他跑上了河堤，双腿禁不住打晃
看到排污河闪闪发亮地伸向供热厂
一轮红日刺入双眼，在那里
明媚之中，无人互道早安
只有体操代替口语，为下一代辩护

1999 年

选自姜涛著《鸟经》，上海三联书店 2005 年 11 月版

精神病院访客

小海

恶魔在睡梦中轻声低语
像落入陷阱
梦触犯身体
发出刺耳的噪声
一种天生的女性气质
使他就范
看上去不适合
他可以走过来走过去
像聊斋中的女狐
哪怕他什么也听不出
这个高大的化了淡妆的男人
你可以尝试把手放在他肩上
轻轻拍打
对世界完全丧失了耐心的人儿
闪烁不定，如这个星球上
拯救者的脸
他的反抗如此强烈
又极端疲倦、虚弱

反省、抵抗、错误
慢慢又回复到过去

一个人梦中会如此深入而无助
不断地模仿和学习新生事物
清洁、善良和美德
——黑暗大地上的匿名朋友
有多少悲伤粉碎了
不是仅仅审视一下便能轻轻蹑足而过

1999 年

选自《诗选刊》2005 年第 2 期，后收入小海著《男孩和女孩——小海诗集(1980—2012)》，北岳文艺出版社 2016 年 2 月版

生活

孟浪

直立的恐惧
让无膝盖的人如何下跪？

演员说：他去剧院才是回家
演员的妻子说：他回家总在演戏。

只是关节如何弯曲
打击的半径如何缩短？

三岁的儿子说：他离开家，也就离开了舞台

儿子进一步说：他离开了舞台
遇见的每一位却都是剧中人。

战争爆发了
化妆停止了
火箭发射架已然直立。

妈妈接过话头：儿子，你去洗脸
我去化妆，你爸爸嘛，他正在生活！……

无膝盖人，无膝盖人
生长更多的腿，在半空摆荡
洋溢爱情，呵，洋溢爱情。

1999 年

选自孟浪著《南京路上，两匹奔马》，光明日报出版社 2006 年 10 月版

2000年

世纪的脚步

郑敏

世纪杂沓的脚步
　　消失如风声，远去……
留下深深浅浅的足迹
谁能从中还原出
那消失了的心灵，它的善恶？

世纪的喧嚣
　　消失在夜空下，远去……
留下金属划过的伤痕
　　在黑大理石的桌面上
雁声过境，谁理解它的呼唤？

人们在摸索中移动，
历史如原始莽林，
两条秘径的终端是一个
一个难以达到的期望
所幸，梦醒时又见满天星光月色

　　选自《诗刊》2000年第1期

献诗

祁国

天空是个秃子
掉光了头发

一个工人扛着一根青草
来到山上

2000年1月1日

选自安琪、远村、黄礼孩主编《中间代诗全集》，海峡文艺出版社2004年6月版

身体里泄露出来的光

李元胜

我缝上线的皮肤
像墙的裂缝
刺眼的光从里面泄露出来
把四周照亮

为什么是这新鲜的伤口
为什么是这阵阵袭来的疼痛

在帮助我
看到更多的东西

为什么我喋喋不休
却没说出一句话
为什么我的眼眶里
转动着的始终是一块石头

这难愈的创伤
像一根点燃的灯草
它的那一端
浸泡在被我忘却的存在中

2000 年 1 月 4 日

选自《诗刊》2000 年第 12 期，后收入李元胜诗集《无限事》，重庆大学出版社 2012 年 11 月版

在精神病院的花园

侯马

在精神病院的花园
病人仨仨俩俩一本正经

我感到了春天的温暖
也察觉到春天的不安

女病人似乎有最大胆的性
男病人却有惊人的理智

四病房的问一病房的
“哎，你们屋那爷们怎么又回来了。”

一病房的回答：
“他精神病犯了。”

这一幕曾让我狂笑不止
今天却感到了一丝悲哀

2000 年 1 月 6 日

选自侯马著《精神病院的花园》，河北教育出版社 2003 年 8 月版

理所当然

宇向

当我年事已高　有些人
依然会　千里迢迢
赶来爱我　　而另一些人
会再次抛弃我

2000 年 1 月 17 日

选自宇向著《女巫师》，中国青年出版社 2015 年 8 月版

数数

哑石

据说　恒河之沙多得难以计数
在有着细微触感的风鸣中
我瞥见小小的落日。确实
我有些呆笨　看不清落日背后的可能。
假如在熙攘的人群中数数
我只能指出：你，我，他　然后
便是“许多，许多……”
而每个孩童　总认为沙粒是可数的
一如丛林中老虎燃烧的金色花纹。
“她柔软的心　能坦然接受无限。”
有一回　我三岁的女儿
说她梦见了巨人　与天上星星一样多
似乎整个宇宙都没有一丝阴影
那时　我真感到羞愧
不敢询问女儿是怎样计数这一切的
(像弯弯指头那么简单、确定?)
落日下　我拖着肮脏的身躯散步
感到自己的能力极其有限
甚至看不清一粒金色的沙……或许
我只能好好地去爱一个人
而不是更多……譬如你，我，他

譬如那一直默默庇护你的人
……有时　她是你的女儿
更多时候　她是血液苦苦哀求的声音……

2000年2月6日

选自《青年文学》2002年第6期

我们那儿的生死问题

沈浩波

我们那儿是一片很大的农村
农村里到处生长着庄稼、男人、女人
以及他们家里的畜生

我们那儿有很多女人是自杀而死的
有的喝农药，有的上吊
大部分选择了喝农药
我们那儿管这种死法不叫自杀
就叫“喝农药喝死的”

我有时很佩服这些喝农药的女人
她们是真正视死如归的人
从想死到死
甚至都没有考虑一下
就干脆死掉了

有时候我又很佩服那几个上吊而死的女人
她们是真正考虑清楚了生死问题的人
真的决定好了要去死
这才上吊死了
我们那儿管这种死法也不叫自杀
就叫“上吊吊死的”

2000 年 2 月

选自《山花》2000 年第 10 期，后收入沈浩波著《命令我沉默：沈浩波 1998 ~2012 年诗歌选》，浙江文艺出版社 2013 年 3 月版

潜水艇的悲伤

翟永明

九点上班时
我准备好咖啡和笔墨
再探头看看远处打来
第几个风球
有用或无用时
我的潜水艇都在值班
铅灰的身体
躲在风平的浅水塘

开头我想这样写：

如今战争已不太来到
如今诅咒　也换了方式
当我监听　能听见
碎银子哗哗流动的声音

鲜红的海鲜　仍使我倾心
艰难世事中　它愈发通红
我们吃它　掌握信息的手在穿梭
当我开始写　我看见
可爱的鱼　包围了造船厂

国有企业的烂账　以及
邻国经济的萧瑟　还有
小姐们趋时的妆容
这些不稳定的收据　包围了
我的浅水塘

于是我这样写道：
还是看看
我的潜水艇　最新在何处下水
在谁的血管里泊靠
追星族，酷族，迪厅的重金属
分析了写作的潜望镜

酒精，营养，高热量
好像介词，代词，感叹词

锁住我的皮肤成分
潜水艇　它要一直潜到海底
紧急　但又无用地下潜
再没有一个口令可以支使它

从前我写过　现在还这样写：
都如此不适宜了
你还在造你的潜水艇
它是战争的纪念碑
它是战争的坟墓　它将长眠海底
但它又是离我们越来越远的
适宜幽闭的心境

正如你所看到的：
现在　我已造好潜水艇
可是　水在哪儿
水在世界上拍打
现在　我必须造水
为每一件事物的悲伤
制造它不可多得的完美

选自《上海文学》2000 年第 3 期

一块有裂痕的玻璃

江一郎

一块有裂痕的玻璃
还能坚持多久
身边风景依旧
而玻璃上裂痕在加深
如同一把隐形的刀
不出声划过
那种疼，谁替玻璃喊出
一块有裂痕的玻璃
也许碎了就碎了
在某一阵大风中
在某一场雨水里
玻璃一样的命
这算不了什么
受伤的是玻璃
不是一个人，为何
我摸到一个人的疼痛
裂痕一天天加深
只有阳光拈着针线
一针一针，穿过
玻璃的伤口

2000 年 3 月 10 日

选自《诗刊》2000 年第 8 期

致敬

哑石

向春天的白云致敬
向感动得化掉的血肉致敬
像危世风鸣中每一坚韧的驻守致敬
向悬崖、黑暗致敬
向你的哭，向你光明的诅咒致敬
向红色、黄色、蓝色致敬
向所有我说不出来的颜色致敬
向你脸上的小酒窝致敬
它们一旋、一荡　就是白天、黑夜
就是无限循环中众多隐秘的声音；
对了　必须向硬朗致敬
向事实上盈满大地腋窝的绿叶致敬
向星空那浩瀚的未知致敬
它带走什么？这绵密、有时是粗鲁的
馈赠　难道真有人熟视无睹？
向《古兰经》致敬
向异域和本地致敬
向《金刚经》《圣经》尖锐的教诲致敬
大河泱泱　随物赋形
请，请向庄子虬髯飘扬的逍遥致敬
或者　向仲尼的沉痛致敬

如有可能　清气澈荡血脉
在另一处　我要向裘力斯·凯撒致敬
向莎乐美致敬
向《狄尤玛斯》海面上的波影致敬
向疯狂的石榴树致敬　致敬……
这里　青江东路笔直
我经过她　一位下岗女工灼亮的皱纹
她四岁的女儿仍在尘埃中嬉耍
旁观，长大，大声笑起来
她在大气中看见了一棵青葱的幼树
一片柔软的黄金
现在　不是岁月而是苍茫在流淌
她眼中的爱亦要流淌
流淌吧　时空息息瞬瞬
卑微中真实、不屈的呐喊
敲击着穷经皓首的人
他们　必用终身的沉默向大地致敬！

2000年3月31日

选自《青年文学》2002年第6期

广陵散

轩辕轼轲

我放羊的时候　你正在洗马

我把鬼子们哄进了包围圈　从奴隶
混到了将军　你却蹚过一条河流
在马背上和一个骑手亡命天涯
我凋零的时候　你正在开花
我在山崖旁挨了一记闷棍　从高处
坠入了深谷　你却推开一扇寒门
在客厅里与一只景德镇瓷器整装待发
我赶考的时候　你正在下楼
我在小校场挑死了小梁王　从京都
杀到了野外　你却到后花园拜月
和一只虎皮鹦鹉鸟儿问答
我登基的时候　你正在讨饭
我在金銮殿尿湿了裤子　从龙床
一个趔趄坐在地上　你却走进城门
把断镜从怀里掏出来算了一卦
我彷徨的时候　你正在呐喊
我把自己关在小阁楼里　两耳不再
倾听窗外之事　你却坐在太阳底下绝食
从坟地上找回一副纸扎的铠甲
我缩小的时候　你正在放大
我变成了一粒石子消失在视野的尽头
纵身一跃钻进湖心　你却摇曳着贴近了云层
在初霁的街道上热气腾腾地蒸发
我厌倦的时候　你正在好奇
我杯酒释兵权后解甲归田　闻鸡不再起舞
向老农讨教种瓜之术　你却毛遂自荐

弹着一柄短剑埋怨福利待遇越来越差
我奔跑的时候　你正在弹蹄
我载着唐三藏去西天取经　过火焰山时被
烧得半熟　成为一道名菜　你却被好事者船载入黔
拴在歪脖子树旁和一只老虎各怀鬼胎地对话
我偷情的时候　你正在酣眠
我跳进粉墙　靠几首打油诗投石问路
轻松地剥掉崔莺莺的罗衫　你正梦见柳下惠
将你抱在怀里　然后自行了断结扎
我隐退的时候　你正在出山
我挥挥手不带走一片云彩　兄弟不陪你们玩了
端起了一只酒杯乐不思蜀　你却点头抱拳
煞有介事地拉开架势　和李寻欢结下了冤家
我上班的时候　你正在辞职
我为了两室一厅的房子为了退休后不流落街头
每天被傻×们呼来唤去　你却抬手一个巴掌
在领导红肿的眼眶里滚回了老家
我回家的时候　你正在出门
你正在准备好干粮和车票去寻找一个浪子
想和他去笑傲江湖　我却四大皆空近乡情怯
束发后跳下一叶扁舟　把行囊轻轻放下

2000年4月8日

选自《鸭绿江》2003年第7期，后收入轩辕轼轲诗集《在人间观雨》，北岳文艺出版社2014年10月版

风景

李红旗

秋天到了，地里的庄稼都死了
我们在田野里幸福地收获它们的尸体
粮食的死亡被我们年复一年排练着
它们静静地站着，没有一丝恐惧

有一天，我们都老了
大地收下了我们的身体
破旧的眼睛被同样的破旧的眼睑
疲倦地盖上，再等待
天空来收拾我们的“灵魂”

只有乌鸦穿过这一切
落在残败的大地上
大胆地——歌唱

选自《天涯》2000年第6期

清河县（节选）

朱朱

称谓“我”在各诗中的对位表：

诗名	我
郓哥，快跑	
顽童	西门庆
洗窗	武大郎
武都头	武松
百宝箱	王婆
威信	陈经济

郓哥，快跑

今天早晨他是最焦急的一个，
他险些推翻了算命人的摊子，
和横过街市的吹笛者。
从他手中的篮子里
梨子落了一地。

他要跑到一个小矮人那里去，
带去一个消息。凡是延缓了他的脚步的人
都在他的脑海里得到了不好的下场，
他跑得那么快，像一支很轻的箭杆。

我们密切地关注他的奔跑，
就像观看一长串镜头的闪回。
我们是守口如瓶的茶肆，我们是
来不及将结局告知他的观众；
他的奔跑有一种断了头的激情。

顽童

I

去药铺的路上雨开始下了，
龙鳞般的亮光。
那些蒸汽成了精似的
从卵石里腾挪着，往上跑，

叶子从沟垄里流去，
即使躲在屋檐下，
也能感到雨点像敷在皮肤上的甘草化开，
留下清凉的味道。

我安顿着马；
自街对面上方，
一扇木格子窗忽然掀开，
那里站着一个女人。

一个女人，
穿着绿花的红肚兜，
看着天边外。
她伸展裸露的臂膀

去接从晾衣竿上绽放的水花。
——可以猜想她那踮起的脚有多美丽——
应该有一盏为它而下垂到膝弯的灯。
以前有过好多次，每当

出现这样的形象，
我就把她们引向我的宅第。
我是一个饱食而不知肉味的人，
我是佛经里摸象的盲人。

我有旺盛的精力，
我是富翁并且有军官的体型，
我也有的是时间——

现在她的目光
开始移过来在我的脖颈里轻呷了，
我粗大的喉结滚动，
似乎在吞咽一颗宝石。

Ⅱ

雨在我们之间下着，

在两个紧张的窥视狂之间
门闩在松动，而
青草受到滋养更碧绿了。

雨有远行的意味，
雨将有一道笼罩几座城市的虹霓，
车辆在它们之间的平原上扭曲着前行，
忽然植物般静止。

雨有挥霍的豪迈，
起落于檐瓦好像处士教我
吟诵虚度一生的口诀。

现在雨大得像一种无法伸量的物质
来适应你和我，
姐姐啊我的绞刑台，
让我走上来一脚把踏板踩空。

洗窗

一把椅子在这里支撑她，
一个力，一个贯穿于她身体的力
从她踮起的脚向上传送着，
它本该是绷直的线却在膝弯和腹股沟绕成了涡纹，身体对力说
你是一个魔术师喜欢表演给观众看的空结，
而力说你才是呢。她拿着布

一阵风将她的裙子吹得鼓胀起来，腋部透明起来就像鳍。
现在力和身体停止了争吵它们在合作。
这是一把旧椅子用锈铁丝缠着，
现在她的身体往下支撑它的空虚，
它受压而迅速地聚拢，好像全城的人一起用力往上顶。
她笑着，当她洗窗时发现透明的不可能
而半透明是一个陷阱，她的手经常伸到污点的另一面去擦它们
这时候污点就好像始于手的一个谜团。
逐渐的透明的确在考验一个人，
她累了，停止，汗水流过落了灰而变得粗糙的乳头，
淋湿她的双腿，但甚至
连她最隐秘的开口处也因为有风在吹拂而有难言的兴奋。
她继续洗着而且我们晕眩着，俯视和仰视紧紧地牵扯在一起，
一张网结和网眼都在移动中的网。
哦我们好像离开了清河县，我们有了距离
从外边箍住一个很大的空虚，
我的手紧握着椅背现在把它提起，
你仍然站立在原处。

武都头

I

那哨棒闲着，
毡毯也蒙上灰；
我梦见她溺水而不把手给她，

其实她就在楼下。

发髻披散开一个垂到腰间的旋涡
和一份末日的倦怠，
脸孔像睡莲，一朵团圆了
晴空里到处释放的静电的花。

她走路时多么轻，
像出笼的蒸汽擦拭着自己；
而楼梯晃动着
一道就要决开的堤。

她也让你想起
一匹轻颤的布仍然轻颤着，
被界尺挑起来
听凭着裁判。

而我被自己的目光箍紧了，
所有别的感觉已停止。
一个巨大的诱惑
正在升上来。

Ⅱ

在这条街上，
在使我有喋血预感的古老街区里，
我感到迷惘、受缚和不洁。

你看那些紧邻的屋脊
甚至连燕子也不能转身；

我知道我的兄长比我更魁伟，
以他逶迤数十里的胸膛
让我的头依靠，
城垣从他弯曲的臂间隆起，
屏挡住野兽；

血亲的篱栏。
它给我草色无言而斑斓的温暖。
当他在外卖着炊饼，
整座住宅像一只中午时沸腾的大锅，
所有的物品陡然

漂浮着；
她的身体就是一锅甜蜜的汁液
金属丝般扭动，
要把我吞咽。

Ⅲ

我被软禁在
一件昨日神话的囚服中，
为了脱铐我瘦了，
此刻我的眼睛圆睁在空酒壶里，

守望帘外的风。
我梦见邻居们都在这里大笑着
翻捡我污渍四溅的内裤；
还梦见她跪倒在兄长的灵牌前，

我必须远去而不成为同谋，
让蠢男人们来干这件事。
让哨棒和朴刀仍然做英雄的道具吧，
还有一顶很久没有抬过我的轿子。

抖动着手腕握起羊毫笔，
我训练自己学会写我的名字；
人们喜爱谎言，
而我只搏杀过一头老虎的投影。

威信

当我们从东京出发时
他就已经和我们在一起了；他关心
我们沉重行李里的金子。只有这些
才会让他的笑容像车轮一样滚动，
甩脱一切的泥斑；他将自己绑在赶车人的背上
表演着车技。他吹笛子逗你开心，
不停地回过头对我们闪眼睛；
而我知道我们在自己的行李里最轻，
是那些紧捆着行李的绳子，

最后是他松开这些绳子的一个借口。

妻子，我恨你的身体里
有一半他的血液，
你像一把可怜的勺子映出他的脸，
即使当我们爱抚的时刻，
你的身体也有最后的一点儿吝啬：
窝藏他。如此我总是
结束得匆忙。
你每月的分泌物里有涤罪的意味吗？
你呆呆地咬住手帕，
你哭泣而我厌烦。

你不肯在他落单于你血液中的时候
把他交出来，让他和我一对一，让我狠狠地揍他，
踢他，在东京他没有成群的朋友和仆人。

东京像悬崖
但清河县更可怕是一座吞噬不已的深渊，
它的每一座住宅都是灵框
堆挤在　处，居住者
活着都像从上空摔死过一次，
叫喊刚发出就沉淀。
在那里我知道自己会像什么？一座冷透的火炉
立在一堵墙前，
被轻轻一推就碎成煤渣。

我曾在迎亲的薄雾中看过它的外形，
一条盘踞的大蟒，
不停地渗出黑草莓般的珠汁，
使芦苇陷入迷乱。
我害怕这座避难所就像
害怕重经一个接生婆的手，
被塞回进胎盘。
她会剥开我的脸寻找可以关闭我眼睑和耳朵的机关，
用力地甩打我的内脏
令这些在痉挛中缩短，
而他抱着双臂在一旁监视着
直到我的声音变得稚嫩，最终
睡着了一般，地下没有痕迹；
你，一个小巫婆从月光下一闪，
捧着炖熟的浓汤，
送到他的棋盘前。

选自《花城》2000年第3期

妈妈

尹丽川

十三岁时我问
活着为什么你。看你上大学
我上了大学，妈妈

你活着为什么又。你的双眼还睁着
我们很久没说过话。一个女人
怎么会是另一个女人
的妈妈。带着相似的身体
我该做你没做的事吗，妈妈
你曾那么地美丽，直到生下了我
自从我认识你，你不再水性杨花
为了另一个女人
你这样做值得吗
你成了个空虚的老太太
一把废弃的扇。什么能证明
是你生出了我，妈妈。
当我在回家的路上瞥见
一个老年妇女提着菜篮的背影
妈妈，还有谁比你更陌生

2000 年

选自《天涯》2001 年第 6 期

满身油污的人照样可以耳鬓厮磨

盛兴

满身油污的人照样可以耳鬓厮磨

公交车上的一对男女

一个男油漆工与一个女油漆工
他们的嘴唇在彼此的脖颈绕来绕去
彼此伏在耳边说着
大概是无聊的情话
然后相互交换复杂的微笑

整整一车人的脆弱目光
我们的心跳

他们工作服上的各色油漆
与污渍相互沾染
但他们全然不顾
相互鼓励
相互缠绕

爱情的进步就是
满身油污的人照样可以耳鬓厮磨

选自《天涯》2000 年第 6 期

试一试风速

孙磊

试一试风速，立刻，就有暗淡的人
屏住呼吸。我试图

搀住他身上的火光，搀住
忘却、孤单和垂暮。我知道
我还年轻，还有机会坐电梯
升到他身体的顶层。透过玻璃，
能看到他体内的大海。海水汹涌，
推迟着眼泪、门匙和碳笔。
我知道我只能聆听，
阴影从不删节，而他的黑汁，
是否能全部被我听见？事实上，
他早已预订了座位，幕布
一拉开，他就将被吹散。

2000 年 7 月 14 日

选自《山花》2000 年第 10 期，后收入孙磊著《演奏——孙磊诗集》，上海三联书店 2005 年 11 月版

是 XX　总会 XX 的

轩辕轼轲

很久很久以前
我们敬爱的班主任
给我们上了第一堂课
他说：是 XX　总会 XX 的
说得多好啊
顺理成章　铿锵有力

这句话像是火苗
直蹿进我们青春的血液里

是金子总会发光的
是玫瑰总会开花的
是骏马总会奔驰的
是天才总会成才的
是龙种总会登基的

在熊熊的火焰中我们翻看典籍
对历史上的那些赫赫有名的人物
指指点点
好像在说着以后的自己

多少年过去了
时间久远得像隔了几个世纪
我们毕业后各奔东西
养家糊口　生儿育女
再也没有一个人对着我们喊
是 XX　总会 XX 的
这时我们常想起我们的班主任
和另一个付之东流的自己

二十年后的一天
我们终于又相会了
一起来参加班主任的葬礼

我们躬腰驼背　垂首肃立
互相不忍对视

金子已经变成了废铜
玫瑰已经变成了枯草
骏马已经变成了病驴
天才已经变成了蠢材
龙种险些沦为了乞丐

我们这些昔日的金子玫瑰骏马
天才龙种们环尸而行
目视着我们的班主任
他紧闭着眼睛和嘴唇
在火化前给我们上了最后一课

是活人，总会死掉的

2000 年 7 月 25 日

选自《鸭绿江》2003 年第 7 期，后收入轩辕轼轲著《在人间观雨》，北岳文艺出版社 2014 年 10 月版

为什么不再舒服一些

尹丽川

哎　再往上一点再往下一点再往左一点再往右一点

这不是做爱　这是钉钉子
噢　再快一点再慢一点再松一点再紧一点
这不是做爱　这是扫黄或系鞋带
喔　再深一点再浅一点再轻一点再重一点
这不是做爱　这是按摩、写诗、洗头或洗脚

为什么不再舒服一些呢　嗯　再舒服一些嘛
再温柔一点再泼辣一点再知识分子一点再民间一点

为什么不再舒服一些

2000 年 1 月 31 日
选自《下半身》创刊号，2000 年 7 月

您好，小姐

李红旗

您独自坐在酒吧昏暗的角落里
做着一个让人伤感的姿态
您准确的悲哀真让人仰慕，小姐

您懒散的嘴唇上叼着一支生硬的香烟
感觉着那个正向您走近的陌生男人
您熟练的漫不经心真让人仰慕，小姐

您携带着您的包，携带着您的伤感
携带着您那有点修养的欲望
携带着同您一样陌生的男人出门了
您屁股上悬挂的庄重真让人仰慕
小姐

今晚你会感觉到幸福吗
您的衣服被剥开了
您的身体躺在另一张陌生的床上
一定很美
您的身体被剥开了
您的欲望被重新操纵的时候
也一定很美

今晚您会觉得幸福吗
小姐

选自《下半身》创刊号，2000 年 7 月

乐趣

巫昂

我看探索频道
猴子从一个窟窿钻进另一个窟窿
马嚼着草根底下的橡皮泥

我关掉电视
在阳台上点蜡烛
他下了公交车
在门口给我打电话
我下楼接他
他坐在桌子前
看我们新出的杂志
把我的文章当稀饭读
我把手搭在他肩上
我抽走了他看的另一本杂志
天黑透了
我问他回不回家
他犹豫片刻，说：
“家里会不会有小偷”

2000 年 7 月 7 日

选自《下半身》创刊号，2000 年 7 月

失去记忆的人

朱剑

一场车祸
他失去了记忆
五十岁了，竟如
刚出生的婴孩

脑海中一片空白
他记不起家
认不清亲人
人们说谁曾害过他
他也一脸茫然
好多事情
他必须从头再学
包括某些生活技能
当然，他依然不敢
进星级酒店
见了领导模样的人
他照样谦卑

选自《下半身》创刊号，2000年7月

我所感觉到的世界

赵丽华

我所感觉到的世界
是茫然的
它幸运地栖息在两次大的动荡之间

在这片开阔地上，人们像我一样
活着走动
像一群蚂蚁那样搬弄

如果我快乐
充其量是一只蚂蚁的快乐
如果我死亡
其他的蚂蚁会搬开或绕过我的尸体
沿着这条路继续行走

在我之后什么还在说笑、做爱和哭泣
在我之后是巨大的虚无

选自《诗选刊》2000 年第 9 期

黑夜的一只手

鲁西西

黑夜的一只手在我屋前的楼梯上攀缘。
只要一小时，就可顺着门锁找到我的呼吸。
爱情的盲人，是你先我摸到了夜的椅背；让头发混乱，
像某种死去的事情实然长出粗糙的皮质。

你用触角代替光在它自己轨迹上荣耀运行。
像一枚细针，你穿过我欲望的核并将它缝进死亡幻觉里对肉体的敬意。
你提着盲人的声名肢解我在地狱中的完整，
眼睛里抽出了瞳仁，喉咙里割去了舌头；
视觉与听觉因色彩和语言的残缺在意义中下沉。
灵魂是灵魂的携带者，我是我自己的敌人。

这时我像一群被唤醒的孩子相互望着，露出漫无边际的最本质的
脚趾

选自《人民文学》2000年第7期

正午的寺

阿信

青草的气息熏人欲醉。玛曲以西
六只藏身年图乎寺壁画上的白兔
眯缝起眼睛。一小块阴影
随着赛仓喇嘛
大脑中早年留下的一点点心病
在白塔和经堂之间的空地缓缓移动

当然没有风。铜在出汗经幡扎眼
石关里一头狮子
正梦见佛在打盹鹰在睡觉
野花的香气垂向一个弯曲的午后
山坡上一匹白马的安静，与寺院金顶
构成一种令人心虚不已的角度

而拉萨还远，北京和纽约也更其遥远
触手可及的经卷、巨镬、僧舍，以及
娜夜的发辫，似乎更远——当那个

在昏暗中打坐的僧人
无意间回头看了我一眼
我总得回去。但也不是
仓皇间的逃离。当我在山下的溪水旁坐地
水漫过脚背，总觉得身体中一些很沉的
东西，已经永远地卸在了
夏日群山中的年图乎寺

选自《诗刊》2000年第9期

音乐重新升起

黄金明

花朵的呼喊淹没了工厂的噪音
我像那最愤怒的一朵，高出大地一寸
诸如灯盏和夜，肉体的镜子
和爱情的虚像，两件相反的
事物互相依靠对方。沉睡的马群
梦见了风暴。我是一棵树
跟身上的花朵对话。我是一尾鱼
在自己的河流上呼吸。黑暗中
两岸的野花一直焚烧到天亮
我是春天最完美的梦想，但无力表达
舌头滑过语言的刀锋。巨石滚动

音乐重新升起，一座森林保持缄默
它们的根在泥土下高速旋转、舞蹈……身躯形成了
家具的模样，远方传来斧头和锯子的怒吼
瞧，这个人多么寂寞，就像荒野中的那一棵树
细数着自己的年轮。

选自《星星》2000年第9期

乡情

代薇

火柴轻轻喊了一声
柴就醒了
灶膛就亮了
一根炊烟
站在云的上面

爬满雨水和鸟
故乡越站越高
乡情不是花朵　它是烟
不凋谢
只飘散

选自《诗刊》2000年第11期

致无名小女孩的一双眼睛

杨键

至今我还记得在城市车灯的照耀下，
那个小女孩无畏、天真的眼睛。
我慌乱的心需要停留在那里，
我整个的生活都需要那双眼睛的抚慰、引导。

2000 年

选自《天涯》2001 年第 6 期，后收入杨键诗集《古桥头》，上海文化出版社 2007 年 12 月版

飞行

蔡天新

当飞机盘旋，上升
抵达预想的高度
就不再上升

树木和飞鸟消散
浮云悄悄地翻过了
厚厚的脊背

临窗俯瞰，才发现
河流像一枝藤蔓
纠缠着山脉

一座奢华的宫殿
在远方出现
犹如黄昏的一场游戏

所有的往事、梦想和
人物，包括书籍
均已合掌休息

2000 年

选自《天涯》2001 年第 6 期，后收入蔡天新诗集《美好的午餐》，长江文艺出版社 2014 年 6 月版

兰波墓前

树才

1

墓地散发出墓地的味道
九点钟的风，树叶不安地翻动
麻雀叽叽喳喳，在沙地上觅食
墓地的大树上又飘下来一片叶子

走了这么长的路，终于来到
你的墓前。你和你妹妹葬在
同一个墓穴里。同母亲面对面
她生你，好让你满世界奔波

天空蓝得像大海悬挂在头顶
小城在扩大，生活变了样
这么宽阔的大街被星期天搬空
市中心的方形广场支满了帐篷

偶尔有鸟鸣在墓冢间一闪一闪
教堂的钟声因天空的空而温柔
一只甲壳虫，从我的脚边爬过
像我一样盲目，探索此生的生活

2

为何有这么多人集中在一起——
安息？为何独独给他献上一朵
小喇叭花？为何大铁门只敞开半扇？
为何狗屎和鲜花同时杂陈在墓碑前？

我早早起床，一路步行到这里
为了找你，我把脚步放得很轻
我把心跳尽可能压抑到平静

我走累了的脚得在你那里歇一歇

墓碑高高低低，小径曲折多变
让我想起沿途遭逢的人间生活
墓室有的塌陷，有的还在骄傲
好在墓前的十字架一律指向空无

还是活着的人可珍贵呵！还是
蚂蚁们爬得耐心！我同时观看
好几只蚂蚁在巴掌大的沙地上乱爬
怎么看都觉着它们爬不出墓地的围墙

3

在空空的墓前，我静心，坐着
我就坐在你身边那棵大树的树根上
我不明白钟声为什么敲了又敲
好像有人诞生，又像有人刚刚咽气

星期天，心和麻雀都不休息
休息属于告别了血肉的枯骨
但心和麻雀不歌唱，也不喊叫
甲壳虫多得染红了眼前的青草从

老树根硌得我屁股疼，它恰恰
同庇荫你全家的树冠连成一体

一条大街把源头直推到这座公墓
大街两旁，出入和繁衍着男女

狗吠并不是城里出了什么大事
这从无到有的小城可以叫查理
兰波降生于此，一生都在逃避
岂料死后归来，故乡更加出名

4

一个小时过去了。我只看见
一位妇女开着车从门口经过
还有一辆小轿车，在大门前
停了一下，又掉转头，跑了

在这一小时里，我孤零零的
守着这偌大的静悄悄的公墓
我乐得沐浴阳光，倾听沙砾——
在麻雀的细爪下它们也会翻身

风啊你把太多的生活气息
吹刮到我的鼻孔里。公墓里
葬着兰波和他的家人，更多的
还是十六世纪以来的平凡居民

柏树象征什么？柏树只是柏树
椅子却结结实实地空着些什么
太阳晒得我渐渐有点发热
我想我得起身，走向人群

5

让我把这个句子写完！我将
回去，先回巴黎，再回北京
有一天还将回到我的下陈村
回到山和水、田埂和田埂之间

这已不是以诗人为骄傲的时代
钟声提示我：生活不在此地
墓地外的街道才流淌着生活
吵闹，商业，恋爱，妄想……

趁太阳未落，我用手抚摸
这洁白得有点苍白的墓碑
我再掐一朵别人栽种的
小红花，放到兰波的家门前

这柔黄的慰藉人心的天色
这些给生者以力量的先死者
安静的墓地一整天都这么安静

连我的到来我都觉得多余

2000 年

选自《草地》2001 年第 5、6 期合刊

轻伤的人，重伤的城市

翟永明

轻伤的人过来了
他们的白色纱布像他们的脸
他们的伤痕比战争缝合得好
轻伤的人过来了
担着心爱的东西
没有断气的部分
脱掉军服　洗净全身
使用支票和信用卡

一个重伤的城市血气翻涌
脉搏和体温在起落
比战争快
比恐惧慢
重伤的城市
扔掉了假腿和绷带
现在它已流出绿色分泌物
它已提供石材的万能之能

一个轻伤的人　仰头
看那些美学上的建筑

六千颗炸弹砸下来
留下一个燃烧的军械所
六千颗弹着点
像六千只重伤之眼
匆忙地映照出
那几千个有夫之妇
有妇之夫　和未婚男女的脸庞
他们的身上全是硫黄，或者沥青
他们的脚下是拆掉的钢架

轻伤的人　从此
拿着一本重伤的地图
他们分头去寻找那些
新的器皿大楼
薄形，轻形和尖形
这个城市的脑袋
如今尖锐锋利地伸出去
既容易被砍掉
也吓退了好些伤口

2000 年于柏林

选自《诗潮》2002 年第 5 期，后收入翟永明著《潜水艇的悲伤——翟永明集 1983～2014》，作家出版社 2015 年 3 月版

翼

周瓒

有着旗帜的形状，但她们
从不沉迷于随风飘舞
她们的节拍器（谁的发明?）
似乎专门用来抗拒风的方向
显然，她们有自己隐秘的目标。
当她们长在我们躯体的暗处
(哦，去他的风车的张扬癖!)
她们要用有形的弧度，对称出
飞禽与走兽的差别
(天使和蝙蝠不包括于其中)
假如她们的意志发展成一项
事业，好像飞行也是
一种生活或维持生活的手段
她们会意识到平衡的必要
但所有的旗帜都不在乎
这一点；而风筝
安享于摇头摆尾的快乐。
当羽翼丰满，躯体就会感到
一种轻逸，如同正从内部
鼓起了一个球形的浮漂
因而，一条游鱼的羽翅

绝非退化的小摆设，它仅意味着
心的自由必须对称于水的流动

2000年
选自《诗潮》2002年第6期

喊故乡

田禾

别人唱故乡，我不会唱
我只能写，写不出来，就喊
喊我的故乡
我的故乡在江南
我对着江南喊
用心喊，用笔喊，用我的破嗓子喊
只有喊出声、喊出泪、喊出血
故乡才能听见我颤抖的声音

看见太阳，我将对着太阳喊
看见月亮，我将对着月亮喊
我想，只要喊出山脉、喊出河流
就能喊出村庄
看见了草坡、牛羊、田野和菜地
我更要大声地喊。风吹我，也喊
站在更高处喊

让那些流水、庄稼、炊烟以及爱情
都变作我永远的回声

2000年
选自《诗刊》2004年9月上半月刊

爱的坦白（或民主作风）

姜涛

在教学楼后当着夕阳的面儿抽烟
曲折的体态配合人性的失败
没有必要将一切都掩饰成
剩余的事业，湖水从低处印证着

天空的公正。不能想象的
只是去年突降的飓风
曾使湖畔那个著名的庸才，代替一枚
厌世的垂柳，蒙受了不白之冤

没有必要再杜撰，恐高，出虚汗
做小树林边的电话狂人
逼着两只血蝠，一笔一画地盘旋
有人衣着落伍，以民国为限

也学习酷哥摘下胡子赞美

另外的人则围着湖边慢跑
免费吮吸自然的奶头，或者干脆
蹲下，以降低大脑中理论的水银
（其实，他们都参加了法则的派对）

除非嫩枝里密布的电路出了故障
等待自我检修的松鼠
从树上跳下，从微张的口中
抽走一枚计时磁卡

但是啊但是，这里毕竟是自由的校园
那选举的左手正穿过草地
昂贵的胸衣，像一只肉感的听诊器
伸进树叶的心跳。说：

“放心，放心，我对世界的爱
有条不紊，民主得一如乡村的普选——”
护住下体，看杨柳喷吐浓香
最后落选的，可能唯有处女和夕阳

2000年

选自姜涛著《鸟经》，上海三联书店2005年11月版

2001年

多少年来，你们是这样……

赵丽华

多少年来，你们是这样
牢不可分。像一双连体儿
如果我硬要其中一个
把你们相连的那部分肉体
用锋利的刀刃划开，我怎么忍心
看你痛，你们的痛
那样即便我带你走
每天面对你内心的缺憾、肉体的疤痕
我怎么能够快乐
我怎么能不陷入绝望
当爱像不治的霉菌感染了我的血液和骨髓

我宁愿刀伤留在自己的
手腕上，系一块漂亮的丝巾
让大家把它看成一种时尚

选自《飞天》2001 年第 1 期

1958 年的小说

柏桦

千万不要忘记过去，

我们曾除四害讲卫生。

——题记

一、引子：顾有昌

远在 1952 年夏，
搬运工人顾有昌
为了社会主义的清洁，
消灭了麻雀 4723 只，
苍蝇 90 斤，
蛹 25 斤 10 两，
蛆 31 斤。

这骇人的战果全由他细腻的计划得以实行：
清晨，他把两个蝇笼放入厕所和菜场，
那笼里放些腥臭的鱼肠、梨皮、虾壳：
晚间，他轻快地取回笼子，
就这样每天他斩获半斤苍蝇。

但他也有焦躁的时刻，

那是在捕鼠时。
他必须动用更多的手段，
比如用滚烫的开水烧鼠洞。
如此这般，他日复一日必忙到深夜。

可他的行为并非孤立无助，
他影响并带动了全体运输大队家属，
不！甚至带动了芜湖、安徽及全国。

今天，已是 1958 年 4 月 19 日，
在人民首都决战麻雀的关键时刻，
我们想起了六年如一日的顾有昌
——这位共和国的卫生模范。

二、北京决战

1958 年 4 月 19 日清晨四时
北京进入战争状态，
三百万人（除病人、残疾人或疯子）
在这一刹那涌上街头。
美形成了蘑菇状的超现实军团，
美在震撼世界。

工人、农民、干部、学生、战士
（包括白发老人、家庭妇女及三岁幼童）
在 8700 多平方公里内，

舞动锣鼓、响器、竹竿、彩旗，
布下致命的毒饵，
当然全神贯注的神射手也埋伏于此。

令人心跳的5点到了。
总指挥王昆仑一声令下，
整个北京全面爆炸。
锣鼓、鞭炮、枪声
以及男女老少的吼声……

人！到处是人！
他们带着严峻的欢乐监视着天空。
假人、草人也翻腾助阵，
在风中亡命摇摆。
看，天空痉挛着乌黑的一大片，
麻雀不能停下，只有飞、飞、疯起飞，
并无端遭受轰、赶、捕、打的人民战争。

战争在百万人的吼声中前进，
“麻雀过街，人人喊打。”
那声音如另一个声音响在人们的耳畔：
“排除万难去争取胜利。”

疯了的麻雀应声倒下（太疲倦了，
以至于干脆颓废乱死），
另一些却为补充体力食毒米丧身。

(这赖活的下场并不光荣)
而神射手正快乐地拨动手中的冲锋枪,
玩着 90 年代时髦的“点杀”功夫。

高潮还在继续……
总指挥部派出 30 辆摩托车四处侦察。
解放军也奔赴八宝山支援歼灭麻雀。
总指挥、副指挥流着热汗驱车狂奔,
同时不忘鼓励儿童活捉麻雀,
以做反面教员,警戒其他害虫。

战争在酣畅淋漓中接近尾声。
天坛地区,30 个神射手灭麻雀 966 只、
南苑东铁匠营乡承寿寺生产站
仅两小时毒死麻雀 400 只。
宣武区陶然亭 2000 居民
以另一妙法将麻雀哄赶至陶然亭公园
歼灭区和游泳池毒饵区
歼灭麻雀 512 只。

在海淀玉渊潭三千兵马从水旱两路夹击
麻雀,将麻雀赶到湖心树上,
神射手愉快地驾着小船,集中射击,
众麻雀纷纷射落水中。

傍晚,老人和儿童累倒了,

开始养精蓄锐，以迎明日之战。
青年突击队却杀气不减，
他们去树林、城墙、房檐，
四处掏窝、堵窝，捕捉垂死的麻雀。

万事总有结束，十时整（夜静春山空）
总指挥下令停止进攻并计数。
在嗒嗒的算盘声中，
北京共累死、毒死、打死麻雀 83249 只。
其中还包括一个四岁幼童
将鸽笼开放活捉到 313 只麻雀。

一日的战果在黑夜被载入史册。
但战争还要继续……
因为还有老鼠、苍蝇、蚊子，
以及未死的麻雀令我们头痛。

三、尾声：女社员进澡堂

除四害运动又掀新高潮，
安徽肥光一社的澡堂便是亮点。
这一年 5 月 16 日，众妇女集体进澡堂，
女社员终于破了天荒。

风俗的胜利并非易事。
年初公社就定下规矩：

每个社员要半月集体洗一次澡，
当然也定下了男女社员不同的洗澡日期。
但女社员就是不去洗澡。

社领导苦口婆心、绞尽脑汁，
先派出10名妇女积极分子做动员，
解除妇女怕丢丑的顾虑；
接着又鼓动生产队女队长及其他女干部
以身示法，带头洗澡，
最后还实行妇女买澡票的优待办法。

如今，女社员走出思想的误区，
她们说："合作社为俺妇女办了件好事！"
如今，澡堂已是十分拥挤，
几乎天天都挤满了洗澡的妇女。

2001年1月7日

选自柏桦著《往事》，河北教育出版社2002年8月版

纯棉的母亲

于坚

纯棉的母亲　100%的棉
这意思就是　俗不可耐的
温暖　柔软　包裹着……

落后于时代的料子
总是为儿子们　怕冷怕热
极易划破　在电话里
说到为她买毛衣的事情
我的声音稍微大了点
就感到她握着另一个听筒
在发愣　永远改造不过来的
小家碧玉　到了六十五岁
依然会脸红　在陌生人面前
在校长面前　总是被时代板着脸
呵斥　拦手绊脚的包袱
只知道过日子　只会缝缝补补
开会　斗争　她要喂奶
我母亲勇敢地抖开尿布
在铁和红旗之间　美丽地妊娠
她不得不把我的摇篮交给组织
炼钢铁　她用憋出来的普通话
催促我复习课文　盼望着我
成为永远的 100 分
但她每天总是要梳头　要把小圆镜
举到亮处　要搽雪花膏
“起来慵整纤纤手
露浓花瘦　薄汗轻衣透”
要流些眼泪　抱怨着
没有梳妆台和粉
妖精般的小动作　露出破绽

窈窕淑女　旧小说中常见的角色
这是她无法掩盖的出身
我终于看出　我母亲
比她的时代美丽得多
与那铁板一样坚硬的胸部不同
她丰满地隆起　像大地上
破苞而出的棉花
那些正在看大字报的眼睛
会忽然醒过来　闪烁
我敢于在 1954 年
出生并开始说话
这要归功于我的母亲
经过千百次的洗涤　熨烫
百孔千疮
她依然是 100% 的
纯棉

2001 年 1 月 9 日

选自《人民文学》2001 年第 6 期，后收入于坚诗集《在漫长的旅途中》，作家出版社 2008 年 1 月版

越小的东西飞得越精彩

李红旗

飞机飞得没有鸟好

鸟飞得没有苍蝇好
肯定还有一些
比苍蝇更小的东西
飞得更好

从飞机变鸟很不容易
鸟变苍蝇还要更难一些
比苍蝇更好的东西
几乎是罕见的

我目前还远远比不上
一只飞机

2001年1月9日
选自《下半身》第2期，2001年3月

妇女病

巫昂

1

是不是该去医院了
下了公交车我想
该彻底解决一下
牙齿和子宫的问题

牙齿肿了
子宫里塞满了
去年留下的棉花球
上次我刚想喊疼
手术就已经结束
这次一定要提前叫唤

2

我刚把手
伸到化验科的窗口上
针就已经穿透了指头
护士的脸比我还白

“你怎么没有血?”
我的血沾在棉花球上
就那么点儿

3

我回来睡觉
带着医院甜腻的味道
糖浆、糖浆
两条腿粘在一起
等过完春节

另外这个地方割开

被窝里
我摸到另一个人
他已经睡醒了

4

短时间内
我不会再上街
伤口如果总不愈合
我就总躺在电视跟前
一直看到
电视也学会呕吐

2001年1月11日

选自《下半身》第2期，2001年3月

挖土豆

余笑忠

老爹，你永远不知道
我为什么突然放下了
锄头
要挖你就挖吧

我们跟在你身后
把藤蔓摔在一边
把土豆放在另一边
数着土豆的伤口
哼着谁都不懂的儿歌

老爹，你为锋利的锄头
不慎将一个土豆一分为二而惋惜
你对根须上的那些
小如绿豆、芝麻的小土豆
不屑一顾

那些甚至不能称为土豆的
小土豆
我从你杀掉的一只母鸡的肚子里
见到过，我一定还从别的什么地方
见到过

老爹，你一定不记得
你丢下锄头，转过身来
怒气冲冲地对着我

2001年2月27日

选自余笑忠著《余笑忠诗选》，长江文艺出版社2006年12月版

奇异之乡

王艾

早年的灯光，肢解妩媚的腰身，
晚年的胸围，器械们去照亮，
取缔激情、嫉妒与甜言蜜语，
终有一副空骸留给他人去描绘。

他人重写群山的背景：云的手爪，
村庄的阴影，马蹄声击碎
一个人心中的宁静。他人录播
审讯的声音，只有形象陷入想象的泥潭。

客观的流水，相对于主观的沟壑，
只有声音的汇聚。两侧的苔藓，
由月光勾勒。图画之间，
有人剽窃，有人掠夺艺术品中的幽灵。

早年，我皮下的墨水解围，
玷污梦幻的边缘。有一小簇
骑兵侵入宗教的空地，只有空气
把他们远远地吐了出去。

胃中的岩石，捆绑身体的学问，

随着暮色的关闭而解体。
废墟！机器的废墟，
被他人推进夜色，超出了我的视野。

没有人继续配制个人的悲凉，
没有人弹奏聋哑人与盲人的知识。
屋外，群山延缓速度，飞鸟扣在树林，
梦中人来了又去。

2001年3月24日

选自王艾著《奇异之乡》，时代文艺出版社2015年9月版

奸情败露

尹丽川

奸情就要败露了
她仔细掩盖混乱的气味
收拾零碎、倒掉烟灰缸里
不同牌子的烟头
酒瓶被藏在阳台上
她也洗了澡
看见一个杯子的边沿
正流下一道血红的酒痕
她松了口气
奸情就要败露了

如果不会败露
她才不会通奸
她早等着这一天
蛛丝马迹已准备好

选自《下半身》第2期，2001年3月

坐着驴车赶往火葬场

南人

我死了
家属们坐着驴车
赶往火葬场

我被他们圈在中间
感觉死亡
比活着
还要暖和

路边景色
被他们挡个严严实实
我紧闭双目
僵直四肢
听他们哭声
颠簸在乡间的土路上

他们的腿
在我眼前不断变换姿势
我眯起眼睛仔细看
我的儿媳们
都长着白嫩的大腿
还有我那
一向听话的小儿子
正与大嫂的长袜偷偷厮磨
好个臭小子
瞒了老子十几年

坐着驴车
赶往火葬场
一个人躺在
冰凉的车厢底
听他们在上头
哭得死去活来
任由他们的眼泪
甩到我脸上身上

那些眼泪
掺着灰尘
掺着田野中麦子的清香
掺着驴粪中新鲜的臭气
落入我塌陷的眼窝

顺着我的眼角

流下来

滴落在一辆

开往火葬场的

驴车上

选自《下半身》第 2 期，2001 年 3 月

偶遇

姚风

我打开一本黑夜的书

一群蝙蝠迎面扑来

猎杀了所有的星辰之后

它们吊挂在我的肩膀

时间融成一个岩洞

我在里面失去了躯体和光源

我打开一本黑夜的书

却无法把它合上

选自《诗刊》2001 年第 4 期

新月钩住了寂寞的北窗

李亚伟

我飞得更高，超过了自己的无知，
看见几只秋后的蚂蚱住在圆月里对着岁月不住地哼哼
我知道三文鱼还在深海里等我，等到夏夜
外星人侧着倜傥的身影写完最孤独的绝句
戴着头盔，压低了呻吟声，去滴答着的蓝宝石里喝酒
海面飘来的新月就钩住我寂寞的北窗照个不停
直照到雷州半岛前一只海马停下来读我手抄的诗
水生物们用隔世之音朗读李哥的格言，海南岛也听到了，寂寞然后
　羞红了脸
我想起多年前的地球上，有一个地方叫北京城
我在城北穿来梭去像减肥药推销员，我像是东北来的郭哥
我在一群业余政客们中间闻到了楼梯间寂寞的黑眼睛的香气，
我毫不在意社会上偶尔露头的平胸粉黛
我在意的是爱？是钱？是酒？告诉我呵
在人间盖楼的四川亲兄弟民工，人生到底是在哪条路上颠沛流离？

2001 年 4 月

选自《诗选刊》2005 年第 5 期，后收入李亚伟著《李亚伟诗选》，长江文艺出版社 2015 年 3 月版

黑暗中的舞者

周瓒

她剥落她自己，虽然她情愿
另一双手的节奏
她缓慢，又为这缓慢而羞惭
他的目光使她更快了些
但她转而选择了从容，她抬头

他在召唤，也是唤起他自身
她知道，他比她更急切些
但谁又能判断：到底是谁更急于承认
这样一种急迫性，难道不是她
自己？自己之内，又一个自己？

她的发触到自己的肩，细微的痒
撩起她的自爱：是的，她也愿
唤醒她自身，那被生活的壳
紧裹住的部分；不，她并不是在享用
禁果，她只是在揭开她自己
而他可会明白？他看，他的眼中
两束光，将这变暗的舞台
圈出两个圆柱的范围，供他们合舞
叠印，分离又渴望……他忽然想

是谁在担任这舞台的灯光师？

她伏倒，微斜，那耸出的
器官，部分地轻触着他的
肌肤，而他正在蒸腾
他不只用目光，他的双手羞涩些
也更贴切，但他怕惊动她，他怕太快

快，是一种态度，她从前想过
当第一次，她被一种蛮力左右时
她哭了，以为她已变成
一个可以完全交付出去的礼物
是的，婚姻有时就像是把双方当作礼物互赠

他以为，快，是一种力的表情，不单单
宣布了舞的节奏。他第一次裹住
一件小于他的形体，并用自己的钻，
去勘探，他看到了梦中的跋涉
哦，多么意外，一个女人是他的宝藏！

她为他的迟疑，虽然是在片刻中
感到欢喜，她可有海洋的深度？
她找寻他的手，帮他掌舵
他们的舞，要复杂些，切不可滑
到浅水中，他们的航船需要颠簸

他知道，他可以有他的俯冲
或翻腾，但不要偏航，有时候
天空会使他一阵茫然，而他的飞行器
需要开阔的自由。他微笑了
他觉得天空有时可以藏在一个洞穴中

她借助他的力，升腾自己的轻
他扎进她的深，倾泻自己的生机
她惊呼，为这播种的重量
而他叹息，那广袤令他敬畏
哦，从种子的睡眠里，他们起飞

他托起她，他们的支点稳沉而又惊险
他们把热度散发，舞的炫目浇灌着
黑暗；闪亮的背景，把他的目光吞吃
而她正在发光，她的波动更绵远
她旋转，奔突，跃起，光影凝滞着

他惊讶，欣慰，一时间忘记了
寻觅，他误以为已经找到；她的舞迷乱
他怦跳的心，暂时归于宁静
他总结：哦！舞才是她的灵魂
那一个个白天都只是些空壳！

“我在放弃”，她忽然意识到
舞引领她，舞改变她，舞找到她

而他像在等待，她以他为支撑张开了翅膀
当她起飞，她感到支点即将脱离
像携带着太空探测器的火箭

而他正全神贯注于这奋力的发射
有一刻，他凝住，像舞的定格
而她，感到一种惯性，已把她自己
推往虚空，灵魂出壳，是温暖的
温暖地带她返回，返回黑暗的静寂，与缓慢

舞如何支配舞者，他因为耗尽而苏醒
黑暗是否孕育过擦亮，她发光
并归于圆润：那时，他们更像两株
鲜亮的植物，经受了热力的雨，速度的风
在午睡的太阳里，月亮般轻轻摇晃

2001 年 5 月 21 日

选自洪子诚、臧棣主编《北大年选——2005 诗歌卷》，北京大学出版社 2006 年 4 月版

在东莞遇见一小块稻田

杨克

厂房的脚趾缝

矮脚稻
拼命抱住最后一些土

它的根锚
疲惫地张着

愤怒的手　想从泥水里
抠出鸟声和虫叫

从一片亮汪汪的阳光里
我看见禾叶
耸起的背脊

一株株稻穗在拔节
谷粒灌浆　在夏风中微微笑着
跟我交谈

顿时我从喧嚣浮躁的汪洋大海里
拧干自己
像一件白衬衣

昨天我怎么也没想到
在东莞
我竟然遇见一小块稻田
青黄的稻穗
一直晃在

欣喜和悲痛的瞬间

2001年5月

选自《花城》2002年第1期，后收入杨克著《杨克的诗》，人民文学出版社2015年2月版

自由的穴位

严力

我想给自由女神按摩
她在一个小得不能再小的小岛上
站了那么多年
腰和腿一定无比酸痛
我想与新世纪商量一番
给她一把椅子坐坐

想到坐下来的模样
就想到了给她喝一杯什么
也就想到了最流行的可口可乐
还想到了配套的汉堡包
想到了她手中的火炬
更想到了让她换一个蛋卷冰激凌
但是自由女神啊
你的不渴也不饿
到底是象征了什么样的自由生活

又是谁
为你选择了这个诱惑男人的性别
但我更知道自由所产生的高潮
只有把生活当监狱的人
才会有更深的领悟

女神啊女神
比起给你一把椅子
以及劝你一步跨入大西洋的人
我更想给你按摩
可是自由啊自由
至今我还没有找到
你真正的穴位

选自《上海文学》2001 年第 5 期

谁跑得比闪电还快

黄礼孩

河流像我的血液
她知道我的渴
迁徙的路上
我为一滴水又呛又咳

是什么沾湿了我的衣襟
时代的丛林就要绿了

我的眼光骑着花儿
不想错过结果的运气

我要活出贫穷
如果生活是一场堵塞
我会一小口一小口地呼吸
我将在劳动中寻找一条道路

丛林在飞
我的心在疲倦中晃动
我忽地怅然若失
人生像一次闪电一样短
我还没有来得及悲伤
生活又催促我去奔跑

选自黄礼孩编《70后诗人诗选》，海风出版社 2001 年 6 月版

命运

刘春

迎面而来的这群女人、步伐凌乱的女人
身上的气息干草青草般
泾渭分明的女人、表情复杂
的女人。她们走来
日光照耀着脸上的青春和皱纹

"草尖上的露珠。"这是
对一种形象最恰当的描绘
她的脸，让我想起坡上的草莓
当风吹过，嫩绿的衣衫掀起桃色的隐私
这是走在最前面的一个
她成长的速度让身旁的母亲坐立不安

另一个，面庞光洁而沉静
双手操纵钟摆的节奏。如果
你爱慕，她不会躲避你的注视
哦，大大方方的姐姐
她面对世界的态度是如此坚决

有人会比我看得更远。第三个
在踽踽走动。她在喘气
她孤单的右手需要一根拐杖
很明显她是累了，她的目光
已打探到休憩的地方……

这群从天尽头走来的女人
神秘莫测的女人，操着各种方言
脾气好坏不一的女人
意念般直接潜入你身体里的女人

我遇到的绝不止一个

我会遇到她们的全体，并和她们
一一交往、恋爱、分手
在每一个夜里醒来
总会有一个声音在耳边幽幽低语

选自刘春著《运草车穿过城市》，远方出版社 2001 年 6 月版

生活

刘春

说出这个词，天色就暗了下来
旧相册收拢飞翔的翅膀
哦，这是八月的镰刀，这是血，这是
一段感情的惨淡开端。主角
是一块风华正茂的石头

稻草已经燃尽，雪花扑向
独居者的屋檐。有人在暗中写字
他写下“恨”，他所暗恋的
女人就永无宁日，而他写的是“爱”
隔壁传来了幽暗的灯光

另一些时候，他说出“沙漠”
大地上仍然花草遍野，说出“洪水”
与此相关者却永葆平安

"唉，时间的炼金术……
上帝赋予每个人同等的才华。"

无端受控的人也有无边的想象：
大风收拾黄叶，凌乱的书卷
自动归位，老照片闪烁温馨的色泽
一桩半个世纪前中断的约会
在两蓬飘扬的银发中间继续进行

噩梦中走来的人，不会显露
事实残酷的一面。从童稚的声音
你看到时间的鱼尾纹，从一些人的生
你看到死，而这只是
一闪念间的事情

是时候了，它展现神秘的容颜——
"设计事件的人，事件给你设计结局
你给我以诅咒、以蔑视、以无所事事
我给你近视、失语、恐怖的白日梦，以及
越来越佝偻的腰身……"

选自刘春著《运草车穿过城市》，远方出版社 2001 年 6 月版

日全食

朵渔

医生走后，我决定爬起来
多日以来的肠炎，让我虚弱不堪
庭院清凉，穿过槐花的光线
像一阵小雨落下
一群鸡雏在柴草间追逐
几乎全部的家畜都出门了
只有我父亲，赤裸着上身
在院子里挖土，一趟趟地
往田里运肥
汗水掉到粪堆里，焦躁挂在嘴角
和他面对，真是一种罪过。
他不行了，白发覆盖了他，
不再似当年　连夜往安徽贩大米，
把发情的小母牛　按倒在田埂上。
他将铁锨扔向井台
拉开了栅栏门，在他身后
是一大片的田野和极少数的鸟群
整个村庄都保持着沉默
只有很小的阴影跟着他
那是谁投下的目光呢？
我抬头望天

一轮黑太阳，清脆、锋利，
逼迫我流下泪水

选自《草地》2001 年第 5、6 期合刊

大河

凸凹

一条大河，横亘在面前，大得不流动。
整个世界，除了天空、夕阳，就是大河。
尤利西斯漂泊十年也没见过它的样子。
没有岸，水草，渔歌，年月，蚂蟥，和蝶尘。
我甚至也是这条河的一部分。
对于这条大河，我不能增加，删节，制止，划割。
或者推波助澜，掀起一小截尾部的鱼摆。
夕阳倾泻下来，没有限度地进入我的体内。
无数条血管像无数条江流涨破中年的骨肉。
仿佛恐龙灭绝时代的那场火灾、那场大血。
布满整条大河，地球，这个黄昏的呼吸。
又仿佛混沌初开，分不清
天在哪里，地在哪里，水在哪里，血在哪里。
我见过河南的黄河，重庆的长江，青岛的海。
还见过川东地区山洪暴发的样子。
它们都没有那么大，那么红。
并且，早已先后离开我的生活，远去了。

我所在的龙泉驿没有河，因此缺少直接的联想。
现在，除了在阅读中碰见，我已很难再记起它们。
这条大河，我不知道它从哪里来，
还到不到哪里去。而那个黄昏的场景，
不仅在夜晚，甚至白天，都会不时出现。
仿佛一个梦魇，一种幻象，大得不流动。
只有那水的声音，日夜轰鸣，咆哮，让我惊怵。

2001 年

选自《草地》2001 年第 5、6 期合刊

光线

沈娟蕾

多么微弱的光线，
微弱的爱情，透过午后的绿荫，
影响着我，改变我。

也许我需要的不多。
当我坐在树林里逆光看去，
隔着我与奇异欢乐的
只是一片半透明的距离。
此刻，观察香樟叶的最佳角度
是热爱生活的角度。
因为专注，人们感受了单调的日子后面——

痛苦，和渴望的丰富。

2001 年 6 月 15 日

选自《诗刊》2001 年第 12 期

自画像

沈浩波

又圆又秃
是我大好的头颅
泛着青光
中间是锥状的隆起
仿佛不毛的荒原上
拱起一块穷山恶岭
外界所传闻的
我那狰狞的面目
多半是缘于此处
绕过大片的额头
（我老婆说我
额头占地太多
用排版的专业术语
这叫留白太大）
你将会看到
伊沙所说的
斗鸡似的两道眉毛

它使我的脸部
呈现斗鸡的形状
是不是也使我
拥有了一只斗鸡般的命运
十年之前
人们说我“尖嘴猴腮”
而现在
却已经是“肥头大耳”了
一只肥硕而多油的鼻头
彻底摧毁了我少年时
拥有一副俊朗容颜的梦想

2001年6月20日

选自《草地》2001年第5、6期合刊，后收入沈浩波著《命令我沉默：沈浩波1998～2012年诗歌选》，浙江文艺出版社2013年3月版

在夏夜的凉风中

万夏

冬天的藕在夏夜的凉风里面
来到我面前，放在一杯清凉的酒边
里面是带微甜的长江水，
夏夜的凉风让小姑娘的手指冻得像胡萝卜
藕是她高高拉起袖子看着的弯曲手臂

在夏夜的凉风中，天亮了
天亮比夜风更凉爽，像这节冬天的藕
池塘与孔雀毛一起在闪耀
荷叶粥变得碧绿，挂在妇女的耳垂上
猫的另一只眼，突然掉在地板上的蓝色宝石

2001 年 7 月 30 日

选自臧棣、孙文波、肖开愚编《激情与责任：中国诗歌评论》，人民文学出版社 2002 年 9 月版

梯子与溺水

余怒

他扛着梯子飞跑，不满足于十六岁。
谁给他打了一针？
这是绕圈子，这是避开敏感问题的方式。这是在
刚刚淹死过码头工人的码头。
他不顾事实，一个女人唆使他：
“你去那个码头，去做那个旅客。”
如果没有身子的拖累，那些话就是纸叠的。

2001 年 8 月 29 日

选自《诗选刊》2005 年第 5 期，后收入余怒著《余怒短诗选》，群言出版社 2008 年 10 月版

美声

张执浩

1

秋风乍起的夜里，草虫的呜咽回旋。
一个外乡人把国道走穿，又迂回于故乡小径。
从前他怀抱明月远遁
如今空剩一颗简单的心。

他并不孤寂，只是倍感孤寂。
在一座到处是人的城市，他的问题在于
不能成为他们的一部分，甚至连眼前的这些路灯
怎么看都像是一只只窥视生活的眼睛。

此时，恋爱的人正陆续走出东湖的西侧门。
几张刚刚结过吻的嘴准备去解放路消夜。
秋风在吹，一颗简单的心在失眠。
一个失眠的人在黑暗里翻箱倒柜。

2

半夜过后，我决定写一首诗：它必须是
凭空架起来的梯子，能一直上升到

你做着好梦的床前；它必须是无形的
如同我写下的文字，要有自生自灭的勇气。

我回忆了能够回忆起来的一切，那些人与事，
埋在土里的和浮在水面上的，那些
过分的悲伤，和喜悦。我把它们在白纸上
涂黑，然后，再将它们还给白纸。

我是一个害怕成长的人，奋力活过了三十五岁
肉体已经定型，再往下去便是
一段漫长的令人心慌的下坡……
多么沮丧啊！我拍打着前额和后椎，在这个夜里

我驱车前往梦幻加工厂，路过
一座墨水池。机器在轰鸣，溅起的墨汁
一点一滴地改写着所有关于黑暗的命题。
而过路的天鹅正用肚皮反复擦洗着乌云。

3

我有一位表弟，多年前，他自制了一个地球仪，
出于纯洁的考虑，他把家安置在了蔚蓝的海底。
多年后，我看见他摇摆着尾鳍，仿佛靠岸的
潜艇，更像一条在沙滩上搁浅的鲸鱼。

劝说他返回太平洋是困难的。我何尝不晓得

水域辽阔并不意味安身容易，更何况
海水那么咸，蓝天那么远
一个人的浮力并不能阻止整个世界的沉沦。

很快他就适应了大地的尘烟、疾病和死。
他是一个那样的人，做了许多这样的事，
但他是我的表弟，其次才是他自己——
那粒在黑暗中发光的白牙齿：纯洁，接近于欺骗的本质。

4

这么多的风起于内心的渴念，止于内心之死。
设若我有你所没有，譬如持久的信仰
从空旷到空虚，一座华美的教堂容纳了
幸福着和无知着的每一天。哦，我是否
可以这样无所愧疚地饱食终日？
这些年来我一直在寻找低于尘土的
位置，不被重视，在被踩中接受
齑粉之疼……

我有过长久的散步的经历，从城市步行到乡村
然后回到城市，从普通话逃回到方言中
然后又沿途返回。我仅仅是一个普通的人
却怎么也难以预见临终的遗言更适合哪种口音。

也是在这天晚上，我注意到

一个肩扛镐锹的老人独自走进了黑松林
他埋头挖掘着自己从前填下去的泥土
他挖着，挖着，随后就消逝在了土堆中。

5

在服下过量的止痛片后，恍惚间有幸福拍门。
我决定继续写这首诗：它应该是美声的
高于民族和通俗，却低于一只飞蛾的高度；
它应该是快乐的，像木马的蹄声，带来
一位身着糖衣、怀揣炮弹的少女……

这么多的飞蛾扑打着风中的星辰，
然后落下来，仿佛一片片理想的落叶
将大地铺满。父亲吹熄了平原上的
最后一盏马灯，禁不住失声痛哭。

没有人怀疑一个老人的泪水，他的哭泣
从来就是悲剧故事的主题，令人心碎。
透过婆娑的泪眼，他看到自己的儿子——
另一位老人正在另一个地方抽泣！

此刻懵懂少年们的游戏已近尾声，
当一阵凌乱的脚步声窜出街角边的暗室
我听见了，是的，我听见了他们在争吵：
“你有你的虎牙，我有我的粉刺！”

6

而在更深的夜里，红灯区有着更黑的梦境。
一个孑然而行的外乡人拍打着裤兜里的钥匙，
但没有门扉供他开启。他张望着银河系一般的
都市夜景，眨巴着婆娑的泪眼……

渐凉的风吹拂着他渐渐疲软的阴茎，也吹醒了
他力不从心的陈年旧事。他说他也有过
短暂的欢愉，“其实，长和短并没有本质的区别。”
说着他顺手捏死了一只纸老虎。

在他走后，歌剧院的女花腔仍在高音区徘徊
“美啊，我只能上不能下了！”
她显然失去了驾驭岁月的能力，只能听凭
昔日的荣光将她扶上致命的烟尘。

相比之下，我更倾向于弱者的诚实
过去的不会重演，将来的无须闪避。
我更倾向于珍惜这战败的肉体，而不是
拖着皮囊去与时光作对。

7

可是，时光是裸体的，而我们穿着铠甲。
可是，她们是敞开的，而他日渐幽闭。

凌晨之后，一个被秋风吹弯了腰的人
忍无可忍地爬上雪白的墙壁

他将取下石英钟，卸下玻璃壳子，
拔下红色的秒针，和黑色的分针与时针。
他想赶在天亮之前
遏止住时间的步履。

我多么希望能够看见被谋杀的
时间的血肉之躯。
我多么希望能够目睹一个被延误的早晨——
汽车在原地奔驰，做梦的人长梦不醒……

哦，如果这样的假设能够成立
我的衰老将到此为止。我承认
许多愚蠢的行为可以使一个人变得年轻，
但我宁愿彻底地老，仿佛岁月真的无情。

8

现在，吃完夜宵的青年仍在期待不散的筵席。
我掏出打火机，感到火焰一下子蹿到了内心
在这凤凰的疆域，消防车和洒水车来回穿梭
一座钢筋水泥的城市仿佛一只浮出海面的神龟

高于水平面的人群在建筑蜃楼海市

而低于大地的人在默默回忆。他在回忆
记忆深处的那一幕：一位少年吹响口哨
在黑松林中追逐红狐狸。

也许他真的见识过
美丽的晚霞，然而当他后来越来越远，
再也难以确立肉体的地位，
他只能靠熬红双眼哭诉过去。

但我知道人生不过是一缕青烟，
不可能飘得太远，如同母亲从来就是一根
用炊烟搓成的绳子，她拽着，为了
将我们拽回大地，她必须在脚下刨一座深坑。

9

最亲的人正从最广袤的田野上消逝
他们总是一一闪现，然后集体离开。
我等待送信的穷亲戚前来敲打我的房门
但只有半夜的铃声带来我母亲失踪的消息。

母亲啊，你能去哪儿？
上天需要云梯，下地需要挖地的力气
你能去哪儿？
我仿佛看见你沮丧的表情，麻木，迟钝

在与癌细胞的战斗中，你缴械了。
你不是逃兵，甚至不是战败者，那么你是谁？
我问空气，问这杯四月的白开水，问
窗外的明月：母亲啊，你能去哪里？

我在三十岁以后重新回到了哺乳期，四处翻找
你的踪影；然后是变声期，我用怪异的嗓音
咬着被角哭泣；最后是老年，母亲，你的儿子
将用提前衰老的方式接受没有你的现实！

10

活着，为什么一直要将自己熬成人渣？
这是多么可怕的想法，却要成全我，和我们。
有人从孩童时代就开始了回避，
时空在变幻，而他拒绝成人。

我早已从父亲的眼神中看出了
生活的真谛：一个人老了，另一个人
将接过他衰老的容颜，继续努力
直到不得不在筵席上松开牙齿，在

少女身边垂下眼皮，在静谧的夜晚
放弃睡意，在潮湿的地下室内
放弃翻身、恐惧和疼……
而我早已在这样做了，只是不够彻底。

是的，在秋风渐紧的夜里，我
腾空了每一间肉体的房屋，像
剧院售完了座位，最后的高音
正在攀爬心灵的穹顶。

11

掌声响起来，节目单上出现了
一位打扮成菠萝的少女，她和她的香蕉男友
正在拼命地抹眼泪
他们谢幕，再谢幕，迟迟不肯下台。

“现在，请让我们全体起立！”
被目送到黑夜中的人啊，请你们看一看
我红肿的手掌，“我拍疼了自己，是为了
成为掌声的一部分。”

而在同样的夜晚，另一个我
在下等旅店的客房里一口气拍死了
数百只夜蚊，这个刽子手梦见
飞机坠毁，黑匣子里面装满了哭声……

2001年12月

选自《星星》2002年第5期，后收入张执浩诗集《苦于赞美》，武汉出版社2006年1月版

照相簿

张曙光

母亲的微笑使天空变得晴朗。
她白色的衣裙
盛开在一片收获的玉米地里
使59年的某个夏日成为永恒。
我怯生生地站在那里，拿着一架玩具飞机
那种双翼的，二次大战前使用的那种
一身海军制服，像一名刚入伍的新兵
却不知道某些地方正沐浴着战争和死亡。
另一幅照片。我扎起
一根小辫，像一个女孩。
那是妈妈干的
时间与妈妈的那幅大致相同。
还有一张骑在三轮车上吃着橘子
以后好长时间我邻家的孩子
啃着糠麸窝头，坚硬得像黑色的石头。
弟弟在照片中的一张炕桌上
吃着饭，在这之前他一直傻笑着
追着爸爸的相机
后面的墙壁上有剥落的痕迹有一处我一直在想
是一只老虎而看上去的确很像。
1962或1963年。那一年春天

我第一次拿着两毛钱去商店买了一包糖
并用蜡笔在墙上涂抹着太阳和警察。
接着画面上出现了妹妹
戴一顶可爱的绒帽
马戏团小丑常戴的那种
愣愣的表情
仿佛不知道发生了什么事情。
在一张全家照上，拍下了
爸爸、妈妈、弟弟、妹妹，和我
上面印着：1965 年 8 月，哈尔滨
爸爸试图微笑，但他一边的嘴角刚刚翘起
便凝固在画面上
无法把它修整得更好。
这也是全家最后一次合影，以后好些年
全家人没有照相也没有微笑直到
我和大学同学一起拍下照片
然后是同妻子的结婚纪念照
我们不得体地微笑着
带着幸福的惶惑。
1982 年。这一年母亲离开了人世
而影集中增加了女儿的照片
有一张姥姥抱着她就像
当初抱着我但那时没有留下照片
但姥姥保存着舅舅和我的一张
舅舅看上去年轻漂亮那时他刚刚结婚但此刻
他躺在医院里痛苦不堪他患了重病。

照相簿里更多是女儿的照片
活泼地笑着，跳舞，吹生日蜡烛，穿着我的大皮鞋
像踩在两只船里。这一切突然变成彩色仿佛
在一部影片中从黯淡的回忆
返回到现实

选自《自行车》2001年卷

当哥哥有了外遇

阿毛

绝不是绯闻
但的确是灾难
当哥哥有了外遇

谁都不会想到
他会扔出一颗炸弹
以前他老老实实
爱妻怜子
在亲戚朋友中有口皆碑

谁会想到他
会为一个比他小了十五岁的女孩子
丢了工作
妻子和十七岁的儿子

在家里他成为一个
被极力挽留的躯壳
在亲人中他成为一个谎言
他不回头了

他成了一个我们不认识的人
没有亲情、没有手足
没有道德和秩序
他完了

他把爱这把火烧过了头
烧到他自己的身上
他妻子的身上、孩子的身上
母亲的身上
和我们兄弟姐妹的身上

嫂子的头疼又犯了
侄子的自闭症更厉害了
母亲的血压升高了
亲人的脾气给惹恼了

我在小说里写过很多
外遇的烦恼
但别人的外遇
没有哥哥的外遇让我心烦

对于现实中活生生的一次
我早已不用笔去杀它
而是用一个妹妹的嘴
吼着，去死吧，你

这是一个严重的事件
严重到成为一个灾难
我并不想成为一个道德的裁判
只想当一个杀手

2001 年
选自《诗歌月刊》2002 年第 3 期

爱情生活

韩东

有可能
就尽量做爱
不做爱
也要抱着
要互相说话
彼此看着
不能走神
你在想什么

我在想你
生气的时候
不拿正眼看你
也要拿白眼看你
不说话的时候
也要在心里骂你

要保持
清醒的状态
不要睡过去
睡觉是各自的事情
要抱着睡
握着睡
在里面睡
至少也要
手拉着手
像在过一条
车流飞奔
凶险万状的
马路

2001 年

选自《花城》2002 年第 5 期，后收入韩东著《韩东的诗》，江苏文艺出版社 2015 年 1 月版

一个美国学生给回国旅行的中文老师的伊妹儿

杨小滨·法镭

您好杨老师：我是刘学生。
我贵姓刘，您送给了我的名字。

您活在中国的十间太九，我们
都很失去您。放家，没有学校了

我的中文不但快快地坏了，
我的体重而且慢慢地大了。您的身体

什么了？天气在北京
怎么办？今天是星期末，

您必须在用朋友玩儿？我猜？
或者，做研究功课，勤勤奋奋？

再次，我们真的失去您了。
我们老老实实希望您来美国回得早。

请让我们认识您的飞翔号码，所以
我们可以去飞机场一起把您捡起来。

2001年

选自杨小滨著《为女太阳干杯——杨小滨诗集》，自印诗集，2011年台湾

鱼医生

盛兴

一条一条地死去
我所能做的就是将它们的尸体捞出
现在我的鱼缸空了
我只好坐在鱼缸旁边发呆

这么多年我爱着金鱼的美丽身姿
却不了解它们的病
这么多年我从未遇到一个鱼医生
那是一只慈祥的大头鱼
脖子里挂着标有红十字的药箱
而他只在遥远的大海里救死扶伤
他无法来到我的鱼缸
我的鱼缸里的鱼得的全是不治之症

选自符马活编《诗江湖·2001 网络诗歌年选》，青海人民出版社 2002 年 5 月版

2002年

说话

寒烟

学会说话的第一天
我的父母庆幸我不是哑巴
可我是吃什么长大的
蚕儿在夜里吃桑叶，我的心
在黑暗中吃下什么
才吐出阳光下的第一缕丝

我开口说话
混沌裂开的疼痛永远留在记忆中
神性的沉默再也回不到嘴唇上——
说，拼命说……
没有别的办法驱赶恐惧

滔滔不绝的话语
带着愤怒，抛向廉价的耳朵
滔滔不绝的话语
带着叹息，落向空无——

在所有的听众后面，我寻找
那唯一的听众……

选自《诗潮》2002年第1期

纸张

汤养宗

一生的光阴，或许只有几次能真正到家。
在许多夜晚，那是谁？仍在纸张上
为一个人留着一扇门。

我身上准备了许多利器，我浑身地
摸出了各种钥匙，纸张仍旧关闭着。
一个书生穿纸而过，他准已大汗淋漓。

一个人与一张白纸之间没有确凿的距离。
我只能摸到它：光滑、洁白，却是无比的深渊。
一张纸里仿佛永远藏着另一张纸。

永远的问题是文字是否真的写进了一张纸。
像火被点燃后才发现那是假火。
当我书写，我常听到纸在笔尖发出了惊叫。

雪一样的纸张对于自己的命运总是歉意的。
在很随意的瞬间，它被涂上笔迹，
但有谁看见？这纸张已从书写者手下奔跑出来。

一张纸它只有一次薄薄的命。它面对着你：

神情悲悯而高贵。白纸太过无助
反使我觉得沮丧，像这一生再不能翻到第二页。

一张纸只为一个真正的书写者留着一扇门。
那人无比敬重地推了一下，门开了，
里面的人说："果然是你，进来吧！"

选自《诗歌月刊》2002年第1期

在水果街碰见一群苹果

卢卫平

它们肯定不是一棵树上的
但它们都是苹果
这足够使它们团结
身子挨着身子　相互取暖　相互芬芳
它们不像榴梿　自己臭不可闻
还长出一身恶刺　防着别人
我老远就看见它们在微笑
等我走近　它们的脸就红了
是乡下少女那种低头的红
不像水蜜桃　红得轻佻
不像草莓　红得有一股子腥气
它们是最干净最健康的水果
它们是善良的水果

它们当中最优秀的总是站在最显眼的地方
接受城市的挑选
它们是苹果中的幸运者　骄傲者

有多少苹果　一生不曾进城
快过年了　我从它们中挑几个最想家的
带回老家　让它们去看看
大雪纷飞中白发苍苍的爹娘

2002年1月19日

选自《作家》2002年第9期，后收入卢卫平诗集《向下生长的枝条》，中国文联出版社2004年7月版

墓志铭

桑克

写在这里的句子
是给风听的。
你看吧，如果你把自己当作
时有时无的风。

这里是我，或者
我的灰烬。
它比风轻，也轻于
你手中的阴影。

你不了解我的生平
这上面什么都没有。
当日的泪痕
也眠于乌有。

你只有想象
或者你只看见
石头。
你想了多少，你就得到多少。

2002 年 1 月 24 日

选自桑克著《桑克诗选》，长江文艺出版社 2007 年 12 月版

十枝水莲（组诗）

王小妮

第一首：不平静的日子

猜不出它为什么对水发笑。

站在液体里睡觉的水莲。
跑出梦境窥视人间的水莲。
兴奋把玻璃瓶涨得发紫的水莲。
是谁的幸运

这十枝花没被带去医学院
内科病房空空荡荡。

没理由跟过来的水莲
只为我一个人
发出陈年绣线的暗香。
什么该和什么缝在一起?

三月的风们脱去厚皮袍
刚翻过太行山
从蒙古射过来的箭就连连落地。
河边的冬麦又飘又远。

不是个平静的日子
军队正从晚报上开拔
直升机为我裹起十枝鲜花。
水呀水都等在哪儿
士兵踩烂雪白的山谷。
水莲花粉颤颤
孩子要随着大人回家。

第二首：花想要的自由

谁是围困者
十个少年在玻璃里坐牢。

我看见植物的苦苦挣扎
从茎到花的努力
一出水就不再是它了
我的屋子里将满是奇异的飞禽。

太阳只会坐在高高的梯子上。
我总能看见四分五裂
最柔软的意志也要离家出走。
可是，水不肯流
玻璃不甘心被草撞破
谁会想到解救瓶中生物。
它们都做了花了
还想要什么样子的自由？

是我放下它们
十张脸全面对墙壁
我没想到我也能制造困境。
顽强地对白粉墙说话的水莲
光拉出的线都被感动
洞穿了多少想象中没有的窗口。

我要做一回解放者
我要满足它们
让青桃乍开的脸全去眺望啊。

第三首：水银之母

洒在花上的水
比水自已更光滑。
谁也得不到的珍宝散落在地。
亮晶晶的活物滚动。
意外中我发现了水银之母。

光和它的阴影
支撑起不再稳定的屋顶。
我每一次起身
都要穿过水的许多层明暗。
被水银夺了命的人们
从记忆禁闭室里追出来。

我没有能力解释。
走遍河堤之东
没见过歌手日夜唱颂着的美人
河水不忍向伤心处流
心里却变得这么沉这么满。

今天无辜的只有水莲
翡翠落过头顶又淋湿了地。
阴影露出了难看的脸。

坏事情从来不是单独干的。

恶从善的家里来。
水从花的性命里来。
毒药从三餐的白米白盐里来。

是我出门买花
从此私藏了水银透明的母亲
每天每天做着有多种价值的事情。

第四首：谁像傻子一样唱歌

今天热闹了
乌鸦学校放出了喜鹊的孩子。
就在这个日光微弱的下午
紫花把黄蕊吐出来。

谁升到流水之上
响声重叠像云彩的台阶。
鸟们不知觉地张开毛刺刺的嘴。

不着急的只有窗口的水莲
有些人早习惯了沉默
张口而四下无声。

以渺小去打动大。
有人在呼喊
风急于圈定一块私家飞地

它忍不住胡言乱语。
一座城里有数不尽的人在唱
唇膏油亮亮的地方。

天下太斑斓了
作坊里堆满不真实的花瓣。

我和我以外
植物一心把根盘紧
现在安静比什么都重要。

第五首：我喜欢不鲜艳

种花人走出他的田地
日日夜夜
他向载重汽车的后柜箱献花。
路途越远得到的越多
汽车只知道跑不知道光荣。
光荣已经没了。

农民一年四季
天天美化他没去过的城市
亲近他没见过的人。

插金戴银描眼画眉的街市
落花随着流水

男人牵着女人。
没有一间鲜花分配办公室
英雄已经没了。

这种时候凭一个我能做什么？
我就是个不存在。

水啊水
那张光滑的脸
我去水上取十枝暗紫的水莲
不存在的手里拿着不鲜艳。

第六首：水莲为什么来到人间

许多完美的东西生在水里。
人因为不满意
才去欣赏银龙鱼和珊瑚。

我带着水莲回家
看它日夜开合像一个勤劳的人。
天光将灭
它就要闭上紫色的眼睛
这将是我最后见到的颜色。
我早说过
时间不会再多了。

现在它们默默守在窗口
它生得太好了
晚上终于找到了秉烛人
夜深得见了底
我们的缺点一点点显现出来。

花不觉得生命太短
人却活得太长了
耐心已经磨得又轻又碎又飘。
水动而花开
谁都知道我们总是犯错误。

怎么样沉得住气
学习植物简单地活着。
所以水莲在早晨的微光里开了
像导师又像书童
像不绝的水又像短促的花。

2002年春，2003年初

选自《诗歌月刊》2003年第7期，后收入王小妮诗集《王小妮的诗》，华艺出版社2005年1月版

风吹我

孙磊

风吹我，像吹一件破衣服。

风呵，用滴水的轻吹我，
用沙漏的慢，
绛紫的青春，青春的远。
吹动我，一根爱着的草，
疯长的绿。风吹我，
用一个夜晚吹向昨天，
用思想、煤、萝卜吹向
慵倦的时光。我绊倒在那里，
风的门槛，悲伤的树，
或者足够用来沉默的电机。
那些火热的过去，让我倒向它的沉默！
风吹我，吹碎银子的风，
今天吹碎我的孤单。

2002 年 3 月 22 日

选自《星星诗刊》2003 年 11 月上半月刊，后收入孙磊著《演奏——孙磊诗集》，上海三联书店 2005 年 11 月版

关于雏妓的一次报道

翟永明

雏妓又被称作漂亮宝贝
她穿着花边蕾丝小衣
大腿已是撩人
她的妈妈比她更美丽

她们像姐妹　　“其中一个像羚羊”……

男人都喜欢这样的宝贝
宝贝也喜欢对着镜头的感觉

我看见的雏妓却不是这样
她 12 岁　瘦小而且穿着肮脏
眼睛能装下一个世界
或者　根本已装不下哪怕一滴眼泪

她的爸爸是农民　年轻
但头发已花白
她的爸爸花了三个月
一步一步地去寻找他
失踪了的宝贝

雏妓的三个月
算起来快 100 多天
300 多个男人
这可不是简单数
她一直不明白为什么
那么多老的，丑的，脏的男人
要趴在她的肚子上
她也不明白这类事情本来的模样
只知道她的身体
变轻变空　被取走某些东西

雏妓又被认为美丽无脑
关于这些她一概不知
她只在夜里计算
她的算术本上有 300 多个
无名无姓　无地无址的形体
他们合起来称作消费者
那些数字像墓地里的古老符号
太阳出来以前　消失了

看报纸时我一直在想：
不能为这个写诗
不能把诗变成这样
不能把诗嚼得嘎嘣直响
不能把词敲成牙齿　去反复啃咬
那些病　那些手术
那些与 12 岁加在一起的统计数字

诗、绷带、照片、回忆
刮伤我的眼球
（这是视网膜的明暗交接地带）
一切全表明：都是无用的
都是无人关心的伤害
都是每一天的数据　它们
正在创造出某些人一生的悲哀

部分地　她只是一张新闻照片
12 岁　与别的女孩站在一起
你看不出　她少一个卵巢
一般来说　那只是报道
每天　我们的眼睛收集成千上万的资讯
它们控制着消费者的欢愉
它们一掠而过　“它”也如此
信息量　热线　和国际视点
像巨大的麻布　抹去了一个人卑微的伤痛

我们这些人　看了也就看了
它被揉皱　塞进黑铁桶里

2002 年 4 月 21 日

选自翟永明著《最委婉的词》，东方出版社 2008 年 3 月版

凝神

秦巴子

让眼睛放开色彩，放开尘埃
放开游鱼和挣扎的花朵
也放开镜中扑动的蝶翅

让耳朵放开声音，放开爆炸
放开咒骂和无边的掌声

放开乐器的交响和妇女的长舌

让鼻子放开气味，香或者臭
让舌头放开味蕾，放开酸甜苦辣
放开香烟和一次热吻

让皮肤放开感觉，放开擦痕
放开疼痛和深情的抚摸
双臂下垂，头发朝天

让心放下心事，让脑子放假
让黑暗自己看见黑暗
让闪电打在沉默的地上

选自《诗潮》2002 年 3 – 4 月号

青年寡妇之歌

巫昂

一个人能让另一个人
丧失妩媚的表情
那人肯定死了
一个人让另一个人在梦中
紧紧地捂住羞处
那人肯定有无穷威力

他粗鲁地抓住青年寡妇
他的进攻好像一幅德国漫画
一个字母做的男人
把一个真正的女人
摁倒在报纸堆里

总要有人享受有人被享受
青年寡妇的委屈
仅仅是不敢轻言享受的好处
但私下里
她比任何被冷淡的妻子
要幸福得紧

被盯得更恶毒
教育得更放荡

舍不得再嫁

选自《大家》2002 年第 5 期

细致的力量

马莉

又一次擦肩而过，在前方

一条小小的道路，阴影尚在此间停留
一些失踪者从高处，纷纷进入
很久以前的一股巨大的力量之中
在门以外的空地上，在远方的声音里
在一棵曼陀罗花朵中，我用手触摸它
一朵花的力量是无助的，也是坚硬的
甚至比坚硬更加坚硬，因而更加细致
真要命，我喜欢它的感觉就像喜欢
夜晚的力量，细致是需要力量的
在夜晚，被他抱着，并且慢慢地
放下来，放下来，很深入，很遥远
他就这样弯下腰来，让我看见自己
站立的可靠性，这就是细致的力量

选自《诗歌月刊》2002 年第 5 期

溺水者

余怒

我对到处是夜晚
感到厌倦。形式上的安静，在咖啡馆。
我不是喝多了咖啡才这样。

我刚听到了一个故事：一辆货车
载着人，在桥上消失了。一群穿浅色

衣服的家伙站在公用电话亭里。

她遇到了一个矮小男人，他把她的衣服
弄湿了。他用各种各样
鸟雀的名称满足她的好奇心。

爪子伸向在座的每个人；匿名电话里
传来笑声。我要告辞了
不断有人到来，告诉我细枝末节。

2002年5月4日

选自《诗歌月刊》2007年第9期，后收入余怒诗集《主与客》，长江文艺出版社2014年12月版

河流

杜涯

二十岁的那年春天
我曾去寻找一条河流
一条宽阔的静静流淌的河流
我相信它是我的前生

从童年起我就无数次看见它：
在瞬间的眼前，在梦中
只让我看见它：几秒钟的明亮

然后就渐渐消失了身影

那条大地上的孤独流淌的河流
它曾流过了怎样的月夜、白天
它曾照耀过哪些山冈、树林、村庄
又是怎样的年月带走了它，一去不返

永远消失的光明的河流：我不曾找到
那年春天，我行走在无数条河流的河岸
无数的……然而它们不是逝去的从前：
它们不知道我今生的孤独、黑暗

泛着温暖的微波，静静地流淌
仿佛前生的月光，仿佛故乡
然而却总是瞬间的再现
我无数次的靠近使它始终成为远方

多年的时光已过：从二十岁到这个春天
我看到从那时起我就成了两个：
一个在世间生活，读书、写作、睡眠
一个至今仍行走在远方的某条河流边

2002 年 5 月 6 日

选自杜涯著《杜涯诗选》，花城出版社 2008 年 4 月版

公共汽车纪事

马雁

闷热，更热的是车厢后部
起伏的浪，我如此谨慎。
之前，抑郁症患者的前身
从南中国的裤兜里悄悄掏出
食指与拇指之间的钞票，避人眼目，
潜伏，正在接近伟大传统。

售票员收走湿润的钞票，两张。
在传统中，存在着“一”的可能性，
但有人说：“二”不能出现为“一”。
当时，它们依靠汗液黏着、紧贴。
喊号子的人此刻正经过窗外，
他们面无表情，并且不着一物。

热的振幅里，波荡的中心
正在人体内移动。没有
无谓的人物，这里正是拥挤的尽头。
身下，发动机还在创造新的人生，
此刻，抑郁症脚踏菲薄的地壳，
胸中涌起难以排遣的犹疑。

要用坚毅的嘴角抵抗源源不断的词语，
要穿过密不透风的人群。他们体内的热，
如同怀着炙烧的阴谋，迟钝地杵。
我粗暴起来，不再沉浸于想。
像冰，迅速穿透伟大传统的中心，
融化了。现在，同肮脏的土混合着。

2002 年夏

选自马雁著《马雁诗集》，新星出版社 2012 年 4 月版

暗街

朵渔

天黑下来之前我看到
成片的落叶和灰鼠的天堂
以及不大的微光　落在啤酒桌上
天黑之后雨下得更加独立，啤酒
淹没晃动的人形
和，随车灯离去的姑娘
在这个时辰幸福不请自来
在这个时辰称兄道弟说明一切
我来这里
不是寻找一种叫悲伤的力量
而是令悲伤无法企及的绝望

选自《上海文学》2002 年第 6 期

正午的徘徊

周公度

床是别人的，椅子是别人的，
睡在上面的，坐在上面的，
是不是我？
镜子是别人的，衣橱是别人的，
镜子中的影子，衣橱中的躯壳，
是不是我的？
水是别人的，电是别人的，
房子是别人的，路和楼梯是别人的，
狠心的天什么都没有留给我。

感冒是我的，蓬头垢面是我的，
馊馒头是我的，书上的女人是我的，
电饭锅是我的，瓷水杯是我的，
电饭锅和瓷水杯里面的空无一物也是我的，
贪婪是我的，虚荣是我的，孤傲是我的，
爱是我的。

我的。全那么虚无。

选自《诗刊》2002年6月下半月刊

故乡

徐南鹏

如果一只鸟飞过
如果飞过又停了一下
如果停了一下又落下来
如果落下来又开始歌唱
如果歌唱是远远不够的
还要在大地上筑巢　飞翔
生养一大堆儿女
我就把诗歌给她　赞美她
把自己洗干净　把血　骨头
给她　肥沃她

选自《诗歌月刊》2002 年第 7 期

屋顶花园

张作梗

她离开世俗一座房子的高度
她在空中铺了两条小径。其中一条
通过乡村教堂的神那里

在高处，是否更容易获得翅膀?
如果敛紧身体，她可以不停地飞
从初春一直飞到冬天深处

除了被吸收；雨不会被她腰里的水罐
溅出。或许暗中，花朵已更换了她的
体香和口音。但身体的地址

和邮政编码没变。她仍穿着
美的小内衣。风一来，她有些
透不过气——绷紧的时辰有些

透不过气，但她不会大声咳出体内的
那架软梯。仿佛事先团结了凋零
她学会不停地放弃，把枯萎当作

恩赐。那次，当狗吠掏空了村庄的
教堂，她与前来拜访的神坐在屋顶
聊天，一朵菊花，被他们品尝到午夜

“一座展示、放飞美的平台，
需要多少个世纪搭建!”神在暗中
感叹，“而一条通往人间的小径——”

她泪眼蒙眬。转身又打开一朵
雏菊。可是神不见了。天上

乌云在疾走，雷在隐约咳嗽

她喊醒每一朵花。她的鬓发
被风吹乱。神的半句话
照着她在屋顶不停奔走——

“是的，美或许要在离世俗高一点的地方生活
但她在高处培养出的品质，不是为了孤芳自赏
她应该用美，返照人间，濯洗人间……”

在一个暴风骤雨的夜晚，我看见一座屋顶
花园，搬出一架架闪电的梯子
次第，把花香卸运到广阔的地面……

选自《诗刊》2002 年 8 月下半月刊

这些年

韩东

这些年，我过得不错
只是爱，不再恋爱
只是睡，不再和女人睡
只是写，不再诗歌
我经常骂人，但不翻脸
经常在南京，偶尔也去

外地走走
我仍然活着，但不想长寿

这些年，我缺钱，但不想挣钱
缺觉，但不吃安定
缺肉，但不吃鸡腿
头秃了，那就让它秃着吧
牙蛀空了，就让它空着吧
剩下的已经够用
胡子白了，下面的胡子也白了
眉毛长了，鼻毛也长了

这些年，我去过一次上海
但不觉得上海的变化很大
去过一次草原，也不觉得
天人合一
我读书，只读一本，但读了七遍
听音乐，只听一张 CD，每天都听
字和词不再折磨我
我也不再折磨语言

这些年，一个朋友死了
但我觉得他仍然活着
一个朋友已迈入不朽
那就拜拜，就此别过
我仍然是韩东，人称老韩

老韩身体健康，每周爬山
既不极目远眺，也不野合
就这么从半山腰下来了

2002年8月11日

选自洪子诚、臧棣主编《北大年选——2005诗歌卷》，北京大学出版社2006年4月版，后收入韩东《韩东的诗》，江苏文艺出版社2015年1月版

妈妈

江非

妈妈，你见过地铁吗
妈妈，你见过电车吗
妈妈，你见过玛丽莲·梦露
她的照片吗
妈妈，你见过飞机
不是飞在天上的一只白雀
而是落在地上的十间大屋吗
你见过银行的点钞机
国家的印钞机
门前的小河一样
哗哗的点钱声和刷刷的印钞声吗
妈妈，你知道吗
地铁在地下
电车有辫子

梦露也是个女人她一生很少穿裤子
妈妈，今天你已经爬了两次山坡
妈妈，今天你已拾回了两捆柴禾
天黑了，四十六岁了
你第三次背回的柴禾
总是比前两次高得多

选自《诗刊》2002 年 10 月上半月刊

重庆词典（节选）

梁平

神女峰

因为一个叫舒婷的女子的哭诉
神山峰上竖了千年的旗帜
在一夜之间坍塌了
那天晚上，长江的确涨了潮

从此神女峰上的女神耿耿于怀
她记住了那个叫舒婷的女人
记住了女贞子的背叛
和金光菊的泛滥

在悬崖上站了一千年的女神

缓过气来，身边是巫山云雨
云雨之外听得见自己沉重的呼吸
毕竟，这里的石头太冷

我知道这个消息同样是在一个夜晚
第二天我在重庆机场迎接舒婷
见面以后聊诗、聊海
竟忘了向她转告女神的近况

舒婷回鼓浪屿去了
那里有海，兴许还有鲨鱼和海盗
神女峰还在，不过女神已经醒了
长江还是不停地歌唱

李子坝

李子坝以最美的姿势斜靠江边
好多年前都是这个样子
李花飞白的时候
嘉陵江从脚下一晃而过
留几片涛声在梦中

李子坝成为一条路已经很久了
从“总统府”到红岩村
再到白公馆到渣滓洞
每一阵风起雨落

都是必经之路

其实李子坝找不到一块坝子
半坡上的李子林消失了
过往的人物很多
听到的故事很多
李子坝是一部很权威的本版书

后来这个城市的出版和发行
都绕不过李子坝
在没有坝子的那条公路边
堆放了一个城市所有的码洋
包括我的《重庆词典》

现在比这个更热闹的是路边小店
菜也江湖酒也江湖
许多招牌换了又换，乐此不疲
剩一面酒幌摇得灿烂
那是——“顺风 123”

选自《诗歌月刊》2002 年第 11 期

我喜爱蓝波的几个理由

臧棣

他的名字里有蓝色的波浪，
奇异的爱恨交加，
但不伤人。浪漫起伏着，
噢，犹如一种光学现象。
至少，我喜欢这样的特例——
喜欢他们这样把他介绍过来。
他命定要出生在法国南部，
然后去巴黎，去布鲁塞尔，
去伦敦，去荒凉的非洲
寻找足够的沙子。
他们用水洗东西，而他
用成吨的沙子洗东西。
我理解这些，并喜爱
其中闪光的部分。
我不能确定，如果早生
一百年，我是否会认他做
诗歌上的兄弟。但我知道
我喜欢他，因为他说
每个人都是艺术家。
他使用的逻辑非常简单：
由于他是天才，他也在每个人身上

看到了天才。要么是潜在的，
要么是无名的。他的呼吁
简洁但是复杂："什么？永恒。"
有趣的是，晚上睡觉时，
我偶尔会觉得他是在胡扯。
而早上醒来，沐浴在
晨光的清新中，我又意识到
他的确有先见之明。

2002年11月

选自《发现》2003年第4期，后收入臧棣著《骑手与豆浆——臧棣集1991~2014》，作家出版社2015年3月版

我承认，我历尽沧桑

唐欣

少女仍有丰满的臀部
世界仍有干瘪的文学
如果我侥幸写出不朽的诗句
那一定是老天格外开恩

地球上有五大洲四大洋
可我只呆在一个偏僻的小地方
没有女朋友般的小毛驴
我只从小偷那儿买了一辆破自行车

我也没有花格衬衫
所以我不会弹吉他
我也没有列宁那么宽的脑门儿
所以我只能尾随他

我怀念古希腊或者魏晋时代
人们靠聊天打发漫长时光
其实我就是那会儿的流浪汉
其实我就是你们的老祖父

风敲我的窗　雪落我的屋顶
把茶杯凑近耳朵　我竟听到了风暴
一觉醒来天已大亮　活着的理由多么正当
反正我至今没有被人通缉

选自《天涯》2002 年第 6 期

锁

独孤九

你把钥匙带走了
留下
一处放弃的庭院

一把开始生锈的锁

雨停了
下雪了
有风刮过
裸露的表面
接新的灰尘
比如屋顶
比如睫毛

灰暗的傍晚
潮湿的清晨
不同的窗口
一件红色的暗格绸衫
黑色的竖领风衣
两只手放在口袋里
各自攥暖一把钥匙
家具靠着墙壁
一点点地
旧下去

天
总是要黑
不自觉地梦中翻身
抓住自己的另一只手
天

总是要亮

选自《诗歌月刊》2002年第12期

疼痛

黄梵

在这座城市里生活
是别人的叹息，把我和幸福分开
是爱恋过的往昔，把我和现在分开
二十多年了，所有的胜利都只是胜利而已
就像众人的哗笑，它已触动不了我

是难听的方言，腐烂的食物
急诊室，极力掩饰的贫穷
让我努力弯下腰来
是搬运的号子，冻坏的水龙头
戴着藤帽的农民工
让我竭力去想，究竟哪些是多余的……

在这里住到多久，心才不会忏悔
连往世轻浮的幸福都忆起了
虽然不再为苦难呜咽，却还在为希望战栗
不是爱变得太快，是它根本就没出现过！
当我迎着风寒走进节日，感到了人们手中

那些多束鲜花的徒劳

人们对农民工的仇恨还在加深啊
诅咒迫不及待地从早餐就开始
我知道自己应该有所爱，包括去爱
一个小贩粗俗的吆喝，掏粪工的苦役
老鼠对面包的撕咬，去爱蚊蝇的轻吟
和所有微不足道的事物，无比温柔地
向所有的挫折伸出双手
让优越的心懂得该放弃一点什么了
因为那种勒进他们肉里的痛
一样也会勒着我们
就像一根木刺在肉里睡熟了
还在蠢蠢欲动

2002 年 12 月 7 日
选自《诗选刊》2005 年第 8 期

渡厄

杨佳娴

蓝色边陲，钝旧的
墙头若老人之额
那肮脏、放弃的颜色
蝴蝶沿着碎玻璃舞蹈

雾中还有找不到路的马蹄
海上还有认不清风向
酒醉的水手

民谣佚散的年代
铜像衰败得比爱情更快
如何，我们如何通过
对废墟的采认析辨
把握那些已然被远远抛遗的

地心的阵痛……

2002 年 12 月 25 日

选自洪子诚、奚密、吴晓东、姜涛、冷霜编选《百年新诗选（下）：为美而想》，生活·读书·新知三联书店 2015 年 7 月版

北风

大解

夜深人静以后　火车的叫声凸显出来
从沉闷而不间断的铁轨震动声
我知道火车整夜不停

一整夜　谁家的孩子在哭闹

怎么哄也不行　一直在哭
声音从两座楼房的后面传过来
若有若无　再远一毫米就听不见了
我怀疑是梦里的回音

这哭声与火车的轰鸣极不协调
却有着相同的穿透力
我知道这些声音是北风刮过来的
北风在冬夜总是朝着一个方向
吹打我的窗子

我一夜没睡　看见十颗星星
贴着我的窗玻璃　向西神秘地移动

2002年

选自《人民文学》2003年第6期

胡美丽的故事（节选）

简单

胡美丽的情欲

1

疲惫的一天，在脱掉高跟鞋后才会显露

苍白的本质。她在穿拖鞋的同时
打开了电视机。没有更多的精彩
广告，像屎壳郎爬上脚面一样
让人恶心“弱智的电视”她想
让中国导演像诗人一样
一个个饿死

2

晚饭后的她　像一块甜食
几只蚂蚁　沿着电话线前来觅食
她冷漠地拒绝了这
并不代表更多的诱惑

3

夏天的夜晚　如水一样的寂寞
她站在阳台上　看着远空几颗
闪烁的星子
她在漫长的沉默中几次提醒自己
萨福早已死了

4

她脱去了外衣　震颤地剥掉了乳罩
她想到了花　花中的蕊　蕊中的蜜
她想到了那丑恶的蜜蜂——
她的继父　她想到了她的母亲
一个女人那么可怜的哭

胡美丽的私生活

黑色的低胸裙微露双乳
肉体过于脆弱　它从未和大麻构成敌意
在黄昏幽暗的光线里　一只蝙蝠盲目地飞舞着
丧失殆尽的人文精神　比纯氧还薄
比贞操更易穿破
她坐在雕花的红木沙发上
银亮的嘴唇　使她的脸显得过于妖冶
而她狐媚的目光
此时是扣得很紧的盖子
肉体的开瓶器还没有在夜色的暧昧中到来

华灯胀破了夜的内衣
是谁在道德的背后拽开欲望的拉锁?
在人性裂缝里的她　不失时机地
装上了本能的计价器
醉吧　朋友　今夕何夕
她敞开的胸怀　在小费的调剂下
会显得更加柔软无比
家作为一碟正统的老菜
怎比这午夜花样翻新的点心可口

2002 年

选自《名作欣赏》2003 年第 9 期

文史楼

路也

文史楼的地基是儒释道
建筑图纸为八股文
至于所用材料：以方块字为砖
动词做钢筋名词做混凝土
形容词做涂料
介词副词连词叹词做钉和榫
楼梯有平仄，门窗工整对仗
楼层与楼层之间押韵
其外观厚重，像书法里的魏碑
它长了一张士大夫的脸
却拥有一颗无政府主义的心
充满循规蹈矩的光荣与梦想

门后和墙角散发着
汉语腐烂的味道
那么多苟延残喘的古典
那么多飞扬跋扈的后现代
新一代的文人墨客
为五千年披麻戴孝
同时又忙着做现实的教士
以寻找真理的名义找到了荒谬

以数学方法探索浪漫和无用
蚂蚁钻进了点心盒
老鼠掉入了谷仓
患上幸福的厌食症

女生头上的发卡
照亮灰暗的走廊
她们将辩证法和逻辑学
黑白颠倒指鹿为马
最后又屈打成招
男生模仿五四青年
将长长围巾往脖子后面一甩
就甩出了特立独行
春天窗前的桃花盛开
仿佛桩桩绯闻
但这楼里的爱情不会有新意了
无非是西厢聊斋或者简·爱
也许文史楼从本质上讲
性别应该为女
她阴柔，pH 呈酸性
伊人默背着唐诗宋词
一直想对银杏林那边的理工楼
投怀送抱

自恋几乎是文史楼的职业病
伤春和悲秋是最明显症状

侧墙上的海报天天在换
那是整幢楼的价值观念
大门口的果皮箱
扔进揉皱撕碎的浅斟低唱
云飘过楼顶上面方格稿纸般的天空
写下水调歌头或如梦令的句子

毕业生有的官至部级或正厅
为此楼光宗耀祖
属于出产的极品
优等品在媒体频频亮相
天天写“本报讯”
大多数属于免检的合格品
做了教师或秘书
次品是那些跳来跳去
总找不到社会定位的人
废品则是极少数极个别的
名字叫作诗人

2002年

选自《星星》2004年1月上半月刊，后收入路也诗集《山中信札》，中国青年出版社2015年5月版

作为诗人

黄灿然

作为诗人，我更像哲学家，
生活简单，可悲地不合群，
哪怕在诗人中间，也像
在写作时一样孤独，
或像参加朗诵会，
一个人站在台上，
被一盏聚光灯突出。

作为职员，我更像老板，
在同事中间，又置身事外，
或像个接线员，认真
而不关心，傍晚上班，
凌晨下班，上午睡觉，
下午起床，平平稳稳，
像在一个避风港。

作为丈夫，作为父亲，
我更像一个青春期的儿子，
家是中心，但坚持拥有
一个属于自己的世界，

也希望妻子和女儿
拥有她们自己的世界，
好像我们是兄弟姐妹。

作为病人，我昨夜下班后
去医院看急诊，我耳垂下
长了个脓包，要动手术，
我坐在候诊室里等待，
感觉到自己是真正的普通人，
在病人中间，跟他们打成一片，
在同一条忐忑不安的线上。

作为旁观者，我看见
一个少年高高兴兴来到登记处，
像一个考了满分的学生，
报告他被一只狗咬了；
另一个少年，被母亲辛苦地抱着，
看上去已经昏迷，护士忙问什么事，
他母亲回答说：他感冒了！

作为诗人，作为病人，
作为旁观者，我看见
替我割脓包的中年医生
像个真正的职员，看得出
他还是个丈夫和父亲，
当他打开我头顶上的聚光灯，

我感到他比我还孤独。

2002 年

选自《诗合集》2004 年 1 月，后收入黄灿然诗集《我的灵魂》，重庆大学出版社 2011 年 1 月版

很多年来

赵野

很多年来
我等着一次对话
像河流动
鸟一直在飞

我想象一个言说者
和一个倾听者
应该如风和水
一样回应

面对着满天
飞翔的鸟
我却无力
抵达它们的心灵

凌晨时分

揪着一根根白发
感觉到体内
器官在变质

时间在流逝
我观察着这过程
如触摸风中的丝绸
和冰凉的水

如果两千年前
匈奴人越过了长城
我是不是会有
不一样的身世

我是不是可以
同那片土地
分享共同的
神和记忆

因此十年前
骰子的一掷
也许就取消了
另一种偶然

鸟一直在飞
就是说我还能

为我的沉沦
感到宽心

我还来得及
把中年的梦想
押在河流
往东的地方

因为水波闪着
温柔的感伤
而风正吹过
黑黝黝的树林

树叶摇动着
发出白光
一个声音响起
一次和解降临

2002 年

选自赵野著《逝者如斯》，作家出版社 2005 年 12 月版

荒草不会忘记

杨键

人不祭祀了，

荒草仍在那里祭祀。
大片大片的荒草，
在一簇簇野菊花脚下牺牲了。
你总不能阻止荒草祭祀吧，
你也无法中断它同苍天
同这些野菊花之间由来已久的默契。
为了说出这种默契，
荒草牺牲了，
人所不能做到的忠诚，
由这些荒草来做。
荒草的苍古之音从未消失……

2002 年

选自杨键著《古桥头》，上海文化出版社 2007 年 12 月版

众口铄金

阿斐

朋友告诉我
我变了
是变了
面目全非
群众的眼神已经异样
我的孩子都快出世了
而我昨天还是个小孩

孩子的母亲躺在床上
像一只毫无灵感的蚌
机械地睡着
像所有初为人母者那样
没有目的
没有记忆
梦中她的丈夫披红挂彩
乡间最耀眼的新郎

如果我是一头猪
命运会赏赐给我一个猪圈吗
如果我是一个人
孩子她妈，是否会赏给我一个安稳的未来

所以我变了
变成了朋友预想的模样
一个坐着八抬大轿的草民
战战兢兢地伸出孱弱的手
迎合命运的安排
像甘霖之下无辜的万物

2002 年

选自陈错主编《刻在墙上的乌衣巷》，重庆出版社 2005 年 12 月版，后收入阿斐诗集《青年虚无者之死》，太白文艺出版社 2010 年 1 月版

2003年

深刻与轻浮

严力

每个阶层都有自己的轻浮
都想让轻浮更加深刻
生活多么深刻
但是轻浮起来的感觉多么幸福

那是一个整体
我还没有
把深刻与轻浮分开的技术

我不需要这样的技术

生活需要泥土也需要空气
所以我不考虑让泥土更加深刻
或让空气更加轻浮

2003 年 1 月

选自严力著《体内的月亮——严力诗选》，作家出版社 2015 年 12 月版

短暂的白昼

宋琳

一

虹一样悄然而逝的现象
习以为常的海市蜃楼。季节是一只
在你体内伸懒腰的老虎
谈论奇迹的人，背伛偻了
窗外的绚烂正蒸发
雨后红蕨的疯狂。没有
这里根本没有你要找的奢华
大海患上热病，波浪嗫嚅
愚人的快乐自慰

二

猫头鹰的玄学在寂静的巢中
拥有月亮的高度
智能专家乘上气球旅行
面具的狂欢，或鞭子的表演
抹不去嘴边凄惨的笑容
通往屠宰场的路静悄悄
一个捡破烂的孤身老人

捧着别人的全家福走回家去
光追逐光，折射的原理
像角膜倒映出水中的幽灵

三

星际的重量，不可见的夸克
压低城市。饥渴的心灵的形状
譬如瘦骨嶙峋的瑜伽师
身边摆着的那只浑圆的空钵
梦想畅饮同源的清澈
但弧光像天使倒退的彩翼
使树枝和窗帘簌簌抖动
涟漪向水的神经末梢扩散
用浑浊证明鲜血的错误

2003 年 1 月

选自《作家》2003 年第 10 期，后收入宋琳著《雪夜访戴——宋琳诗选》，作家出版社 2015 年 12 月版

路过春天

轩辕轼轲

我假仁假义地
路过春天

我身上披满了青草
头上佩戴着树冠
我手拎着白云的毛巾
嘴叼着花朵的香烟
我水壶里是刚解冻的河流
我背包里装着一摞
万紫千红的群山

我模仿着春天把自己装扮
企图在城门口
蒙混过关

一群刚出洞的动物
担任守门员
对着悬赏的画像
把我看来看去
终于没有找到破绽

混进了春天后
我正暗自偷笑

不料不依不饶的春风
大踏步地从背后追赶过来
一把撕去了我的伪装
露出了那张

雪盖冰封的脸

2000 年 7 月 14 日

选自《诗刊》2003 年第 2 期

月光白得很

王小妮

月亮在深夜照出了一切的骨头。

我呼进了青白的气息。
人间的琐碎皮毛
变成下坠的萤火虫。
城市是一具发暗的骨架。

没有哪个生命
配得上这样纯的夜色。
打开窗帘
天地在眼前交接白银
月光使我忘记我是一个人。

生命的最后一幕
在一片素色里静静地彩排。
地板上

我的两只脚已经预先白了。

2003年3月

选自《诗歌月刊》2003年第4期，后收入王小妮诗集《有什么在我心里一过》，作家出版社2008年1月版

雪或者蝴蝶

代薇

冬天的白纸行将熄灭
风筝拖得太久　细线的尖叫远远不够
有一种闪亮的富于质感的事物
在空气中凌空飞过
碰撞出巨大的声响

把蝴蝶放进双翅
就像把人放进躯体
飞翔或行走
都是为了快捷地消失
“如果没有在人群中消失就没有飞高”

雪和蝴蝶都飞在天上
那是我们分开的身体
被风穿过的裂缝

甚至是冰握住的一滴血
慢慢流尽冬天的颜色
轰响的泥泞
在白色的火焰里展翅
它使周围的空气
剧烈地折叠

选自《中国诗人》2003 年第 4 期

拆解

哑石

我把自己拆解成骨头、血肉、心跳
拆解成不能返回的童年
拆解成虚无，和与虚无唱对台戏
的火焰……而我还是
什么都不懂，不懂人的形象
不懂雾一样渗进身体的时间
更不懂　为什么我偏偏要爱上这里
爱上和亲人的争吵　爱上
幸福的朦胧、清晰至极的苦难……
那么，让我把自己拆解成
一堆琐屑而毫无意义的事物吧
一面镜子，一团带血的棉纱
一个史官故意略去的谈话中的谎言

实在不行　我就把自己
拆解成锋利的钉子、一块摇晃的
需要固定的木板……你看看
我是渴望着将神的混乱引向欢乐的
……在风温热的吹拂下
甚至　甚至有一张情不自禁的脸!

2003 年 4 月 6 日

选自《扬子江诗刊》2004 年第 4 期

纸上的……

李轻松

这纸上的棉布，贴着皮肤的布
恋情这么轻，像布匹上的一朵花
她打开，就被自己压碎了
有一种衰败紧贴着骨肉

这纸上的月亮　一些飘浮的棉絮
被风吹着　是这样的盲目
仿佛骨子里的一团悲凉
什么也刺伤不了它

这纸上的鱼　在纸上漫游
水是这么不容隐蔽
它被波涛的细针穿过

便被抽走了最后一根刺

这纸上的美人　从丝绸里钻出
是她太在意自己的缺憾
一个美人在人群里刻画出自己
却在一张纸上被轻易地划破

选自《诗刊》2003 年 5 月下半月刊

读薇依

韩东

她对我说：应该渴望乌有
她对我说：应爱上爱本身
她不仅说说而已，心里也曾有过翻腾
后来她平静了，也更极端了
她的激烈无人可比
言之凿凿，遗留搏斗的痕迹
死于饥饿，留下病床上白色的床单
她的纯洁和痛苦一如这件事物
白色的，贫寒的，谁能躺上去而不浑身颤抖？
“无论发生了什么事，至少宇宙是满盈的。”

2003 年 5 月 6 日

选自马铃薯兄弟选编《现场：网络先锋诗歌风暴》，江苏文艺出版社 2005 年 5 月版，后收入韩东著《韩东的诗》，江苏文艺出版社 2015 年 1 月版

雨刮器

森子

它忙碌着，为小雨梳分头
让我们怀念那些
拨弄算盘的乡下会计
四野是他们昏暗的房间
——加减乘除的过去
黑白胶片充分
美化了他们，直抵反面
这样，刮着雨
像蝴蝶用双翅
给公里数打叉号
平时，它伏在窗前
懒得眺望，安静如小女生
是我们之中最嗜睡的一个
在深度的睡眠里
剔除体内的狂躁
当我们祈求糟糕的天气
会有一个好心情
它就剪出扇形的前途
给我们看，并折返于
90 度的最大值
它的存在相当于格律诗

大多数时间和人群忽略不计

2003年5月7日

选自《厦门文学》2005年第6期

水边书

胡续冬

这股水的源头不得而知，如同
它沁入我脾脏之后的去向。
那几只山间尤物的飞行路线
篡改了美的等高线：我深知
这种长有蝴蝶翅膀的蜻蜓
会怎样曼妙地撩拨空气的喉结
令峡谷喊出紧张的冷，即使
水已经被记忆的水泵
从岩缝抽到逼仄的泪腺；
我深知在水中养伤的一只波光之雁
会怎样惊起，留下一大片
粼粼的痛。
所以我
干脆一头扎进水中，笨拙地
游着全部的凛冽。先是
像水蚤一样在卵石间黑暗着
卑微着，接着有鱼把气泡

吐到你寄存在我肌肤中的
一个晨光明媚的哈欠里：我开始
有了一个远方的鳔。这样
你一伤心它就会收缩，使我
不得不翻起羞涩的白肚。
但
更多的时候它只会像一朵睡莲
在我的肋骨之间随波摆动，或者
像一盏燃在水中的孔明灯
指引我冉冉的轻。当我轻得
足以浮出水面的时候，
我发现那些蜻蜓已变成了
关系如睡眠的几片云，而我
则是它们躺在水面上发出的
冰凉的鼾声：几乎听不见。
你呢？
你挂在我睫毛上了吗？你的“不”字
还能委身于一串鸟鸣撒在这
满山的傍晚吗？风从水上
吹出了一只夕阳，它像红狐一样
闪到了树林中。此时我才看见：
上游的瀑布流得皎洁明亮，
像你从我体内夺眶而出
的模样

选自《诗刊》2003年5月下半月刊

在希尔顿酒店大堂里喝茶

苏历铭

富丽堂皇地塌陷于沙发里，在温暖的灯光照耀下
等候约我的人坐在对面

谁约我的已不重要，商道上的规矩就是倾听
若无其事，不经意时出手，然后在既定的旅途上结伴而行
短暂的感动，分别时不要成为仇人

不认识的人就像落叶
纷飞于你的左右，却不会进入你的心底
记忆的抽屉里装满美好的名字
在现在，有谁是我肝胆相照的兄弟？

三流钢琴师的黑白键盘
演奏着怀旧老歌，让我蓦然想起激情年代里那些久远的面孔
邂逅少年时代暗恋的人
没有任何心动的感觉，甚至没有寒暄
这个时代，爱情变得简单
山盟海誓丧失亘古的魅力，床笫之后的分手
恐怕无人独自伤感

每次离开时，我总要去趟卫生间

一晚上的茶水在纯白的马桶里旋转下落
然后冲水，在水声里我穿越酒店的大堂
把与我无关的事情，重新关在金碧辉煌的盒子里

2003 年 7 月

选自《诗探索》2005 年第 2 期

公园里的秋天

谭克修

如果不是城里的繁华，挽留住
夏天的闷热，如果凭气象员的一张嘴
就能涂改时序的更迭
一个偶然的双休日就难以

使人如此惊讶：辽阔的秋天
早已蜷缩在城里的公园
但更像一只发抖的蟋蟀
依偎着一片残瓦、一块断砖

园丁收起了除草机。他的工作更加
复杂：拧开龙头，就可以阻止湖水
随着秋天消瘦，却无法阻止空气中的阳光
一天天稀薄，脚下的土地一天天冷却

双休日多么惬意，却不适用于
一溜小跑的北风。新建的友谊宾馆
已经高过了众鸟的飞翔，却不能
下榻一队被北风追赶的雁阵

而此刻，世界已经多么宁静
看呵，为什么又一片树叶在宁静中
飘落？——是不是
树枝里也刮起了疼痛的秋风

选自《诗刊》2003年7月下半月刊

皮箱

——献给我的父亲

朱朱

I

我们去钓鱼。
我们的手臂垂放在水面之前，

经过了我的出生地。
他沉睡，经过

另一座小镇，土路强烈的反光

像肮脏的雪，大礼堂屋顶上

悬挂着
车轮掀起的尘埃，

每小时七十码，等于礼堂看门人的
半个微笑，

不知道她为什么
站在那里，对一辆车微笑着致意?

某座山墙上
一句褪色的标语，

悄然地掠过嘴唇；将近
半个世纪，终于它的音量被调至最低。

Ⅱ

经过田野，村庄，田野，
车停在沟渠边，每一个路上的水洼

都像乞求、发光的鱼，
等待一条上涨的河。

他对我说起作物的名字，

语调从未如此地温和——

说起那只猫，
在那次全家搬迁时，突然跳下了车。

他又不再言语，和这里一样
沉寂，空旷，在一群鸟的啄食声中；

一层银灰色塑料布
遮覆在天边；而我感到

他终于开始触摸什么，
并且把我的手指和它们放在了一处。

Ⅲ

他再次睡去，将头靠在我的胸前。
渔具放在黑色的、装有弹簧锁的皮箱里，

皮箱放进后备厢之前，
放在家中的大橱顶上，

很多年。
我幼小的视线总是被它吸引，

一只从没有在我眼前打开过的

箱子，它坚硬的壳

沉如一块墓碑，焊在冰层中。
不透明。当阳光穿透窗户

旋动锁孔般，
敞亮了家中的所有物件。

Ⅳ

现在他把我的手指
放在了从皮箱里取出的

这根钓竿上；
纠正我的手形，

并且捏紧钓钩上的
那截蚯蚓，

轻按我的手往下
直至线钻入晃漾的水深处。

现在皮箱就躺在我的脚边，
箱底的皮湿漉漉的，在溶化，似乎——

反而有无数条鱼从里边

结队淌游而来，

沿着我手中弯曲的钓竿
游入河心。

我触碰这簧片，
打开箱子就像打开一个真空，

我啜泣在这个爱的真空，
除了它，没有一种爱不是可怕的虚设。

选自《星星》2003年7月上半月刊

像杜拉斯一样生活

安琪

可以满脸再皱纹些
牙齿再掉落些
步履再蹒跚些没关系我的杜拉斯
我的亲爱的
亲爱的杜拉斯！

我要像你一样生活

像你一样满脸再皱纹些

牙齿再掉落些
步履再蹒跚些
脑再快些手再快些爱再快些性也再快些
快些快些再快些快些我的杜拉斯亲爱的杜
拉斯亲爱的亲爱的亲爱的亲爱的亲爱的亲
爱的。呼——哧——我累了亲爱的杜拉斯

我不能
像你一样生活。

2003 年 8 月 1 日

选自《诗林》2003 年第 4 期，后收入安琪诗集《极地之境》，长江文艺出版社 2013 年 5 月版

魔镜

余光中

落日的回光，梦的倒影
挂得最高的一面魔镜
高过全世界的塔尖和屋顶
高过所有的高窗和窗口的远愁
而淡金或是幻银的流光
却温柔地俯下身来
安慰一切的仰望
就连最低处的脸庞

高不可触，那一面魔镜
挂在最近神话的绝顶
害得所有的情人
都举起寂寞的眼睛
向着同一个空空的镜面
寻觅各自渴望的容颜
不管是一夜或是一千年
空镜面上什么都不见

除了隐约的雀斑点点
和清辉转动淡金或幻银
却阻挡不了可怜的情人
依然痴痴向魔镜
寻找假面具后的容颜
从中秋找到元夜，就像今宵
对似真似幻的月色
苦寻你镜中的绝色

选自《台港文学选刊》2003年9月号

中国公主

旋覆

不要对我侧目，最大的承受力折合成

一种掌纹
在另一张纸上有人绘出

并盖过来　凤冠霞帔
将手拢回
我刚好贵为公主
刚好从中心之地将身体领回
刚好手心朝上　有力气承担

宣读是我的事吗
他们慈眉善目　站在中间
把一粒粒苦杏仁
雕成裙子的形状
撒落民间
宣读是我的事吗？

选自《诗选刊》2003年第9期

启蒙

二十月

他盯着窗外那些飘零的树叶。秋天离一个
细心的人已经不远。但是他没有耐心去悲哀，
他满心欢喜，但不能保证那些有绿有黄的叶子
就能落在他希望落在的地方。

它们失去了他。

这不算什么，树还是那么地欢乐！

他沏上他从未喜欢过的茶叶。喝下去，
喝下去就再也不会看见它们的故乡——
一个细心的人已经不思进取。
在厨房他把菜切好，等待所有的人，一个人。
所有爱过他的人都已经习惯于吃零食，

这又能算什么，最多是日复一日的空谈！

来吧，兄弟，你以为他为你深深地呼吸，
正在重复着你生活的意义；但何止是这样，
但何止是喝下茶水后简简单单长出的一口气。

选自《诗歌月刊》2003 年第 10 期

睡梦，睡梦……

蓝蓝

我松开的手把你握紧
关上门以便你的穿越。

我身体里的寂静

你早已得到。

我恐惧……在彼此的凝视里
变形　　缩小。

2003年

选自蓝蓝著《睡梦，睡梦》，河北教育出版社2003年8月版

写作

娜夜

让我继续这样的写作：
一条殉情的鱼的快乐
是钩给它的疼

继续这样的交谈：
必须靠身体的介入
才能完成话语无力抵达的

让我继续信赖一只猫的嗅觉：
当它把一些诗从我的书桌上叼进废纸篓里
把另一些　从废纸篓里
叼回到我的书桌上

让我亲吻这句话：

我爱自己流泪时的双唇
因为它说过　我爱你
让我继续

女人的　肉体的　但是诗歌的：
我一面梳妆
一面感恩上苍
那些让我爱着时不断生出贞操的爱情

让我继续这样的写作：
“我们是诗人——和贱民们押韵”
——茨维塔耶娃在她的时代
让我说出：
惊人的相似

啊呀——你来呀　你来
为这些文字压惊
压住纸页的抖

2003 年

选自娜夜著《娜夜诗选》，甘肃文化出版社 2003 年 8 月版

风沙吹过……

赵丽华

风沙吹过草原
风沙吹过草原的时候几乎没有阻挡
所有的草都太低了
它们一一伏下身子
用草根抓住沙地

风沙吹进城市
风沙终于吹进城市
在城市的街道上
它们飞奔
步伐比行人还快
它们遇到混凝土建筑
遇到玻璃幕墙
它们一路地往上吹
带着情绪往上吹
在最高的楼层
呜咽得最厉害
风沙吹过我居住的城市
向南一路吹去
风沙还将吹过我
吹过我时

就渐渐弱了下来

选自《敦煌诗刊》2003 年卷

小学生守则

徐俊国

从热爱大地一直热爱到一只不起眼的小蝌蚪
见了耕牛要敬礼　不鄙视下岗蜜蜂
要给捕食的蚂蚁让路　兔子休息时别喧嚣
要勤快　及时给小草喝水　理发
用雪和月光洗净双眼才能看丹顶鹤跳舞
天亮前给公鸡医好嗓子
厚葬益虫　多领养动物孤儿
通知蝴蝶把“朴素即美”抄写一百遍
劝说梅花鹿把头上的骨骼移回体内
鼓励萤火虫　灯油不多更要挺住
乐善好施　关心卑微生灵
擦掉风雨雷电　珍惜花蕾和来之不易的幸福
让眼泪砸痛麻木　让祈祷穿透噩梦
让猫和老鼠结亲　和平共处
让啄木鸟惩治腐败的力量和信心更加锐利
玫瑰要去刺　罂粟花要标上骷髅头
乌鸦的喉咙　大灰狼的牙齿和蛇的毒芯都要上锁
提防狐狸私刻公章　发现黄鼠狼及时报告

形式太多　刮掉地衣　阴影太闷　点笔阳光
好好学习　天天向上　尤其要学会不残忍　不无知

2003

选自《诗刊》2004 年 2 月下半月刊

伤口

寒烟

如果我有一个伤口
那肯定是世界从我这儿拿走了什么

那年冬天，我带着半颗心
走向大海
不是去寻找另外半颗
只想碎得更彻底，像一个末路狂徒
因此，大海的闪光才被我看成
一万把斧头的锋芒

一个伤口里有挥霍不完的黑夜
每个黑夜都是被眺望固定的尽头
大海泛滥我全身的血气
让我安静，让我着迷——

只有这更大的伤口才能把我安慰

只有这儿才有为伤口保鲜的盐

2003 年

选自《诗刊》2004 年 2 月下半月刊，后收入寒烟诗集《月亮向西》，漓江出版社 2012 年 12 月版

与父亲同眠

张执浩

夜晚如此漆黑。我们守在这口铁锅中
像还没有来得及被母亲洗干净的两支筷子
再也夹不起任何食物
一个人走了，究竟能带走多少？
我细算着黏附在胃壁里的粉末
大的叫痛苦，小的依旧是

中午时分，我们埋葬了世上最大的那颗土豆
从此，再也不会有人来唠叨了
她说过的话已变成了叶芽，她用过的锄头
已经生锈，还有她生过的火
灭了，当我哆嗦着再次点燃，火
已经从灶膛里转移到了香案上

再也不会有人挨着你这么近睡觉
在漆黑而广阔的乡村夜色中，再也不会

睡得那么沉。我们坚持到了凌晨
我说父亲，让我再陪你一会儿吧
话音刚落，就倒在了母亲腾给我的
空白中

我小心地触摸着你瘦骨嶙峋的大脚
从你的脚趾上移，依次是你的脚踝和膝盖
最后又返回到自己的胸口
那里，一颗心越跳越快，我听见
狗在窗外狂叫，接着好像认出了来人
悻悻地，哀鸣着，嗅着她

无力拔出人世的脚窝
我又一次颤抖着将手伸向你，却发现
你已经披衣坐在床头。多少漆黑的斑块
从蒙着塑料薄膜的窗口一晃而过
再也没有你熟悉的，再也没有我陌生的
刮锅底的声音

2003 年

选自《人民文学》2004 年第 4 期，后收入张执浩诗集《苦于赞美》，武汉出版社 2006 年 1 月版

小学校

雷平阳

去年的时候它已是废墟。我从那儿经过
闻到了一股呛人的气味。那是夏天
断墙上长满了紫云英；破损的一个个
窗户上，有鸟粪，也有轻风在吹着
雨痕斑斑的描红纸。有几根断梁
倾靠着，朝天的端口长出了黑木耳
仿佛孩子们欢笑声的结晶……也算是奇迹吧
我画的一个板报还在，三十年了
抄录的文字中，还弥漫着火药的气息
而非童心！也许，我真是我小小的敌人
一直潜伏下来，直到今日。不过
我并不想责怪那些引领过我的思想
都是废墟了，用不着落井下石……

2003年

选自《诗刊》社编《第二届华文青年诗人奖获奖作品》，漓江出版社2004年9月版，后收入雷平阳著《山水课：雷平阳集1996～2014》，作家出版社2015年3月版

、

拉雪兹公墓的午后

张曙光

在巴黎的那个晴朗的午后，
我乘地铁去拉雪兹，一个人。
穿行在墓碑的森林，试着
寻找一些我熟悉的名字。

仿佛置身在一个陌生的城市，
我惊讶于这里破败和拥挤。坟墓
被编号，组成各自的街区，
每个都以不同的风格和样式

炫示着不同的等级和历史。
而十月里的阳光在慵懒地
照着，它变得衰弱而厌倦，
渴望再一次开始。哦，这里

安眠着多少灵魂？还会有多少人
葬在这里？一些人睡了，供另一些
醒着的参观，拍照，出于羡慕
或好奇。而我并没有在那里

找到什么，甚至人们漫不经心谈起的

宁静。他们足可以蔑视死亡了，
却仍旧被财富和名声折磨。
这些死者，我怀疑是否真的

得到了安息？现在那里会下雪吗，
覆盖着鲜花和倾圮的墓地？
我愿它们被遗忘：那些灵魂
和那个宁静的午后的回忆。

2003 年

选自张曙光著《张曙光诗歌》，太白文艺出版社 2007 年 7 月版

时代一日

清平

旋转，一而三，终于停下。
这正确的生活导致错误的数学。
阴天过了多半，恋爱中又死了几个
在各方面无力支付的穷汉。
这是因为，阳光露出了端倪。

十分小心地，却又似猛烈地
摧毁了死亡的想象力：
一条命包围了两个祖国。
在蓝色的天空上，黑色几乎

完全停下了梦想的脚步。

随着雨季前一场雨的到来，
小说家进入休眠期。
他们看不到一段时间内
作为推动力的强劲的疲惫。
那么远的新，缺少混淆的机会。

原初的胆怯、眷爱，均不必提。
一天的时光过去，只有中间的陈旧
牛肉饼一样夹在汉堡中。
在儿童手上，秩序也在发生着变化，
人物也在经历着生死，但不留下后话。

2003年

选自清平著《一类人》，作家出版社2007年11月版

高原上的野花

张执浩

我愿意为任何人生养如此众多的小美女
我愿意将我的祖国搬迁到
这里，在这里，我愿意
做一个永不愤世嫉俗的人
像那条来历不明的小溪

我愿意终日涕泪横流，以此表达
我愿意，我真的愿意
做一个披头散发的老父亲

2003年
选自《天涯》2007年第4期

长河

杨键

凄美的夕阳光在母羊肚子下渐渐暗淡的时候，
一个人会骑着自行车来到这条长河边，
带走几只正在咀嚼荒草的羊，
守羊人总是在这时听见内心的哀告之声，
却依旧拢着袖口，同这人寒暄，他抓不住那声音。

长河边有一个儿子带着他的老母和孩子，
很多年前他就凝视着这条长河上的萧瑟，
如今这萧瑟变成一盏灯了，
无论走到哪里，
它都在眼前闪烁。
他从两岸如梦如烟的荒草上看出祖先
为何要将房子盖成清心寡欲的样子，
所以他的房子，只是一间水边的茅屋，
这是他表达虔诚，表达过客身份的经典形象。

他不能盖一间大房子，
来否定自己的过客身份。

另外，泥土是他的哺育者，
他的房子决不能盖得比泥土还美，
只能用泥土的女儿稻草做屋顶，
用女儿稻草和泥土父亲混在一起做墙壁。
他不能否认泥土。
天色渐深了，
泥土的寒碜更浓了，
黯然神伤的泥土有一股神奇的力量。

长河边还有一头老牛，
他在这老牛的身边为父亲烧纸，
火焰熊熊瞬间在牛眼里熄灭，
牛眼又恢复了先前的哑默。
灰烬，在这条小路上好像夕阳苍老的儿子，
多少年了，这条小路因避让形成一条美丽的曲线，与长河同行。
一阵风神秘地将这些灰烬吹遍了山河。

这时，荒草在长河边起伏，
孩子哀哀哭叫，
祖母慌忙掏出自己的乳房，
为孙儿止哭。孩子的母亲在哪儿？他又在何方？
他早已离开了这里，
他要从死水一潭里将忠臣的头颅偷回来，

在此守护。

因为守羊人听不见内心的哀告之声
因为一阵风神秘地将那些灰烬吹遍了山河
因为群山之上
一轮落日，在最后下沉时，红彤彤一片，
如同忠臣的三条遗训：
永远守护这人头，
永远不做官，
永远做读书人。

这些遗训早已变成一只鸟的叫声，
在深夜里，
在这条长河的上空，
这叫声要过很久才有一次，
有时完全是空白，
朦朦胧胧，
如同霜天。
不知是谁的安排，
他必须在这条长河边，
将它听懂，
永远守护……

2003 年

选自《诗歌月刊》2007 年第 6 期，后收入杨键《古桥头》，上海文化出版社 2007 年 12 月版

怀念

君儿

让我这个坐在屋子里的人
懂得怀念
怀念陌生的事物
它们在远方
已灿烂了两万年
这沉默的两万年里
你来过
又飘走
让我的经书上
画满桃花
好让异代相逢的人
又馨香可嗅
唵嘛呢叭咪吽
让我转动的经筒飞舞

2003 年

选自《青年作家》2009 年第 3 期

有一种爱情

唐果

有一种爱情
我想象它们是鱼
它们活在水里
它们在水里谈情说爱

情话是一串串水泡
自海底上升
人们看到蓝色的泡泡
只说漂亮
但嗅不出气泡里的甜腥

它们接吻
去很深的海底
去珊瑚丛中
珊瑚有美丽的刺
美丽的刺挂着它们的鳞
等亲热够了才分开
朝各自的海域游去

等它们死了
便会浮出水面

海风吹过来
它们可能会挨得很近
到那时候
无论它们挨得多近
都不是因为爱情

2003 年

选自唐果著《拉链：2000—2014 诗选》，长江文艺出版社 2015 年 3 月版

2004年

百年之后

——致妻

大解

百年之后　当我们退出生活
躺在匣子里　并排着　依偎着
像新婚一样躺在一起
是多么安宁

百年之后　我们的儿子和女儿
也都死了　我们的朋友和仇人
也平息了恩怨
干净的云彩下面走动着新人

一想到这些　我的心
就像春风一样温暖　轻松
一切都有了结果　我们不再担心
生活中的变故和伤害

聚散都已过去　缘分已定
百年之后我们就是灰尘
时间宽恕了我们　让我们安息
又一再地催促万物　重复我们的命运

选自《诗刊》2004年1月上半月刊

思想练习

西川

尼采说“重估一切价值”，那就让我们重估这一把牙刷的价值吧。牙刷也许不是牙刷？或牙刷也许并不仅仅是牙刷？如果我们拒绝重估牙刷的价值，我们就是重估了尼采的价值。

尼采思想，这让我们思想时有点恬不知耻。但难道我们不是在恬不知耻地模仿鸟雀歌唱，恬不知耻地模仿白云沉默？难道我们不是在恬不知耻地恬不知耻？

有时即使我们想不出个所以然，我们也假装思想，就像一只苍蝇从一个字爬到另一个字，假装能够读懂一首诗。许多人假装思想，这说明思想是一件美丽的事。

但秃子不需要梳子，老虎不需要兵器，傻瓜不需要思想。一个无所需要的人几乎是一个圣人，但圣人也需要去数一数铁桥上巨大的铆钉用以消遣。这是圣人与傻瓜的区别。

尼采说一个人必须每天发现二十四条真理才能睡个好觉。但首先，一个人不应该发现那么多真理，以免真理在这世上供大于求；其次，一个人发现那么多真理就别想睡觉。

所以我敢肯定，尼采是一个从未睡过觉的人；或即使他睡着了，他也是在梦游。一个梦游者从不会遇上另一个梦游者。尼采从未遇到过上帝，所以他宣告“上帝死了”。

那么尼采遇到过王国维吗？没有。遇到过鲁迅吗？没有。遇到过我这个恬不知耻的人吗？也没有。所以尼采这个人或许并不存在，就像“灵魂”这个词或许并无所指。

思想有如飞翔，而飞翔令人晕眩，这是我有时不愿意思想的原因。思想有如恶习，而恶习让人体会到生活的有滋有味，这是我有时愿意思想的原因。

我要求萝卜、白菜与我一同思想，我要求鸡鸭牛羊与我一同思想。思想是一种欲望，我要求所有的禁欲主义者承认这一点，我也要求所有的纵欲主义者认识到这一点。

那些运动员，运动，运动，直到把自己运动垮了为止。那些看到太多事物的人，只好变成瞎子。为了停止思想，你只好拼命思想。思想到变成一个白痴，也算没有白白托生为一个人。

穷尽一个人，这是尼采的工作。穷尽一个人，就是让他变成超人，就是让他拔掉所有的避雷针，并且把自己像避雷针一样挑在大地之上。

关于思想的原则：一、在闹市上思想是一回事，在溪水边思想是另一回事。二、思想不是填空练习，思想是另起炉灶。三、思想到极致的人，即使他悲观厌世，他也会独自鼓掌大笑。

2004 年 2 月 20 日

选自《名作欣赏》2011 年第 1 期，后收入西川著《我和我——西川集 1985 ~2012》，作家出版社 2013 年 10 月版

想起的马乌

贾薇

唯一想得起的就是马乌
没有脸的男人
因为很无聊
突然想起他
马乌坐在旁边
他甜蜜地看着别人的脸
并用手摸

他是一个没有脸的男人
却喜欢摸别人的脸
马乌站在身后
不知道他用什么在看
他站很长的时间
看不出他的眼神
也没有声音
但那就是马乌了

马乌
可能的乌合之众的首领
一个没有脸却对别人的脸有兴趣的人

马乌
分不清是一匹黑马还是
一匹脏马

2004年3月1日
选自《诗选刊》2005年11、12月合刊“中国诗歌年代大展特别专号”

另一种迹象

苏浅

我在这里
咖啡和门形成房间内的亚热带气候
走廊过于长而狭窄
短时间内，狮子，鹿以及白鲸还不能
很快进入
这里的丛林和海浪

但它们已眉目清晰，完全具备了食肉动物的牙齿
食草动物的怜悯，以及鱼们
对网的判断力

它们的生活近似于我
或者我就在它们之间，粗糙，自由，没有身份
偶尔，在电话号码里压低声调，告诉每一个猎手
我有善良的牙齿
籍贯中国

它们来了
雾气很大，钥匙清晰的摩擦声，使房门变薄
山谷在另一侧，产生更大的裂痕
隔着门
我注视着
自己，逐渐缩小与它们的距离

选自《诗歌月刊》2004年第3期

写给矿工

蓝蓝

一切过于耀眼的，都源于黑暗。

井口边你羞涩的笑洁净、克制
你礼貌，手躲开我从都市带来的寒冷。

藏满煤屑的指甲，额头上的灰尘

你的黑减弱了黑的幽暗；

作为剩余，你却发出真正的光芒
在命运升降不停的罐笼和潮湿的掌子面

钢索嗡嗡地绷紧了。我猜测
你匍匐的身体像地下水正流过黑暗的河床
……

此时，是我悲哀于从没有进入你的视线
在词语的废墟和熄灭矿灯的纸页间，是我

既没有触碰到麦穗的绿色火焰
也无法把一座矸石山安置在沉沉笔尖。

2004 年春
选自《今朝》2005 年第 3 期

文楼村纪事（节选）

沈浩波

事实上的马鹤铃

事实上她已是一个等死的人
就像这个村子里成百上千等死的人

事实上她的丈夫是一个已经死去的人
就像这个村子里所有其他已经死去的人
事实上她并不甘心就这么等着去死
事实上在她丈夫死后不到一年她就又嫁了
事实上娶她的男人也有一个刚刚死去的婆娘
事实上马鹤铃已经五十多岁了
仍然显得丰腴而周正
事实上她身患艾滋并且已经开始发作！
事实上这个村子里有成百上千像她这样等死的人
事实上娶她的是一个正常的健康的男人
事实上这个男人也只能娶一个艾滋病人
如果他还想要一个女人的话
事实上健康的女人不可能嫁给一个
刚刚死掉了艾滋婆娘的老公
事实上死亡已经在这个村子里住下来了
它收人的时候连招呼都不打
事实上这个村子已经完蛋就快死绝了
事实上他们还活着
事实上他们还必须活到死
事实上在死之前他们还必须干一些活着的事情
事实上娶她的男人很想娶她
他正值壮年需要一个女人哪怕她
事实上已经没什么用了只能坐着或者
把手拢在袖子里缓慢地走几步
但他仍然很想娶她
事实上这个女人还能在床上叉开双腿

事实上这个女人身上还有很多肉
他真希望她永远不死这样他的床上
每天晚上都会躺着一个还活着的女人
事实上村子里给大家都发了避孕套
事实上娶他的男人从来不用避孕套
事实上她问过他难道你不怕传染上难道你
不怕死吗？
事实上他也怕死
但是他事实上还是不用避孕套
他觉得自己没这么倒霉吧事实上他们村子
里像他这么大的男人几乎全倒霉了
但事实上他们都是卖血卖的事实上
娶他的男人没听说谁因为操自己婆娘而得病的
事实上对于一个农民来说操婆娘还要戴个橡胶套子
这在事实上比死亡还他妈不可思议

2004 年 5 月 16 日

选自沈浩波著《命令我沉默：沈浩波 1998～2012 年诗歌选》，浙江文艺出版社 2013 年 3 月版

在古代

翟永明

在古代，我只能这样
给你写信　并不知道

我们下一次
会在哪里见面

现在　我往你的邮箱
灌满了群星　它们都是五笔字形
它们站起来　为你奔跑
它们停泊在天上的某处
我并不关心

在古代　青山严格地存在
当绿水醉倒在他的脚下
我们只不过抱一抱拳　彼此
就知道后会有期

现在，你在天上飞来飞去
群星满天跑　碰到你就像碰到疼处
它们像无数的补丁　去堵截
一个蓝色屏幕　它们并不歇斯底里

在古代　人们要写多少首诗?
才能变成崂山道士　穿过墙
穿过空气　再穿过一杯竹叶青
抓住你　更多的时候
他们头破血流　倒地不起

现在　你正拨一个手机号码

它发送上万种味道
它灌入了某个人的体香
当某个部位颤抖　全世界都颤抖

在古代　我们并不这样
我们只是并肩策马　走几十里地
当耳环叮当作响　你微微一笑
低头间　我们又走了几十里地

2004 年 5 月

选自 2004 年《诗潮》第 11 – 12 期，后收入翟永明著《潜水艇的悲伤——翟永明集 1983 ~ 2014》，作家出版社 2015 年 3 月版

省下我

李小洛

省下我吃的蔬菜、粮食和水果
省下我用的书本、稿纸和笔墨。
省下我穿的丝绸，我用的口红、香水
省下我拨打的电话，佩戴的首饰。
省下我坐的车辆，让道路宽畅
省下我住的房子，收留父亲。
省下我的恋爱，节省玫瑰和戒指
省下我的泪水，去浇灌麦子和菊梅。

省下我对这个世界无休无止的愿望和要求吧

省下我对这个世界一切的罪罚和折磨。

然后，请把我拿走。
拿走一个多余的人，一个
这样多余地活着
多余地用着姓名的人。

选自《花城》2004年第3期

窗下

黄礼孩

这里刚下过一场雪
仿佛人间的爱都落在低处

你坐在窗下
窗子被阳光突然撞响
多么干脆的阳光呀
仿佛你一生不可多得的喜悦

光线在你思想中
越来越稀薄　越来越
安静　你像一个孩子

一无所知地被人深深爱着

选自黄礼孩著《我对命运所知甚少》，海风出版社 2004 年 10 月版

避

韩博

后海浮前生，他心底
一暗，前生忘了树影。

他静听，桨声静听另一个
他，听风停入无风的静听。

琵琶轻弹弦外的心切，
琵琶为她们清谈了他。

远山远水，怎又远人不见，
那远灯，又怎暗去来时岸。

2004 年 10 月 27 日

选自韩博著《借深心》，作家出版社 2007 年 11 月版

丹青见

陈先发

桤木，白松，榆树和水杉，高于接骨木，紫荆
铁皮桂和香樟。湖水被秋天挽着向上，针叶林高于
阔叶林，野杜仲高于乱蓬蓬的剑麻。如果
湖水暗涨，柞木将高于紫檀。鸟鸣，一声接一声地
溶化着。蛇的舌头如受电击，她从锁眼中窥见的桦树
高于从旋转着的玻璃中，窥见的桦树。
死人眼中的桦树，高于生者眼中的桦树。
被制成棺木的桦树，高于被制成提琴的桦树。

2004 年 10 月

选自《黄河文学》2005 年第 2 期，后收入陈先发著《写碑之心》，长江文艺出版社 2011 年 9 月版

傍晚

张联

（一）

在每个白日的尾里
一个乡间闲人

在中天里
看西天下
傍晚走来
春夏秋冬在每个白日的尾里
从落日的淡泊浑圆处
伴着不同的暗淡寂静的光彩
在宁静闲适的村街上
消融
消融在无尽的虚空里
成为
一粒暮色
在每个白日的尾里

（二）

十点钟吧走出村口
我去牧场
在村外里踩着微雪　经过大片的
耕种地　温和的冬日上升着
在稀疏的村旁林边
一棵高大的榆杈上传来两对喜鹊儿的
叫声　这里是我的家园
羊儿在羊肠道里　急急地走动
或者是流动
把冬日拉得很短
去到井边从水槽里拾起淋漓的嘴唇

又踅转身　回到牧场里　在回头草里
捡拾昨天夜里沙鸡过夜的粪便
在冬的微雪羞光里

选自《诗刊》2004 年 11 月上半月刊

苏小小墓前

潘维

一

年过四十，我放下责任，
向美作一个交代，
算是为灵魂押上韵脚，

也算是相信罪与罚。
一如月光
逆流在鲜活的湖山之间，
滴答在无限的秒针里，

用它中年的苍白沉思
一抔小小的泥土。
那里面，层层收紧的黑暗在酿酒。

而逐渐浑圆、饱满的冬日，
停泊在麻雀冻僵的五脏内，

尚有磨难，也尚余一丝温暖。

雪片，冷笑着，掠过虚无，
落到西湖，我的婚床上。

二

现在苏堤一带已被寒冷梳理，
桂花的门幽闭着，
忧郁的钉子也生着锈。

只有一个恋尸癖在你的墓前
越来越清晰，行为举止
清狂、艳俗。衣着，像婚礼。

他置身于精雕细琢的嗅觉，
如一个被悲剧抓住的鬼魂，

与风雪对峙着。
或许，他有足够的福分、才华，
能够穿透厚达千年的墓碑，
用民间风俗，大红大绿地娶你，

把风流玉质娶进春夏秋冬。
直到水一样新鲜的脸庞，
被柳风带走，
像世故带走憔悴的童女。

三

陪葬的钟声在西泠桥畔
撒下点点虚荣野火，
它曾一度诱惑我把帝王认作乡亲。

爱情将大赦天下，
也会赦免，一位整天
在风月中习剑，并得到孤独
太多纵容的丝绸才子。

当，断桥上的残雪
消融雷峰塔危险的眺望；

当，一座准备宴会的城市
把锚抛在轻烟里；

我并不在意裹紧人性的欲望，
踏着积雪，穿过被赞美、被诅咒的喜悦；
恍若初次找到一块稀有晶体，
在尘世的寂静深处，
在陪审团的眼睛里。

2004年12月3日杭州，大雪，给宋楠

选自《西湖》2005年第4期，后收入潘维诗集《水的事情》，北岳文艺出版社2013年5月版

2004 悼词

丁成

流血断头飓风海啸强力地震的 2004 过去了
血洗的战场、冰冷的海面被大雪覆盖
凶手和受害者签字的和约幻化成雪
成排的尸体衣衫不整，丧失呼吸和脉动
安静的仪态，是这年最后的灾难。悲痛
像一只鲜活的生命体，蜷缩、抽搐、慢慢剥开
从皮肉里显现的五彩泳衣，布成炫目的地狱
万里之远，消失的村庄，下落不明的人群
受惊的水蛇和吐着泡沫的鱼，这些先知
浮上咆哮的浪尖，尖锐的风，响彻高空
大片大片轻声的啜泣，低低地回荡
像持续的震波，扩散——扩散——扩散
激烈抖动的地壳，海水从大洋上席卷而来
像神秘的人为熟睡的孩子轻轻地拉上棉被
激烈地舞蹈，在疤痕上撒盐的快感
沿着轴心位移的岛屿撕开一条深幽的悬崖
最后的海滨，消失在每一具遗体的身边
走失的钥匙，再也没能找回锁孔
就像迷路的门扉再也遇不到夜归的人
2004 披麻戴孝地走在我们眼前，走在身后

雪。从 30 日一直持续到 31 日，夸张的白色
掩埋了战死沙场的和平和反和平的大兵们
掩埋了命丧海啸的富人和穷人们，眼泪平等
掩埋了审判席位上的大胡子战犯，掩埋了血统

封江警报顺着大水一路回溯到上游，急促的呼啸
闪着红光。在雪景的反光里苦苦乞讨的人们
一步三滑地寻着前路，他们要在新年的钟声里

找到大雪后的阳光，找到人间残剩的温情
乡村屋檐下的冰柱，泛着良心冷却的寒光
永不冰结的悲伤像坚持一秋的树叶
从枝头跌落下来，转眼之间失去亲人的可怜
让人来不及悲伤，来不及痛哭，像过电一样
拿起扫帚，在无人经过的清晨，清扫积雪
从门前直到马路，昨夜的积雪凝成冰花
有人跌倒，再也没有站起来，伏在路面上
像一张遗像，慢慢显现出年代久远的灰白
每一口呼吸，冒着新鲜的热气，声音从海底
发出幽蓝的音泽。深深掩埋的遗体上方
摄氏零下的温度中，摇曳着 朵颤巍巍的小花

一夜之间，他们看着自己的白发一根一根变白，

覆盖了整整一条生命通道。人是如此地容易苍老
光从高处洒下来。垂直升起的烟柱在雪地上

投下孱弱的阴影。电话的忙音久久回荡
像葬礼上空的哀乐，始终没有降下
四个方向的迎新倒计时，已经掐下秒表
成千上万张脸上洋溢着新年的光泽
封江警报撤除，高速公路业已重新开启
每一条路、每一条航道都通向 2005
后视镜里越走越远的 2004 闪着灰蒙蒙的光
大雪悄悄融化的夜晚，罹难者轻轻翻身
悄无声息的时间，掀开新的一页
跟刚才还是积雪覆盖的道路一样干净
逐渐显露的暗黑色屋顶，在阳光下
像一块陈年的斑点，它们低矮的骨架
在现代都市的高楼大厦间坚定地
闪烁着苦难的光泽，永恒的风景
一群越冬的鸟，从一侧俯冲而下
像占卜者一样，翅膀扑腾之间
将时间远远地拽进一本崭新的日历
不可预知的灾难或者幸福像幽灵一样
深深地隐藏着。生命的游戏规则
决定我们必须按部就班地跨越时间
按部就班地跨越苦难、战争、瘟疫
一生苦苦寻找幸福，在不知所终的路上
葬身未知的灾祸，就像刚才，和什么都没发生一样

2004 年 12 月 31 日

选自《活塞》第 2 卷，2005 年，上海

中年

黄梵

青春是被仇恨啃过的，布满牙印的骨头
是向荒唐退去的，一团热烈的蒸汽
现在，我的面容多么和善
走过的城市，也可以在心里统统夷平了

从遥远的海港，到近处的钟山
日子都是一样陈旧
我拥抱的幸福，也陈旧得像一位烈妇
我一直被她揪着走……

更多青春的种子也变得多余了
即便有一条大河在我的身体里
它也一声不响。年轻时喜欢说月亮是一把镰刀
但现在，它是好脾气的宝石
面对任何人的询问，它只闪闪发光……

2004 年

选自《人民文学》2005 年第 2 期

看见

荣荣

我看见自己在打一场比赛
来回奔跑
一次次接发自己的球
也一次次愉快地失手

没有人替我助攻
也没有谁站到我的对面
就像许多回不假思索地转身
看见我把自己拎在手中

那总是些情绪激扬的梦
我穿着中性的衣服
羞于确认自己还是女人
我不会再被谁带走
也不会再被谁丢弃

我无法停下来
我发现幸福就是一只球
我要独个儿把它玩转

2004 年

选自荣荣著《看见：诗集》，宁波出版社 2005 年 9 月版

敏感的陷入

——致荷尔德林

冯晏

你神经的枝叶由于繁茂
而变得纷乱、虚幻、漂移
如果做一名渔夫，你无法
编织出一张规则的网
如果在网中居住的
是你的躯体，在网的旁边
仔细清点网扣的，则是一位
伟大的诗人。这些看上去
是分开的，而你的灵魂
却在诗行中合二为一
那些诗句亮得像启明星
橘黄色的光并不刺眼
却以一种持久的姿态，进入了
历史的银河系。后来的人
排着队反复清点你的遗物
看来，你的每一个细节
都很重要，还能记起吗
你到底是为什么付出了
生活？爱情并不是你深陷的
主要原因。还有孤独的花朵

忧郁的藤蔓。这些敏感的
末梢物质，是否生来就
缠绕在你的快乐上
只是你没有提早发觉而已
究竟是哪一些细胞
率先跳出来，不愿像数字
按秩序排列。他们到底
比常人要灵活多少
这些细胞，假如经过蚕蛹的
冬眠之后，长出了翅膀
也注定比雄鹰的有力
比海鸥的洁白，究竟是什么
托起你的灵感在天空飞翔
接着又带着你的情绪和思想
下沉，直至深渊的底部
那座塔楼在荒野上接着你
似乎是天意。破碎与修复的
道路上，控制力对于你
意味着什么？在极限中往返
已超越了《神曲》中的炼狱
你的《塔楼之诗》，是强迫自己
把灵魂精确提炼的见证吗？
一本诗集，犹如一棵老树
在身体上一行行刻下年轮
有多疼痛，只有词语知道
假如再轻浮一点，再平庸一点

你的神经是否就不会在
时间里折断。那塔楼的渔网
也不会罩住你三十五年
假如心碎能陪伴一位天才
我宁愿从心碎出生一直到老

2004 年

选自《作家》2005 年第 10 期，后收入冯晏诗集《纷繁的秩序》，重庆大学出版社 2009 年 12 月版

江心洲

路也

给出十年时间
我们到江心洲上去安家
一个像首饰盒那样小巧精致的家

江心洲是一条大江的合页
江水在它的北边离别又在南端重逢
我们初来乍到，手拉着手
绕岛一周

在这里我称油菜花为姐姐芦蒿为妹妹
向猫和狗学习自由和单纯
一只蚕伏在桑叶上，那是它的祖国

在江南潮润的天空下
我还来得及生育
来得及像种植一畦豌豆那样
把儿女养大

把床安放在窗前
做爱时可以越过屋外的芦苇塘和水杉树
看见长江
远方来的货轮用笛声使我们的身体
摆脱地心引力

我们志向宏伟，赶得上这里的造船厂
把豪华想法藏在锈迹斑斑的劳作中
每天面对着一条大江居住
光住也能住成李白

我要改编一首歌来唱
歌名叫《我的家在江心洲上》
下面一句应当是“这里有我亲爱的某某”

2004 年

选自《诗刊》2006 年 3 月上半月刊，后收入路也诗集《我的子虚之镇乌有之乡》，长征出版社 2006 年 11 月版

最荒凉的不是荒原而是舌头

海男

一片荒原只有沉吟片刻间，溶入了
瓮中去，在瓮中的水波中荡漾着
最荒凉之景不是荒原而是舌头
舌头卷起来，为一只鸟的坠落而荒凉

舌头再次卷起来，为一片羽毛滑落了身体
而荒凉；舌头再次卷起来时，一群幼鸟出巢了
幼鸟们的幻想之翼，感动了舌头的力量
即使是最荒凉的声音也会落在尘埃下

最荒凉的不是荒原而是舌头
诗人用舌头卷起来，度过了一个瞬间
转眼之间，已经度过了一世
转眼之间，已经为一只鸟的滑落沉吟了一生

2004 年

选自海男著《美味关系——海男诗选》，中国广播电视出版社 2006 年 10 月版

春天的田野调查

肖开愚

虫鸟中间，扯草好悠闲，舍我其谁！
“大爷，可否停工一会儿？我有问题，
请您指点！我从北京来，只有个概念，
在这里的限期；我访问了几十个人，
各是各地出奇，年轻人观念反对自然，
老人自然反对观念；每夜回到旅馆，
坐入互相殴打的数据，就是无法找见
像样儿的统计。大爷，赏政策个脸吧，
就您能够用棘藤和毛发编席，您看看，
从自然、观念和统计的三角如何归纳
一个未来？一个重点？一个建瓴方案？”

“贵人，我不好歇息。杂草长得快，
没用的东西就是快，宝贝儿就是快不起来。
你看我十年没牙齿，空嘴不像概括，
‘一软解百硬’。我养这几分地菜，
不光我吃；儿孙进城打工，劝也
白劝，只是说话；菜好了进城好卖。
再说编席，莫说我化解矛盾，本地有
几样特产，我有手艺，都是应该。

人家批评我呢，说凉气伤身。你的事大，
来乡下做啥，种田人，顶多考虑买卖。”

“大爷，莫怪我做了准备！有的钻天，
有的种地，大家说您拿天地织席。我喃，
调研受阻，不图细节，求您正我的脖子，
掏我的耳，把错误、赶出我的双眼！
我生在城里，父母教理科，我去过美国，
学赚钱，哎呀，人生的路全都走弯了。
幸好访到您，看见您的白菜青菜紫菜，
素席和花席，这自然，是到了您面前。
如何从多？简单多数还是绝对多数？
多的慢联结着善？少的快联结着相反？”

“小子，帮我扯草！城里人时兴胡来，
我就不顾规矩，扯扯卵蛋，轻率轻率。
你双亲教书，我世代地主，敛得合家
呜呼哀哉，这事关天意，有财者舍财，
极端合理。钱涉凉热，钱少不必福多，
钱多确实罪过，因此遭灾使族我自在。
轮到勾销成分，本性提着反省的惊弓，
儿孙照例勤快，不贪财还是发了财，
还是在极少这边。多纳税，多捐款，
并不心安。颓唐谁不爱呀，儿孙偏不爱。

“小子，扯错了，那是菜。专业发誓，

扇自己耳光的人多呢，越懒越清白；
偷闲最累、终日喊痛，累则喝汤，
痛则吐唾，穷则造反；多不奇怪！
多可浇水和割刈、可套购和抛售，
都是机会，到处跑的机会和鞋带。
没讨论发展呢，经济好体会和辩论，
我说雾，我每天二十几次摸鱼鳃。
你没有治性格瘟疫的药，如何替病
领袖人类，派几颗针给我纠正体态?"

"大爷，谢谢，指点我！您说朴素，
就很费解。您讲性格，我琢磨习惯，
现在号称盛世。我讨梅，您给我酸，
我就此撇下表格，扎根访问根源，
或许还有时间。我不站在多的反方，
不在少的反方，我搜集两者的反对
和可能性，两者可能的感情突变；
我怕专听数字说话，人却凉在旁边。
我怕我是多虑，零头不计，后来政策
舍除我的地区，我的判断等于闲谈。"

"小子，老往左偏，我的地盘够阔了！
你晓得，乡下人的见识就是个梗概，
乡下话也很狗屎，但足够说说政治。
政治第一，今天还有地主；第二右派，
在此种菜；第三你手脚笨，找客观，

又和我较劲，意不在我，另有期待。
我讲政治，政治处处唱诗：白发的田野，
月经味的村子，小伙儿，呆在城里无奈
我讲政治，城用筷、镇用牙，都是
善心人用钱夹我，吞了荒蛮吐牛奶。

“我的讽刺针对我。儿孙信仰工厂，
和股份公司，和欠债，和痔疮式的瓶盖。
向他们敬礼，向戴近视眼镜的儿孙，
经历比我少，两片腰子作为戏台。
我进城，回村，在村口跌伤了腿
昨天，昨天贷款减息，昨天像古代。
孙子更说，积累已满二十年，很长，
两天就长了，每一天都漏掉了现在。
听他，他暗恋。听他，他脸上发表
两百多颗春痘，两百多个铀的现在。”

“大爷，比起两百颗，二十年时间
不算长，不长痘，哪来结婚的喜筵？
现在我不见您，后十年又从哪里来？
您儿孙的工厂冒烟，本地已经大变，
您孙女染头发，生活鲜艳。哎呀，
说话又走了题，刚才在旅馆洗脸，
我看见遍地漩涡，和很扭曲的我。
我担忧最终找到的良法不如蛮干。
不如您孙儿提薪，给乡亲包场电影。

我担忧您担忧的，含辛茹苦的尽是神仙。

“要让这莫测的千百姿态奉守厂纪，
使耕者无其田而耕，我天天骂老板！
他、她，望望高窗，金表遮天蔽日，
农舍纷纷拆迁，百虫逃深而就浅，
心想外遇，加班维修性欲的机器，
沙尘随风而南来，水电又是弱电。
大爷，最淫荡的化肥、农药和基因
造的神，在三十年的老磨坊磨面，
笑看我等红烧细菌下酒。等在失物处
领回农村，才有所谓两年和两千年。”

“小子，你反复批评我的儿子孙子，
很称我心，也不是练毛笔只练正楷。
在红绿中间飞扬跋扈，在山头打瞌睡，
我没资格说应该。孙子每次送礼品来，
手机电脑之类，游戏软件和网址之类，
好玩也不好玩，我的批评是真的卖乖。
我叫他回家，他说家在上海，老家嘛，
老爷跟几尾鱼晒太阳，空气被虫蛀坏。
我晓得小子，你哄我高兴，什么调查，
直说吧，除了政策，别的我更加狭隘！”

“大爷，您戳穿了，多谢您心情好，
陪我颠三倒四，我松活了再请您谈。

看来您知悉我的困难，但愿如愿，请您
指点迷津。我的困难，我和您孙女网恋，
两年多，我想这次见她，她回绝了。
她说那个世界的诺言在那个世界兑现，
那个世界的恋人竟把这个世界当天堂，
错误务必根除。她送我‘保重，再见！’
后来音讯杳无。我在网上浪费了
我的运气。我很后悔。我太贪婪。

“我熟悉她的叽咕和野蛮，她的想法，
顶呱呱，我熟悉她的雀蛋睡眼。
她怕北京的冷，她怕的和构想的
是我每天过着的，长不胜短，
她没来北京。我在体制内工作，她不；
我信巧遇，她信离奇；她诅咒我反感
现实的实。她我在那个世界朝夕相契，
我欲虚实合一，我想捣毁世界的界限。
她向我宣传的您，不及我眼前的您，
她怕什么？竟在两个世界丢失两遍。

“大爷，我考证过，她在这里，
我的更好一半，最好和我合成圆满，
她要您验收。我其实夜夜想见
她在这里，您家的灶火像块锦缎。
在四川，所见皆好，我的调查题目
成了我拿捏的秘诀，相逢由于绝缘。

我晓得，大爷，我不敢违反良辰，
迟到不如及时，现在还不算太晚。
总之，大爷，缘分和道理，她和我，
我语无伦次，请您哪，给我指点！”

“哎呀，我儿孙满堂，年年见鬼神
这番曲折和我攸关，丫头遭你破坏，
她绝望了，戒网了，才重回人世。
你来了，我岂敢帮你？你小子有才，
扮相氤氲，我看和丫头还有下回。
扯草，莫停！跟她继续，还是哪里来，
哪里去，和真人的因缘就从真人开始。
忘掉你的故事！你是头次、头次远道
来我家，忘掉她，忘掉她和你的生死。
吃饭时，她见生客，也许奇怪，并不躲开。

“注意，我不是你的共谋，仅知详内情，
你是我的客人，我请你到家里吃农家菜。
莫唱戏，忘掉你！扯草，问问题！她嘛，
和你相悦与否到时看，她懂理，你出差，
其他切莫扯进来。你活路学得很快嘛，
像知青呢！可惜，我的相好回城缝皮袋，
害皮癌，死了两年了。这棵，叫狗尾草。
你的调查因故暂停吗？你搜罗的瞎猜，
巧言，有用吗？河北驴犁四川地行吗？

泪水浇菜没用。青菜紫菜，分别对待——
哎呀，小子，歇歇干，天还早，抽支烟!”

2004 年

选自王光明编选《2007 中国诗歌年选》，花城出版社 2007 年 10 月版，后收入肖开愚著《此时此地——肖开愚自选集》，河南大学出版社 2008 年 1 月版

九寨蓝

龚学敏

所有至纯的水，都朝着纯洁的方向，草一样地
发芽了。蓝色中的蓝，如同冬天童话中恋爱着的鱼
轻轻地从一首藏歌孤独的身旁滑过……

九寨沟，就让她们的声音，如此放肆地
蓝吧。远处的远方
还是那棵流浪着的草，和一个典雅而别致
的故事。用水草的蓝腰舞蹈的鱼
朝着天空的方向飘走了

朝着爱情和蓝色的源头去了。

临风的树，被风把玉的声音渲染成一抹
水一样的蓝。倚着树诗一般模样的女子
在冬天，用伤感过歌声的泪

引来了遍野的雪花和水草无数的哀歌，然后

天，只剩蓝了。

2004 年

选自《星星》2007 年第 2 期上半月刊

理解一个比喻要多少年

卢卫平

理解一个比喻要多少年
要经历多少风雨，多少事
要遇见南来北往什么人
雪，像盐一样白
这是我小学二年级写下的
雪的比喻句。三十多年过去了
除了白，我没有在雪和盐之间
找到更紧密的联系
直到今年冬天，你离我而去
我陪你走过的沿河大道
被风的刀刃砍成伤口
这雪，才真的像盐一样白
让我在夜晚看见一座城市的
疼，痛。

2004 年

选自卢卫平著《各就各位》，九州出版社 2009 年 12 月版

日出之歌

庞培

白色醒来了
一个房间醒来了
大气中裹满霜寒的春
江面上轮船的汽笛声
远方醒来了

树丫上有鸟儿啄醒的童年
死亡多年后，人尽可以在漫漫长夜尽头
享受一轮朝阳
这是清晨柔软的云层
这是门窗秘密的啁啾

在郊野，恋人们重逢
拨开脸庞的荆棘
沁凉，那一颗心饱受凌辱，醒来了
他们的手，他们彼此对对方不幸的温存
目不转睛醒来了

田埂上的马苋草醒来了
乡下灶膛里，去年腊月里的灶灰醒来了
我的一次访友，一次小树林之游醒来了

青春宛如深埋的半截墓碑
在途中——遭遇了荒草……

悲伤醒来了
一封信掉落在地
光线透射如同友人多年以前的叮嘱
黑色十字架，柔软的木质
在其中（一本抽象的书中）醒来了……

我小时候
曾在一条故乡的小河边迎候，滚滚潮水
层层波浪翻开的一页页书……
我在其中读到黑色和料峭，读到黑色无人的钢琴
读到了“晨曦”这个字眼！

2004 年
选自《山花》2010 年 4 月号 B 版

半坡即景

韩东

小便池边，并肩而立
一个说：物是人非
一个说：人是物非

答非所问，争论未果

一个说：一些女人离开了
一个说：一些哥们死掉了
一个说：我们都还活着
一个说：又换了一茬女人

他们回到楼上继续喝
剩下的黑方
一个说：何以解忧，唯有杜康
一个说：更有威士忌

2004 年

选自《十月》2010 年第 5 期，后收入韩东著《韩东的诗》，江苏文艺出版社 2015 年 1 月版

我的灵魂

黄灿然

多年前，我曾在诗中说
我的灵魂太纯净，站在高处，
使我失去栖身之所，
几乎走上绝路。

多年后，当我偶尔碰上

那旧作，我惊讶于那语气，
它使我感到有些羞惭，
它竟如此地自以为是。

如今回想，我仍惊讶于
那语气，但更惊讶的是，
我看见我那灵魂，依然站在高处，

依然纯净，即便做了丈夫
和父亲已有十六年，这灵魂
还跟原初一样，丝毫无损。

2004 年

选自黄灿然著《我的灵魂》，重庆大学出版社 2011 年 1 月版

傍晚重新使我安静

凌越

傍晚重新使我安静，
似曾相识的慰藉，携带着肖像。
我曾在蜷缩于林荫的农庄中看见过它，
——晾衣绳晃动，一种犹疑的沉静。
我已倦于诗行那简洁的脚手架，
它们空洞地指向天宇，而天宇本来空无一物。
我在远远的街头，仰望着它心存悲悯。

妄图测度新生活的经度和纬度
消耗着我的精力，
家庭和伦理的规劝消耗着我的精力。
我把天空的蓝视作生活的蓝，
对于不再年轻的人，这是惩罚。
傍晚重新使我安静，
不，是安静使我安静，并且让我重新看见并置身于温暖的傍晚。
沐浴着挽回的夕光，
想着没有踪迹的事——不再触动我心灵的事，
我知道那正是我要做的事，
像一名厨师摆弄着土豆和菠菜，为了晚餐。

2004 年

选自凌越著《尘世之歌》，上海文艺出版社 2012 年 4 月版

杀狗的过程

雷平阳

这应该是杀狗的
唯一方式。今天早上 10 点 25 分
在金鼎山农贸市场 3 单元
靠南的最后一个铺面前的空地上
一条狗依偎在主人的脚边，它抬着头
望着繁忙的交易区。偶尔，伸出
长长的舌头，舔一下主人的裤管

主人也用手抚摸着它的头
仿佛在为远行的孩子整顺衣领
可是，这温暖的场景并没有持续多久
主人将它的头揽进怀里
一张长长的刀叶就送进了
它的脖子。它叫着，脖子上
像系了一条红领巾，迅速地
窜到了店铺旁的柴堆里……
主人向它招了招手，它又爬了回来
继续依偎在主人的脚边，身体
有些抖。主人又摸了摸它的头
仿佛为受伤的孩子，清洗疤痕
但是，这也是一瞬而逝的温情
主人的刀，再一次戳进了它的脖子
力道和位置，与前次毫无区别
它叫着，脖子上像插上了
一杆红颜色的小旗子，力不从心地
窜到了店铺旁的柴堆里
主人向它招了招手，它又爬回来
——如此重复了 5 次，它才死在
爬向主人的路上。它的血迹
让它体味到了消亡的魔力
11 点 20 分，主人开始叫卖
因为等待，许多围观的人
还在谈论着它一次比一次减少
的抖，和它那痉挛的脊背

说它像一个回家奔丧的游子

2004年

选自雷平阳著《山水课——雷平阳集1996～2014》，作家出版社2015年3月版

2005年

替身

代薇

我出现的
是我不在的地方

我将要度过的一生
会在另外的时间另外的空间存在
甚至所穿的衣服也仅仅是
为另一个身体察看天色

每一个推门而入的人
都有可能是替身　但是我
却不能重复自己

不管走到哪里
都在同一个地方
我失去了我未曾有过的东西
一想到消失我就不见了

选自《作品》2005 年第 1 期

肉体中的兽

晴朗李寒

肉体的樊笼。这只蹲踞其间的
小兽。她不能使我安静下来，不能
使我专注于生活
或者爱情。这只小兽，猩红的眼睛
坚硬的毛。她时而用倒刺的舌头
舔玩我的心，时而用尖利的齿爪
撕扯我的灵魂。

她是我的一部分，她是兽，她
就生息在我的肉体中，
我用我的血肉，我的气息，
我的生命哺养她，我爱她。我恨她。
然而，我是她的玩偶，她的工具
她的皮囊，她发泄的对象。

你看我安静地坐在这里，
你看着我说我笑，看着我打开一本书
看着我在键盘上敲击出文字
看着我上班下班吃饭穿衣
看着我对你说出：爱
但是你不知，那只小兽

其实就蹲踞在我的肉体中，她时而狂暴
时而温顺，这些你全都看不见。

选自《诗歌月刊》2005 年第 1 期

除夕

潘维

一

岁暮之际。米店的生意愈加兴旺。
小学徒不经意闻到了雪花的清香，
在石板路上轻撒。
茶馆已打烊。
惊堂木贴上了封条。
黑匣内贪睡的官印
证明师爷和家眷去置办年货了。

似乎寒冷明白我的心情：
紧张，并不甜蜜；
如一条风干的腊肉，
晾挂在通风的廊檐下。
这些天，街坊邻居忙着接送神灵；
忙着占风向、起荡鱼、选年画；
忙着做小甜饼，拍灶王爷马屁。

现在，整条街随账房先生的算盘，
零落地安静下来。
佛堂里的香火开始念经。
我点起红烛，那忽明忽暗的雀斑；
接着，爆竹声连成了一片。

二

有威严的门神做猎户星座，
有驱寒的花椒和喧闹的家人。
祝福如期而至：
从四世同堂的八仙桌前，到家谱展开，
光耀门庭的那一刻。

今夜，是唯一的；
虽然已重复了上千次，或者更多。
侄女和外甥像一对布老虎，
围着冬青、松柏燃起的火堆嬉戏，
可爱，散发出土气、奶香。
我把压岁钱放入苏绣尙包，
压在棉絮枕头下，
保佑他们的身体远离妖魔。

夫君，家乡最不缺的就是打更声，
也不缺充满思念的铜镜。

此刻，雪月没有吠叫，
蜡梅树泛滥着影子，
也没有花轿抬我到千里之外。

守岁的不眠之夜如同猫爪，
从鼠皮湿滑的光阴里一溜而过，
微倦，又迷离。

2005年1月16日

选自潘维著《潘维诗选》，浙江文艺出版社2008年11月版

凌晨三点的歌谣

邰筐

谁这时还没睡，就不要睡了。
天很快就要明了。
你可以到外面走一走，难得的好空气，
你可以比平时多吸一些。
你顺着平安路朝东走吧。
你最先遇到的人，是几个勤劳的人。
他们对着几片落叶挥舞着大扫帚，
他们一锹一锹清理着路边的垃圾，
他们哼着歌儿向前走，
他们与这座城市的肮脏誓不两立。
你接着还会遇到一个诗人。

他踱着步子，像一个赫赫帝王。
他刚刚完成一首惊世之作，
十年后将被选入一个国家的课本，
三十年后将被译成外文，引起纽约纸贵，
六十年后将被刻上他自己的墓碑……
现在的诗人在黑暗中向前走着，在冥想中慢慢回味。
走来一群女人，她们是凯旋歌厅收工的小姐，
你在和她们擦肩而过的瞬间，
会听到她们的几声呵欠，
会看到一张张因熬夜而苍白模糊的脸。
你接着朝东走，就会走到沂蒙路口。
路北的沂州糁馆早就开门了，
小伙计已在门前摆好了桌子、板凳，
熬糁的老师傅，正向糁锅里撒着生姜和胡椒面。
他们最后都要在一张餐桌上碰面：
一个诗人、几个环卫工人、一群歌厅小姐，
像一家人，围着一张桌子吃早餐。
小姐们旁若无人地计算着夜间的收入，
其间，某个小姐递给诗人一个微笑，
递给环卫工一张餐巾。
这一和睦场景持续了大约十五分钟，
然后各付各钱，各自走散。
只剩下一桌子空碗，陷入了黎明前最后的黑暗。

选自《诗刊》2005年2月下半月刊

谁家没有几门穷亲戚

朱庆和

太阳没出来我就到了
一直蹲在草垛后面
你说谁家没有几门穷亲戚
这话可真好，虽说是穷帮穷
可我真不好意思再上门了
上次我向你家要了两升黄豆
想磨几板豆腐卖
只可惜叫驴子全偷吃光了，结果
那驴日的也撑死了
你看我这次就没骑驴，我是走着来的
太阳没出来我就到了
一直蹲在你家草垛后面呢
记得上次驴子到你家一点不老实
它死了也好，死了就不再啃你家的树皮了
前些日子我老婆跑了
丢下两个孩子一声没吭就不见了
我不知跟谁跑的，她肚子里还有一个
我待她不错，我戒了酒
也不再赌了，可她一个屁没放就没了
你看出来了，我很难受
比她死了还要难受

你说这有什么办法呢，两个孩子还不懂事
等他们一成年我就撒手不管了
想去哪儿就去哪儿吧
可他们现在还小，比家雀子还小
我得把他们喂大

选自《诗刊》2005年3月下半月刊

关于历史，欲望，求知欲和想象力

马铃薯兄弟

青春期的书真没几本
每一本都被抢购
我清楚地记得那一本
那个时代唯一的一本
绿色封面
第25页有异性的器官
那一页的纸张
最早面目全非

后来有了《性医学》
翻译后的删节本
但还是成了超级畅销书

再后来

就是苏联的《男人与女人》
它的突破之处
是讲到了体位
那时我们的同事——
男性和女性
都在偷偷传阅

后来有了《金瓶梅》
我的级别
刚好可以借阅

由于太激动
我没法安心地看下去
而借给了别人
他用一个晚上
把所有性爱的部分
全部抄录
然后又去买了一部
张竹坡批的洁本

再后来
就是人体画册

而现在呢
已由 VCD
进化到 DVD

连每根毛都看得分明
到了这里
一切的想象
都结束了

选自《今朝》2005 年第 3 期

生存艺术

李笠

学会为被战争取消的足球赛
对着电视哭泣。学会把孩子喷血的脑袋
当作踢破的足球，学会
把死者“没有东西可以惊讶”的悲哀
听成“没有东西再值得流泪”

但此刻，面对李白的月光，我仍希望
能对你，一对雪白的欧洲乳房
痛哭，希望眼睛流出的泪
不是在演一个中国皇帝：
边哭，边砍下自己爱臣的脑袋

学会。学会抹去泪里的热——羊
在山上吃草，因为肉必须炫耀市场

我成熟，遗忘。我逃离的火灾
是这桌上温情似水的烛光。没有流亡

选自《上海诗人》2005年4月1日

一件东西

余怒

我喜欢一件东西刚开始它在
我的脑中形成。你来时
它刚形成，像你一样。它总是
小心翼翼，走路从来
不用腿，让腿成为自我否定
的一种形式。你站在那儿
一个劲地摇头，我知道
你的意思。我抚摸它是因为
欲望，它是什么我不管。我找来
一个工匠按它的样子
制造，我想将它
制造出来以嘲弄你。但我现在还
不知道它是什么，现在何处
它是一件东西可它不是任何事物

2005年4月16日

选自《中国诗人》2005年春夏卷，后收入余怒著《余怒短诗选》，群言出版社2008年10月版

白云（二）

雷武铃

耀眼的湛蓝色光芒在河谷上空流溢。
一朵唯一的白云，色泽纯净、曲线柔和，悬浮在
北边合围的岭头后面、那座横亘半空的青色大山之前。
它在空中近乎不动。它的大片投影
像黑色丝绸，抖颤着从明亮的山体斜掠而下。
有一阵，消逝不见了。然后，出现在前面的岭头
从那里飘下，顺着河谷的东侧向南滑行。
现在，它高出了青色山体的背景，它的雪白
被天空的湛蓝映射，亮得几乎透明。
少年的我被惊喜充盈，它真的如我所愿向我飘来。
我惊异远处过来的云影那超然的神秘：
它不择道路，不避高低，被非凡的力量推动
无视稻田、山坂、河岸、田埂的差别，径自向前。
巨轮般压倒一切又轻盈如蝴蝶，梦一样
染暗白亮的阳光像风吹皱粼粼波面——
它向我飞近，速度越来越快
凉意夹着大片草叶细密的窸窣声
风一样，从离我最近的河面、稻田，过去了。
它的背影，飘上南边起伏的、白光覆照的山头。
在更南边白炽的空中，那形状已变的云，停留了一阵，
也消散了。只剩下湛蓝色天空。
河谷张开着，容接垂直降落的阳光。

河边稻田璀璨的青黄，山腰油茶树坚硬油亮的深绿，
山顶松树闪耀的银光，渐次由低到高；点缀在
山间的红壤耕地、红薯叶玉米叶摇动的绿色
由近及远，绵延向远处柔和的草山。
这些不规则的坡面、色块、光斑，从不同的高低和远近
把它们变幻的反光折射向河谷，汇成浮动的斑斓。
我坐在西边山沿松树的习习阴凉下，能看到
炽烈光芒中整条河水的流向。
从北边合围的山底出来，两道平行的绿色河岸
在稻田间直行。不见河水，一道木桥横跨其上。
第二个转弯处，一堆白雪闪耀在那里，——
是河水从堰坝落下。寂静的空气震颤
落水的轰鸣声飘忽而悠远，分辨不出来处。
另一处河湾，河水在鹅卵石浅滩上流溅波光。
对面山脚北去的石板路上，打伞的行人就要折向木桥了
山坳上，庄稼中露出的半个戴草帽的身影，始终未动。
风吹草木，光的波浪起伏，从山坡、稻田一排排传来。
热烈的空气、蝉声，大黑蚂蚁爬上我脸。
噢，两朵新的白云，扁平如梭，一前一后，连绵着
从北边高山的后面睡梦般飘出。
一朵向东，沉入山后。一朵飘到了河谷上空。
那雪白的云朵悠然如万古，浮游于碧蓝光芒的无限。

2005年5月

选自“文学自由坛”网站2005年11月，后收入雷武铃诗集《赞颂》，广西人民出版社2015年6月版

伤逝

小引

黄昏，石板路很长
河水绕过山岗
适合鸟，顺着飞
然后有树叶落下
心照不宣
然后是灌木丛中的人
起身离开

然后世界，暗了下来
你看看手表
然后落地成灰

选自《大家》2005年第6期

另一条河流

王夫刚

事实是，我的体内的确涌动着一条河流
而不为生活所知。我提心吊胆
每天都在不断地加固堤坝

有时我叫它黄河，叫它清河，小清河
去过一趟鲁西，叫它京杭大运河
有时我对命名失去了兴趣
就叫它无名之河。我既不计算它的
长度，也不在意它的流量
当我顺流而下，它是我的朋友
当我逆流而上它被视为憎恨的对象
在一次由泅渡构成的尝试中
我的态度是，不感激
不抱怨；在一次由醉酒构成的聚会中
我背弃大禹，堵住它们。哦，泛滥！

选自《人民文学》2005年第6期

空气中的细丝无人发现

李元胜

空气中的细丝无人发现
它们飘浮着，路过大街和房间
它们像落叶，下坠，又被风托起
婴儿摇晃小手，无法把它们抓住
老者迎风伫立，若有所思

它们经过了婚纱中的新娘，未曾停留
它们经过了葬礼，仍旧轻盈如初

在它们所经之处，在星空和大地之间
我们阅读，等待，消耗着激情
尘世的幽微依然无从知晓

2005年6月16日

选自李元胜著《无限事》，重庆大学出版社2012年11月版

走光

哑石

天妒英才久矣！无我，亦无他
只因那冰箱中翠绿与白霜轻轻吵闹的果园
经得起，炎炎夏锤的击打！

铜雀台上，阴影猎猎如花。
一个秘密行会，在此力挺风流倜傥之首领
其面色如黛，三个婊子簇拥着他。

苦头陀也，竟唾沫四溅地当街谩骂！
比不上那老翁，精于长寿，总是月色浩荡之时
废弃铁轨旁，轻取出自嘲的假牙！

便可入眠，从此梦见龙腾凤翔、芝麻肥大。
山川也是微雨后青青爽爽的样子
连那不起眼之小溪，都有细嫩的鱼虾。

竟尔哺育虫蛇的乳房，究竟有多大?
真乃愚蠢之一问也！可是，你集权的圆乳房
究竟有多大？或者，就和监狱一样大?

2005年6月28日

选自哑石著《哑石诗选》，长江文艺出版社2007年12月版

女巫师

宇向

我高龄。能做任何人的祖母
当我右手举起面具
左手握住心，我必定
货真价实。拥有古老的手艺
给老鼠剃毛。把烛台弄炸
被豹子吞噬。使马路柔肠寸断
分崩离析那些已分崩离析的人
我懂得羞涩的仪式
会忍痛割爱。当太阳自山头升起
照耀舞台中央的时候
我就是传统，无人逾越
当我把祭器高举
里面溅出幽灵的血。是我
在人间忍受着羞辱

我是思想界最大的智慧
最小的聪明。调换左右眼
就隐藏了慈悲和邪恶
而在每一个精确的时刻
我到纺织机后配制泪水
把换来的钱攒起来
现在我打算退休
成为平凡无害的人

2005 年 1 月 9 日

选自《星星》2005 年第 7 期，后收入宇向诗集《女巫师》，中国青年出版社 2015 年 8 月版

两个木匠

韩少君

两个木匠有他们的黄昏
两个木匠有自己的阴凉
我遇上两个木匠
他们沉默地坐在器具上
光着上身，一老一小，应该是父子
他们都那么漠然，没有一点说话的欲望
应该不是父子。我愿意，把这两个人想象成
　新贺集人，可他们不是，他们终于开口讲话了
他们说着河南腔，一句一个重音

好像铁器击打木质物，好像天生就是
两个木匠。老的光头，新剃的光头
小的一头长发，我由此，想起一个
北京诗人的句子：“他长得很帅，有点像兰波”
小兰波正在玩一只黑蚂蚁。
我对妻子说：“二十多年，我要不上
那个糟糕的师专，我可能会做一个木匠”
妻子两眼惶然，她一定在想
一个木匠和她的生活的可能性

选自《诗刊》2005年7月下半月刊

历史博物馆

唐不遇

四十年前那个炎热早晨的雾
像腐烂的棺材被撬开。
死，作为一个问题，不再是
现实的问题，而是历史问题。

那个稻草人，仍是个精力充沛的人，
麻雀的消失成为一种遗憾。
当灵魂在硬邦邦的田埂上等待，
儿子们在稻田里继续挥镰

——裸露的泥土，硬的像石头；
太阳睡着后，记忆仍是金黄色的：
在被禾叶、稻芒割过和刺过的地方抓痒

给下一代留下道道红痕——
老人们假装不知道自己的年龄，
年轻人假装从不留恋生活。

2005年7月22日

选自《诗选刊》2006年第4期

大海真的不需要这些东西

姚风

在德里加海滩，大海
不停地翻滚
像在拒绝，像要把什么还给我们
我们看见光滑的沙滩上
丢弃的酒瓶子、针筒、卫生纸、避孕套

我们嘿嘿一笑，我们的快乐和悲伤
越来越依赖身体，越来越需要排泄

但大海真的不需要这些东西
甚至不需要

如此高级的人类

选自《天涯》2005 年第 4 期

炎夏日历

潘维

一

江南，仍是免费的忧郁。
比起杜甫得到的战乱和颠簸，
我逊色如一位穷亲戚，
口袋里只有偏僻的水光、山色。

或许还剩一张猫脸，
把美懒惰成九条命；
其中一条，在为爱情招魂，
用一只驮在牛背上的竹笛。

二

疼痛的芭蕉叶知道，
七月会在庭院里熄火。
睡在床单上的寂静，
犯下了梦奸罪。

似乎皮影活动的侧光，
微照天宫图；
仿佛雷雨，那炎夏唯一的毒吻，
给了我格调低下的安慰。

三

小货郎放下了拨浪鼓，
也不见幸福株连了什么。
杭州府，无言的莲心瘦了，
西湖的淤泥肥了。

我，蝶恋花的后人，独自
构成了一座水的博物馆。
孤单的记忆收藏了，
集体的无边风月。

四

我的年龄已沾上了灰尘，
朋友们大多也已疲倦。
等在雨巷尽头的那把油纸伞，
名字叫紫丁香。

像一叶肿胀的帆，

我航行在酒桌上；
心情受蚊虫叮咬，
碎银在店小二的黑手里消融。

五

从时代泄露的小道消息说，
偶像用失恋来避暑。
我与时尚勾结、寻欢，
已二月有余。潮流又换了一茬。

我终于谋杀了牙医，
用一颗爱情的坏牙。
他径直穿过炎症进入酒吧，
匆匆忙忙去享受无可救药的绝望。

六

被空虚消费之后的城市，
残留下一把梯子，通往晕眩。
想起杜甫，我的一次前世，
喜欢莼菜和菊花，

也喜欢晚蝉将窗棂雕刻。
精美的苦难并不罕见。
一条床单的性感褶皱，

其中灌满了闪电。

七

适合金牛座上烹调课的一天。
没有私生子，没有伟大，
实木地板清洁的光，
把风暴抚平成小夜曲。

我困扰于自身的流亡，
一脸的千山万水茫然若失。
不屑于勇敢，对着渐行渐远的背影，
一路的酸痛在铺展。

2005年8月　给方石英

选自《青年文学》2007年第2期，后收入潘维诗集《水的事情》，北岳文艺出版社2013年5月版

绝对审美协会

臧棣

我蹲下来，我在等
细得像鞋带的蚯蚓说话。

我的四周是没膝高的油菜地，

自行车放倒一边，我像是已无路可迷。

成年后，每个人都声言
他们没见过会说话的蚯蚓。

这世界已足够小了，但我们还是
找不到你真正想要的东西。

蚯蚓先生，你知道你最渴望得到的
是什么吗？你身上的线

看上去太短小，就像是主动邀请我们
把你当成一个诱饵。

而你的身材细长，很适合在地下跳探戈。
这也是我尊敬你的地方。

我为你准备的耐心甚至超过了
我为我的生活准备的耐心。

我不介意你的性别，假如我邀请你做我的诗神，
你会在意这首诗里干净得没有一点土吗？

2005 年 8 月

选自《作家》2005 年第 10 期，后收入臧棣诗集《宇宙是扁的》，作家出版社 2008 年 1 月版

关于死亡

丁成

除此之外，红色的灯笼早已破旧不堪
在街边挂成一排。颜色褪尽的垂纱
随风飘散，像一个老年女子的白发
在街道上向东移动。
年轻的孝子捧着相框
步履缓慢，一群人不顾一切地哭泣
没有意外，也无须同情
跟所有毫无准备的人们一样，今天
或许仅仅是一次简短的分别仪式

灵车停在小区里，一字排开的花篮
站满了通道，它们的花花绿绿使很多陌生人
驻足观望，不时用方言议论点什么
太阳已经西沉，在高楼与高楼之间
我们什么也看不到，
天空不时飞过的麻雀
才让人想起一点点关于自己的事情

露天摆放的白色桌椅上沾满油污
这是一个廉价的饭馆，像它的装修一样
我们对它没有更高的要求

很多人聚在这里，
谈论这个陌生人家的不幸
他们对整件事情所知甚少，
甚至还不如对菜谱熟悉
但是关于死亡，
似乎每个人都能滔滔不绝

就像所有无须证明的东西一样
我知道今天的人都是看客
他们在不远的地方议论纷纷，用好奇心
试图猜测那些披麻戴孝的人的情绪
对于泪水洗过的葬礼
他们又能说些什么呢？

2005 年 10 月 1 日

选自《活塞》文集 2《灵魂小组》，2011 年上海

叙述

宇龙

这里并不缺少在街上行走的人
只是缺少：街道。一个叙述车祸的中午
我走在自己的空气里
看到枯萎的手，扶着另一面墙壁

扶着夜晚。我走在自己的声音里
慢慢靠近。一次叙述
像一座生活在神经里的城市
疼痛提前到来。时宽时窄的街上
你的关节思念着你的睡眠

该使用过去的某一天了。该在你的脸上
装出一点黄色和水果的笑，而后祝福
你的未来，你报答鸟儿的胆怯的想法
在铁桥上。影子留住的梦
被早晨退回来，这样的失败
像心跳一样危险

我必须谨慎地转一个弯
避开这一个或那一个
匆匆的人。在冬天

风儿走在一面镜子的平面上
纸张飞舞，纸上的人
在晕眩飞快地活着
那不是我，那也不是闯入我体内的
年轻了很久的那个人……在中午
想到这里缺少街道，或者到一个晚上
死亡就会将你退还给我，我开始恐慌
我必须使用一个更残酷的词

使你一生只死亡一次

选自宇龙著《宇龙诗选》，中国社会科学出版社 2005 年 10 月版

我的态度就是时间的态度

老巢

在你的句子里等你
看泡在杯中的绿茶一片片
沉入底部

客厅亮着
卧室与书房的灯
开与不开　你到了再说

飞翔的鱼　游泳的鸟
这种说法一点也不涉及
天空与海洋

作为老巢
我的态度就是时间的态度
来了去　进了出
是早晚的事

选自《诗刊》2005 年 10 月下半月刊

澜沧江在云南兰坪县境内的三十三条支流

雷平阳

澜沧江由维西县向南流入兰坪县北甸乡
向南流1公里，东纳通甸河
又南流6公里，西纳德庆河
又南流4公里，东纳克卓河
又南流3公里，东纳中排河
又南流3公里，西纳木瓜邑河
又南流2公里，西纳三角河
又南流8公里，西纳拉竹河
又南流4公里，东纳大竹菁河
又南流3公里，西纳老王河
又南流1公里，西纳黄柏河
又南流9公里，西纳罗松场河
又南流2公里，西纳布维河
又南流1公里半，西纳弥罗岭河
又南流5公里半，东纳玉龙河
又南流2公里，西纳铺肚河
又南流2公里，东纳连城河
又南流2公里，东纳清河
又南流1公里，西纳宝塔河
又南流2公里，西纳金满河
又南流2公里，东纳松柏河

又南流2公里，西纳拉古甸河
又南流3公里，西纳黄龙场河
又南流半公里，东纳南香炉河，西纳花坪河
又南流1公里，东纳木瓜河
又南流7公里，西纳干别河
又南流6公里，东纳腊铺河，西纳丰甸河
又南流3公里，西纳白寨子河
又南流1公里，西纳兔娥河
又南流4公里，西纳松澄河
又南流3公里，西纳瓦窑河，东纳核桃坪河
又南流48公里，澜沧江这条
一意向南的流水，流至火烧关
完成了在兰坪县境内130公里的流淌
向南流入了大理州云龙县

选自《诗刊》2005年10月下半月刊

局限性

王家新

“你也有局限性！”有一天，一个朋友
突然这样对我讲，“当然”
我这样答道

但我知道，我什么也没有回答

我怎么知道自己的局限性？
多少年来我看到的
只是树木和石头
只是石头在雪后的投影

我只知道我穿的鞋
和我开的车都在朝一个方向倾斜，
我还知道我在梦中能飞
这样的梦
总是使我醒来
带着浑身的疼痛

选自《人民文学》2005年第10期

所谓旷野

李森

所谓旷野，到底有多辽阔？
所谓天空，到底有多高远？
我现在就站在旷野，在高蓝的天下
在大地的镜子中，在麦田的浪尖
我被透明的空旷，缓慢的空虚
挤压成了一个滚烫的鹅卵石
下一步，我要滚到低处，滚到河底
跟着其他的鹅卵石，一起滚到深渊中去

现在的光明，明天就会黯淡
现在的深渊，后天就会在暗中隆起
旷野，我害怕辽阔
天空，高远是什么意思？
我不相信形容词，不相信赞美诗
我只知道，我这块鹅卵石
现在已经下水，离开了阳光下

选自《诗歌月刊》2005 年第 11 期

回忆录

余笑忠

坐在转椅上的小孩，要求我
不停地转动那转椅

她闭上眼睛咯咯地笑
她就是那笑本身

而世上徒劳的语言
不过是残余的糖霜，和蚂蚁

我躲在离她远远的地方抽烟
这些天，我一直跟香烟过不去

我看到一个人死去就多一分衰老
我拿世上的一些小玩意自欺欺人

这个下午，阳光把蚯蚓骗了出来
它被迅速肢解为三截

2005 年 11 月 21 日

选自余笑忠著《余笑忠诗选》，长江文艺出版社 2006 年 12 月版

铁

郑小琼

铁。十四马力冲撞的铁。巨大的热量的
青春。
顶着全部孤独的铁，亚热带的棕榈，南方的湿热

纸上的铁，图片的铁，机台的铁，它们交错的声响
打工
它轰然倒下一根骨头里的铁，在巴士与车间，汗水与回忆中
停
顿
的铁。弯曲的铁。
一只出口美国的产品

沉默的铁。说话的铁。在加班的工卡生锈的铁

风吹
明月，路灯，工业区，门卫，暂住证，和胶布捆绑的
铁架床，巨大的铁，紧挨着她的目光
她的思念。她的眺望，她铁样的打工人生

选自《诗刊》2005 年 12 月专号

生活里的悲剧性

马雁

“就像走在僻静小巷时平地冒出来个杀人凶手”，
是沉默的雨后，是沉默坐在台阶上。
人们纷纷走过面前，你伸手一一指出
他们的身份、年龄和籍贯，我们脚下
云彩正飘过，是雨后的安静，我们坐在
冰的台阶上不融化。我的目光从没这样
清晰过，看到的事物从没有这样简单。

2005 年冬

选自马雁著《马雁诗集》，新星出版社 2012 年 4 月版

青年虚无者之死

阿斐

他出生在荒漠中最苍茫的国度

他的名字叫青年，或者虚无
他的模样像你，也像我
他的脾气像2004年的南粤气候
他没有钱，没有老婆
但有一个流向梦海的婴儿
他让我幻化成他的样子
为他来一首绝唱
他在我降临他的身体之前已经灭亡
现在，我身体健康，能量充足
要为他的离去做一次最后的祭奠

我没有轰轰烈烈的伟绩
我出生的时候舌苔已经锈蚀
我哑口无言地走进这个世界
在这个巨大铁笼的一角圆睁恐惧的双眼
我分明看到一些人像野兽却披上人皮
我分明看到大多数人像野兽一样暴尸荒野
角色替换如车轮疯转
我在成为我之前就失去了自我

我的母亲白发苍苍如同无法生还的枯木
我的父亲背井离乡早已不知去向
他们叫我流浪汉，我称他们为白痴
我在白痴群中学会了第一声巨吼
像一个真正的白痴那样吃到了第一口圣餐
然后走向群山河流、高原村庄

我渴望像一名勇士那样迅速走向辉煌的死亡
而手里握住的只是一根拐杖
枪支弹药属于对付我的人间暴徒

那一年我从落魄者的眼神中发现了酒
我懂得了悲伤是酒中浸泡的尸首
那一年我从落魄者暴毙的阴沟里发现了另一个世界
我懂得了人世只是野兽们狂欢的自恋产物
那一年我在乱葬岗上发现了朋友
我懂得了生命还可以用另一种形态延续
那一年我从生离死别中发现了孤独
我懂得了这将是我最终的归宿

真想有一个家
在透出万家灯火的窗口伸出自己的头
我仰首是天，俯首是云
在缥缈世间构筑自己的梦
我拉来一个女人名叫妖艳
她做我的情人直到我筋疲力尽
我拉来另一个女人名叫朴素
她做我的新娘每日每夜
我的儿子叫樵夫女儿叫嫁衣
酒鬼是一位常来我家酩酊大醉的朋友
我的后山种有土豆和番薯
我的前院有一棵常年不衰的摇钱树
所以我的地窖丰盈，盛满了全世界最富足的泪水

我的工作是上天入地
我的同事们是阳光里的尘埃
我的领导目光像飓风，口水像骤雨
我的坐骑是时光快车
沿路的风景赐给我一天的好心情
我把它们写进诗句令它们永垂不朽
我一年的收获是离死亡更近一步
我的年终奖金是一大块体内肿瘤
我的答谢词是：感谢魔鬼

真想有一个发放幸福的主
他可以叫上帝，也可以叫撒旦
还可以是千年以前漂泊不定的孔子
或者是背弃王宫绿荫树下顿悟的佛
我把自己的肉体看作无
把脑袋里的思绪看作有
把疯狂看作病态
把沉默看作永福
我每天为每一个生灵祈祷
让他们进入主的世界
我每天为每一个死者祈祷
让他们进入主的梦乡

我一生的理想就是供奉主的虔诚
在一千次一万次的自责中完成肉的升华和魂的安详

我把吃饭叫养生，把爱情叫梦魇
把走路叫朝拜，把日子叫航船
我把眼睛定义成指南针
把视线所及唤作远方
那是主在寻欢作乐的远方
那是我在垂死挣扎的远方
那是虚伪的远方
那是被我没来由诅咒的远方

一切的一切对我而言都是远方
我是我的远方
我在远方的尽头叹一口气
海水就淹没了我的梦想
淹没了全部的稻田和冰山
我想这一刻终于来了，他就来了
他微笑着向我点点头，倏然而逝
一个名叫虚无的青年从此离我而去
我的额头闪耀着人间烟火的光环

2005 年

选自《诗探索》2006 年第 2 期，后收入阿斐诗集《青年虚无者之死》，太白文艺出版社 2010 年 1 月版

诗人的工作

蓝蓝

一整夜，铁匠铺里的火
呼呼燃烧着。

影子抡圆胳膊，把那人
一寸一寸砸进
铁砧的沉默。

2005 年

选自《诗潮》2007 年第 2 期

兰州

阿信

黄河边上，低矮的棚屋，入住了最初的居民：
筏子客、篾匠、西域胡商、东土僧道……之后是不绝的流民和兵痞。

羊皮筏子从很远的上游运来一座白塔，安置于北岸荒山之巅；
羊皮筏子从很远的下游运来一尊接引铜佛，安置于南岸兰山。

奇迹接连发生：有人在上游开窟造像，有人在下游设立王廷，
有人在不上不下的地方，打下第一根木桩，建起一座浮桥。

黜陟使返乡那天，一道黄沙，从金城出发，吹送至咸阳老家。
青白石老实巴交的农夫，在粟麻地里收获了意外的白兰瓜。

有人贪贿，有人通敌，有人贩卖浆水和灰豆。来自靖远的师傅
发明了一种把面团拉扯成细丝的手艺：传男不传女。

清真寺蓝色的穹顶上，升起一弯新月。
兰山根龟裂的滩涂边，出现一架水车。

安宁种桃，雁滩植柳，十里店空旷的沙地
一群穿破旧棉袍的人，从马车上卸下一座学校。

民国政府要员，屁股冒烟，丢下三房姨太太
和半箱购自敦煌的经卷。大胡子于震手提一根马鞭。

西固的炼油厂烟柱冲天，东岗的乱坟滩
建起楼房。高音喇叭架在皋兰山顶上。

1982 年，我坐着公社的拖拉机，去师大上学。途径西站
看见三毛厂女工一身蓝布工装，手端搪瓷脸盆，排队进入澡堂。

文学青年追随长粉刺的唐欣。无知少女成日
与穿喇叭裤的铁院子弟厮混。我拿到文凭，乘一辆解放牌汽车

　离开。

在偏远的甘南草原，我日日听见兰州在成长：河面铺满大桥，
楼房越盖越高，新鲜事每天都有，朋友们已成了人物。

而我正一天天变老：分不清街道的方向，找不见一个熟人。
那天醉酒，一个人转至铁桥边，看着缓缓流淌的浑浊的河水

突然明白：我所热爱的兰州，其实只是
一座鱼龙混杂的旱地码头，几具皮筏，三五朋友，一种古旧的
　情怀。

2005 年

选自《诗刊》2007 年第 6 期

抒怀

李少君

树下，我们谈起各自的理想
你说你要为山立传，为水写史

我呢，只想拍一套云的写真集
画一幅窗口的风景画
　　（间以一两声鸟鸣）
以及一帧家中小女的素描

当然，她一定要站在院子里的木瓜树下

2005 年

选自《文学与人生》2009 年第 5 期，后收入李少君著《李少君自选集》，长江文艺出版社 2011 年 8 月版

来自黑暗

黄灿然

我来自黑暗、郁闷和疾病，
不是我如今享受到黎明的黑暗，
也不是到郊外散散心
就能消除的郁闷，或吃了药
休息几天就痊愈的疾病。

对生活在光明中、欢愉中
和健康中的人们，我的向往
是无保留的，我走在他们中间，
经过他们身边，坐在他们对面，
欣赏他们，内心赞美他们。

但我仍生活在阴影里，
部分是我过去的阴影，更多
是周围那些在黑暗中、郁闷中

和疾病中的人们投来的
巨大的阴影——

它时刻提醒我（我甚至
听见它低语）："你的世界
已被光明和黑暗分割，现在
你就像一棵树，虽然也仰望天空，
但永远属于大地。"

2005 年

选自黄灿然著《我的灵魂》，重庆大学出版社 2011 年 1 月版

绝句

王敖

为什么，星象大师，你看着我的
眼珠，仿佛那是世界的轮中轮，为什么

人生有缺憾，绝句有生命，而伟大的木匠
属于伟大的钉子；为什么，给我一个残忍的答案？

2005 年

选自王敖著《王道士的孤独之心俱乐部》，南京大学出版社 2013 年 8 月版

命运

哨兵

只有木船知道我想要去哪里。从挖沟子
到茶坛岛，然后，到张坊村，再往前
就是世界的尽头。在洪湖，我每天
都走着不同的水路，经过许多
看似相同的芦荡蒿丛。这众鸟的
子宫孕育野禽，也孕育
许多漂自外省的渔民。在这里
语言相隔七省十八县的距离，仿佛
鸟鸣。在洪湖，写诗比庸医
更为可耻。无论我
多么热爱，我也不可能
把那些渔村，书写成
县人民医院，更不可能
把那个临盆的难产儿，书写成
顺利降生的命运

2005 年

选自哨兵著《清水堡》，中国青年出版社 2013 年 12 月版

在水上

韩东

在水上，看见河岸
草又青又黄
一朵白色的白云
一棵树和所有的树
都那么美
房子不一样，只有
在这里才美
我无限向往岸上的生活
就像我在岸上
向往这条绿水

一条水蛇游过来，昂着头
撑船人一篙打在它的七寸上
怎么可能呢
两件事都不太可能
午后的河岸像船一样地运动着
直至落日黄昏
而我在竹排上
像在房子里一样地睡着了

2005 年

选自韩东著《韩东的诗》，江苏文艺出版社 2015 年 1 月版

倒立

非亚

我把我的脚，抬到胸部以上
手放下来，撑住肩膀
眼睛，颠倒过来
世界也随即
开始发生
变化
一个高塔（哦，烟囱）
慢慢地向下冒烟
树木，也倒立着
在天空上面
行走，一只鸡飞进
退却的早晨，公共汽车
四脚朝天闯进一个
城市广场，人们从那里
四散，向各个角落
渗透
一个吹口哨的小伙子
从前面过来
戴着帽子递给我一个东西
回答是
你需要什么什么吗

我继续，一种万花筒般的
生活
把躯体挪到椅子
碎裂的镜子让我
哈哈大笑，四分五裂的风景
开始愈合
周围的一切
在停止几秒后
又开始交叉
走动

2005 年

选自非亚著《倒立》，长江文艺出版社 2015 年 4 月版

空巢老人之歌

小海

就是个小感冒
躺着躺着就病倒了
无法翻身
手臂、大腿不好使
喝点水吃点东西
要是能起身就行了

开始生褥疮了

疽在溃疡处涌动
翻上翻下
像一群实习大夫
从头到尾
穿着耀眼的新大褂
我断气了
它们还围着
忙乎了七天七夜
多谢照料
恪尽职守的白衣天使们

2005 年

选自小海著《男孩和女孩——小海诗集（1980—2012）》，北岳文艺出版社 2016 年 2 月版

本卷作者简介

叶舟（1966— ），本名叶洲，生于兰州。西北师大中文系毕业，中国作家协会会员、甘肃省文学院荣誉作家。曾任教师、记者和编辑。著有诗文集《大敦煌》、诗歌小说集《第八个是铜像》、诗集《练习曲》、长篇随笔《世纪背影》、长篇小说《形容》、电影《钢琴》（长城影视出品）及同名长篇小说等。曾获鲁迅文学奖。

韩东（1961— ），原籍湖南，生于南京，著名诗人、作家。1980年开始发表作品。1982年毕业于山东大学哲学系，曾任教于陕西财经学院、南京审计学院。与于坚、丁当等人组织“他们”文学社，是“第三代诗歌”最主要的代表人物之一。1990年加入中国作家协会。1992年辞职，受聘于广东省作家协会，成为合同制作家。著有诗集《白色的石头》《吉祥的老虎》《爸爸在天上看我》，诗文集《交叉跑动》。主要作品有《有关大雁塔》《山民》《你见过大海》等。

孙文波（1956— ），四川成都人，当代诗人，现居深圳。1985年开始诗歌写作。1990年以后亦从事诗歌批评。1996年获首届刘丽安诗歌奖。1998年6月受邀参加第29届荷兰鹿特丹国际诗歌节。著有诗集《孙文波的诗》《地图上的旅行》《给小蓓的骊歌》《与无关有关》《新山水诗》和诗话集《洞背笔记》等。曾主编《中国诗歌评论》，与萧开愚合编《九十年代》《反对》等。作品被翻译成英、西班牙、荷兰、瑞典等文。

杨克（1957— ），生于广西，著名诗人，一级作家。中国“第三代”实力派诗人，“民间写作”重要代表性诗人之一。现任广东省作家协会副主席。曾获“第三代”诗人杰出贡献奖、首届汉语诗歌双年（2006—2007）十佳奖、广东第八届鲁迅文艺奖等奖项。出版诗集《太阳鸟》《图腾的困惑》及散文集《叙述的城市》等。主编《中国新诗年鉴》等多种文选。

王家新（1957— ），生于湖北丹江口。1978 年考入武汉大学中文系，大学期间开始发表诗作。1983 年参加《诗刊》社组织的青春诗会。1984 年因写出组诗《中国画》《长江组诗》而广受关注。1985 年出版诗集《告别》《纪念》。1986 年始诗风有所转变。是中国 20 世纪 90 年代以来知识分子写作的代表性诗人。代表作有《触摸》《风景》《预感》等。

西渡（1967— ），原名陈国平，浙江浦江人。北京大学文学学士、清华大学文学博士，现任清华大学中文系教授。著有诗集《雪景中的柏拉图》《草之家》《连心锁》《鸟语林》、诗论集《守望与倾听》《灵魂的未来》、诗歌批评专著《壮烈风景——骆一禾论、骆一禾海子比较论》等。《风和芦苇之歌》被译为英、法、俄等文。

臧棣（1964—），生于北京，毕业于北京大学。1987 年，与清平、徐永、麦芒刊印四人诗集合集《大雨》。1997 年获得北京大学文学博士学位。1999 年至 2000 年任美国加州大学戴维斯校区访问学者。现任教于北京大学中文系，北京大学中国诗歌研究院研究员。出版诗集《燕园纪事》《风吹草动》《新鲜的荆棘》《沸腾协会》《骑手和豆浆》《最简单的人类动作入门》等。

邹静之（1952— ），江西南昌人，北京长大，作家、诗人、制作人。1969年赴北大荒上山下乡，后转河南汝阳插队。1984年，从中央广播电视大学中文系毕业。1987年，在《诗刊》杂志社当诗歌编辑。1995年，加入中国作家协会。被称为“中国第一编剧”。1982年开始有作品发表，现有诗集、散文集、小说集等著作十余种出版。

沈天鸿（1955— ），安徽望江人。1982年毕业于安徽师范大学中文系，后历任中学教师、编辑。1976年开始发表作品，2001年加入中国作家协会。著有诗集《沈天鸿抒情诗选》、文学理论集《现代诗学：形式与技巧30讲》、散文小集《访问自己》（《中国当代青年散文家八人集》下卷）等。1991年出席全国青年作家代表大会并受中国作协表彰。

侯马（1967— ），山西新绛人。北京师范大学中文系学士，北京大学法律系硕士。20世纪80年代末开始现代汉语诗歌创作，出版个人诗集《哀歌·金别针》《顺便吻一下》《精神病院的花园》《他手记》等。曾获天问诗歌奖、《十月》新锐人物奖、中国先锋诗歌奖、汉诗榜（首届）年度最佳诗人，荣膺第七届青年作家批评家论坛“2008年度青年作家”称号，诗集《他手记》被评为“2008年中国诗歌排行榜年度最佳个人诗集”。

欧阳江河（1956— ），曾用笔名江河、江帆等，原名汀河，四川泸州人。1979年开始发表诗歌作品，后任职于四川省社会科学院文学研究所，现为北京师范大学文学院教授。著有诗集《透过词语的玻璃》《谁去谁留》《事物的眼泪》、评论集《站在虚构这边》等，代表诗作有《玻璃工厂》《计划经济时代的爱情》《椅中人的倾听与交谈》《咖啡馆》等。其写作理念对20世纪90年代以来的中国诗坛有较大的影响，被国际诗歌界誉为“最好的中国诗人”。

郑单衣（1963— ），四川自贡人。1985 年毕业于西南师范大学化学系，曾先后在贵州农学院、贵州大学等学校从事教学和研究工作。1985 年组织重庆市大学生联合诗社，主编诗刊《大学生诗报》《现代诗报》。出版诗集《蔚蓝色天空的黄金》《夏天的翅膀》等。作品被翻译成英、德、法、荷、希腊、西班牙、葡萄牙、阿拉伯、斯洛文尼亚及世界语等文。

胡续冬（1974— ），本名胡旭东，生于重庆合川，后迁居至湖北十堰。1991 年考入北京大学中文系，在北大获文学学士、比较文学与世界文学硕士、中国现当代文学博士学位。2002 年留校任教，现为北京大学外国语学院世界文学研究所副教授，北京大学巴西文化中心副主任。著有《日历之力》《旅行/诗》等诗集和多部随笔集，作品被翻译成英、法等文。历获刘丽安诗歌奖、柔刚诗歌奖、明天—额尔古纳诗歌双年奖等民间奖项。

张曙光（1956— ），生于黑龙江望奎。毕业于黑龙江大学。任黑龙江大学文学院教授。1980 年开始发表诗歌、小说及随笔。诗歌作品见于《人民文学》《诗刊》《上海文学》《北京文学》等及海外中文杂志《今天》《倾向》等，并被译成英、西、德、日、荷兰等文。著有诗集《小丑的花格外衣》《午后的降雪》《张曙光诗歌》《闹鬼的房子》，译诗集《神曲》《切·米沃什诗选》，随笔评论集《上帝送他一座图书馆》。

徐江（1967— ），天津人。1989 年毕业于北京师范大学，现居天津，从事专栏写作、媒体策划及编辑工作。著有诗集《徐江的诗》《杂事与花火》《我斜视》等，还有诗学专著、随笔集、小说等多种著作。有诗作被译为英、日、韩、西等文。曾获《新世纪诗典》李白诗歌奖、《诗参考》十年优秀作品奖、《葵》首届诗歌奖等，获评“中国当代十大杰出诗人”。

陈东东（1961— ），祖籍江苏吴江，生于上海，“第三代诗歌”代表诗人之一。1981 年开始写诗。曾创办民间诗刊《作品》《倾向》和《南方诗志》，并任编辑。曾任海外文学人文杂志《倾向》诗歌编辑。出版诗集《海神的一夜》《明净的部分》《夏之书·解禁书》《导游图》等。主要作品有诗歌《夏日之光》《第一场雪》《在黑暗中》《我在上海的失眠症深处》《月亮》《柠檬——写给阿慧》等，随笔集《黑镜子》《只言片语来自写作》等。

黄灿然（1963— ），福建泉州人，诗人、翻译家。1988 年毕业于广州暨南大学。1985 年开始发表诗歌作品。曾任《红土诗抄》主编、《声音》诗刊主编和《倾向》杂志诗歌编辑。曾为香港《大公报》国际新闻翻译。著有诗集《游泳池畔的冥想》《世界的隐喻》《奇迹集》、评论集《必要的角度》等，译有《见证与愉悦——当代外国作家文选》《卡瓦菲斯诗集》等。

杨键（1967— ），安徽马鞍山人。曾当过工人，亦研佛教，自 20 世纪 80 年代后期开始从事诗歌创作。著有诗集《暮晚》《古桥头》和长诗《哭庙》等。曾获首届刘丽安诗歌奖、柔刚诗歌奖、第六届华语文学传媒年度诗人奖。

郁郁（1961— ），本名郁修业，上海宝山人，“海上诗派”重要成员。20 世纪 80 年代起参与以现代派诗歌为主的文学活动。创办文学同仁刊物《MOURNER》（送葬者），主编大型诗刊《大陆》。著有诗作近千首，文论《诗人：愤怒的啄木鸟》《作为中国“后朦胧诗”中的上海诗歌的观望与批判》等，辑有自选诗集《节日·1983 年》《亲爱的虚无 亲爱的意义》等。

吉狄马加（1961— ），彝族，四川凉山人。毕业于西南民族学院中文系汉语言文学专业。曾任中国诗歌学会常务副会长、中国少数民族作家学会会长。是第十届全国政协委员、民族和宗教委员会委员、中华全国青年联合会副主席。现任十三届全国人大常委会委员，中国作家协会党组成员、书记处书记、副主席。著有诗集《初恋的歌》《一个彝人的梦想》《罗马的太阳》《遗忘的词》等。

孟浪（1961— ），本名孟俊良，生于上海吴淞。20 世纪 80 年代“海上诗派”代表人物。1978 年至 1982 年就读于上海机械学院。1992 年获首届现代汉诗奖。1995 年赴美，任布朗大学驻校作家，并任《倾向》文学人文杂志执行主编。曾出版多本诗集，代表诗集有《本世纪的一个生者》《连朝霞也是陈腐的》《一个孩子在天上》《南京路上，两匹奔马》。与曹长青、徐敬亚等编著《中国现代主义诗群大观 1986—1988》。

黄梵（1963— ），原名黄帆，湖北黄冈人。毕业于南京理工大学飞行力学专业并留校任教。1983 年开始诗歌写作，1989 年与岩鹰创办《先锋诗报》（1—9 期），1990 年与车前子等人创办民间诗刊《原样》（1—3 期）。出版了《南京哀歌》《第十一诫》《南方礼物》《女校先生》等作品。近年除诗外还发表了大量小说、随笔。作品被译介至英、美、德等多国。

庞培（1962— ），原名王方，江苏江阴人，诗人、散文家。早年曾在江南各地漫游。1988 年发表第一首诗作。1995 年与他人合伙创办《北门杂志》。1998 年参加《诗歌报》金秋诗会。曾获刘丽安诗歌奖、柔刚诗歌奖等。散文著作有《低语》《五种回忆》《乡村肖像》《黑暗中的晕眩》《旅馆》《帕米尔花》《少女像》等。

孙磊（1971— ），山东济南人。画家、现代诗人。1997 年毕业于山东艺术学院美术系，现在山东艺术学院美术系任职。1989 年开始发表作品，曾参与编辑《诗歌》《诗镜》等诗歌民刊，主编民刊《谁》。著有诗集《七人诗选》《演奏——孙磊诗集》《独立与寂静的话语：马轲》《去向——孙磊近期诗作》。

南野（1955— ），原名吴毅，浙江玉环人。毕业于内蒙古大学中文系，曾长期在湖北工作，后任浙江传媒学院教授。20 世纪 80 年代开始诗歌写作，在《人民文学》《上海文学》《诗刊》《花城》等发表大量诗歌、诗理论、小说以及电视理论。出版诗选集《在时间的前方》《纯粹与宁静》和文论集《新幻想主义论述》。作品入选《中国当代实验诗选》《中国当代文学作品辞典》《先锋诗歌》等几十种重要选本，有诗作被译介至美、日等国。

祁国（1968— ），原名祁国庆，江苏盐城人。“荒诞诗派”创始人之一，“蛮书”书法流派创始人。在多家刊物发表诗歌，曾主编《铁魂》艺术民刊，出版个人诗集《天空是个秃子》。荣获黄河金岸诗歌节鸿派国际诗会十年诗歌推动奖、当代诗歌精神骑士奖。

马永波（1964— ），黑龙江伊春人。当代诗人，学者，翻译家，文艺学博士后，《读者》签约作家，《汉语地域诗歌年鉴》主编。1986 年起发表评论、翻译及文学作品，1993 年出席第 11 届青春诗会。著有诗集《炼金术士》《存在的深度》《树篱上的雪》、译著《美国诗选》《艾米·洛厄尔诗选》《史蒂文斯诗学文集》《1940 年后的美国诗歌》等。现任教于南京理工大学，学术专著有《文学的生态转向》《美国后现代诗学》《英国当代诗歌研究》等。

余丛（1972— ），原名徐海东，江苏灌南人。1992 年分配至医院工作。1996 年辞去公职后，客居上海、深圳等地，现居广东中山。出版个人诗集《诗歌练习册》《被比喻的花朵》《无能的力量》和随笔集《疑心录》等。作品入选《朦胧诗二十五年》《中国新诗年鉴》《中国诗歌精选》《先锋诗歌档案》等书。主编出版

《见字如晤：当代诗人手稿》。主编文学丛刊《喜闻》。

安琪（1969— ），本名黄江嫔，福建漳州人。“中间代”诗歌概念提出者，被誉为“新世纪十佳青年女诗人”之一。1988 年毕业于漳州师范学院中文系，曾当过教师、文化馆员等。著有《像杜拉斯一样生活》《奔跑的栅栏》《任性》等 6 部诗集，与远村、黄礼孩合作主编《中间代诗全集》。曾获第四届柔刚诗歌奖。

王长征（1965— ），山东博兴人。毕业于山东师范大学中文系，1985 年开始写诗，作品发表于《人民文学》《诗刊》《星星》《大家》《十月》《中国作家》等文学杂志。著有诗集《三种时间里的人物》《习经笔记》、绘画评论集《丹青之巢》、长篇小说《王满子》等。与朋友创办先锋民刊《诗歌》，诗作入选《21 世纪中国文学大系·诗歌卷》《中国新诗年鉴》等选本。

杜涯（1968— ），河南许昌人。毕业于许昌地区卫校护士专业，曾在医院工作 10 年，离开医院后曾在郑州及北京任图书编辑、杂志社编辑等职。12 岁开始写诗，出版诗集《风用它明亮的翅膀》《杜涯诗选》《落日与朝霞》和长篇小说《夜芳华》等。先后获刘丽安诗歌奖、《诗探索》年度奖、《扬子江》诗学奖、鲁迅文学奖等多种诗歌奖项以及“新世纪十佳青年女诗人”称号。

麦芒（1967— ），湖南常德人，土家族。当代著名诗人，16 岁考入北大中文系，1993 年在北京大学获得博士学位后移居美国，2001 年获得美国加州大学洛杉矶分校比较文学博士学位，现任美国康州学院东亚系主任。著有诗集《接近盲目》、中英文双语诗集《石龟》，诗歌作品《在一间屋子中间》获得第 25 届云里风·森昌文学奖一等奖。

宋琳（1959— ），祖籍宁德，生于福建厦门，中国作家协会上海分会会员。毕业于上海华东师范大学中文系，后留校任教。

1982 年开始发表诗歌。1991 年移居法国，曾就读于巴黎第七大学，先后在新加坡、阿根廷居留。1992 年以来一直是《今天》文学杂志的编辑，2003 年以来受聘在国内一些大学执教。著有诗集《城市人》《门厅》《断片与骊歌》《城墙与落日》。

张枣（1962—2010），湖南长沙人，诗人、学者、诗歌翻译家。毕业于四川外国语学院。凭《镜中》《何人斯》等作品一举成名，与欧阳江河、柏桦、孙文波和翟永明并称为“巴蜀五君子”。1986 年移居德国，2005 年回国，先后任教于河南大学文学院、中央民族大学文学与新闻传播学院。其代表性作品有《春秋来信》《灯芯绒幸福的舞蹈》，出版诗集《春秋来信》《张枣的诗》，主编《德汉双语词典》《黄珂》等。

李元胜（1963— ），四川武胜人。诗人、作家、生态摄影师。毕业于重庆大学，现为中国作家协会会员、重庆日报社文化新闻部主任、重庆市作家协会第二届副主席。著有诗集《另一个有相同伤口的我》《重庆生活》《无限事》等，还有随笔集《都市脸谱》和摄影集《中国昆虫生态大图鉴》等。曾获第六届鲁迅文学奖诗歌奖、《十月》文学奖等。

食指（1948— ），生于山东朝城，本名郭路生。1953 年随父迁居北京，1968 年到山西插队，1971 年入伍。1973 年复员，后长期为疾患困扰，1990 年入北京第三福利院。其“文革”期间的作品在知青群体中有广泛影响。1978 年起用笔名“食指”。出版诗集《相信未来》《诗探索金库 · 食指卷》《食指的诗》等。

李南（1964— ），出生于青海，现居河北石家庄。1983 年开始写诗，出版诗集《李南诗选》《时间松开了手》及双语诗集《小》等。作品被收入国内外多种选本。曾获《青年文学》年度诗歌奖、首届河北诗人奖。

钟鸣（1953— ），生于四川，中国当代诗人、随笔作家。20世纪80年代以诗歌写作为主，80年代末开始随笔写作。1992年获台湾《联合报》第14届新诗奖。著有《城堡的寓言》《畜界，人界》《徒步者随录》《旁观者》《太少的人生经历和太多的幻想》《秋天的戏剧》及诗歌集《中国杂技：硬椅子》。

肖开愚（1960— ），生于四川中江。1987年任成都《科学文艺》杂志社科幻小说编辑。1997年到德国柏林，受德国文化基金会等的支持专事写诗。2005年回国，任上海音乐学院作曲系客座教授，后任河南大学文学院教授。1986年开始发表诗歌，著有1500多行的长诗《向杜甫致敬》。出版诗集《动物园的狂喜》《学习之甜》等，主要作品有《嘀咕》《北站》《南方啊》《一年中的最后一天》等，作品被译为德、英、法、意等文。

姜涛（1970— ），天津人。1989年入清华大学，攻读生物医学工程专业，后弃工从文，1999年入北京大学中文系攻读博士学位，2002年毕业后留校任教。大学期间，开始诗歌写作。参与编辑民间诗歌刊物《偏移》《诗歌通讯》，出版诗集《鸟经》《洞中一日》等，出版专著《新诗集与中国新诗的发生》《公寓里的塔》和译著《现实主义的限制——革命时代的中国小说》，编著的《外国诗歌散文欣赏》入选高中语文选修教材。曾获刘丽安诗歌奖。

田禾（1965— ），原名吴灯旺，湖北大冶人。1982年开始文学创作，出版诗集《温柔的倾诉》《在阳光下》《竹林中的家园》《田禾乡土诗选》《大风口》《喊故乡》《野葵花》等。作品被选入一百多种全国重要选本和《大学语文》教材。曾获鲁迅文学奖、《诗刊》第三届华文青年诗人奖、《十月》年度诗歌奖等多种诗歌奖项。

雷平阳（1966— ），云南昭通人。诗人、国家一级作家、享受国务院特殊津贴专家、全国“四个一批”人才、云南师范大学特聘教授、云南有突出贡献专家。现供职于云南省文联，著有《风中的群山》《天上攸乐》《普洱茶记》《云南黄昏的秩序》《我的云南血统》《雷平阳散文选集》等作品集十余部。曾获《诗刊》华文青年诗人奖、《人民文学》诗歌奖、《十月》诗歌奖、华语文学传媒大奖诗歌奖、鲁迅文学奖等。

杨小滨·法镭（1963— ），原名杨小滨，上海人，耶鲁大学文学博士。曾供职于上海社会科学院、美国密西西比大学、台湾“中央研究院”、台湾政治大学。曾任尤利西斯国际报告文学奖评委，台湾《现代诗》《现在诗》（《无情诗》）特约主编，《倾向》文学人文季刊特约策划，中国教育电视台《艺术争鸣》栏目主持人、策划，出版《历史与修辞》《无调性文化瞬间》等多部论著。

寒烟（1969— ），山东邹平人。20 世纪 80 年代末开始习诗。曾在《诗刊》《星星》《上海文学》《世界文学》《当代世界文学》（美国·英文）等知名刊物上发表诗歌及随笔，多次入选国内各种诗歌选本。著有诗集《截面与回声》《月亮向西》等。曾获首届海子诗歌奖、第二届齐鲁文学奖、第二届宇龙诗歌奖、首届《扬子江》诗学奖、《诗选刊》年度最佳诗歌奖等多种诗歌奖项。

蓝蓝（1967— ），原名胡兰兰，生于山东烟台，后随父母到河南，在山东和河南的农村度过童年。1988 年大学毕业，1992 年参加《诗刊》社第十届青春诗会，2003 年应邀参加法国巴黎国际诗歌节。著有诗集《含笑终生》《情歌》《内心生活》《睡梦睡梦》《诗篇》《蓝蓝诗选》《从这里，到这里》《唱吧，悲伤》、散文集《人间情书》《滴水的书卷》《飘散的书页》《夜有一张脸》、童话集《蓝蓝的童话》、长篇童话《梦想城》等。

丁丽英（1966— ），笔名杰丁，上海人。1989 年毕业于上海财经大学会计系。1989—1997 年在上海城建机械厂财务科任会计，1998 年辞职成为自由撰稿人，2001 年为上海作协签约作家，2002 年参加鲁迅文学院高级研讨班学习。1986 年开始发表作品。2003 年加入中国作家协会。著有长篇小说《时钟里的女人》、中篇小说集《孔雀羽的鱼漂》、译著《伊丽莎白·毕肖普诗选》，共发表诗歌 1000 多行、小说散文 100 多万字。部分作品入选各种选本。

鲁西西（1966— ），原名鲁溪，湖北武汉人。十余年中学教师生涯后做过几年杂志编辑，现在某机构做文字翻译。80 年代中后期开始写作，主要作品有《野地里的百合花》《耶路撒冷》，出版诗集《纪念叶子》《再也不会消逝》《国度》《鲁西西诗歌选》等，曾获新世纪十佳青年女诗人、当代十大新锐诗人等诗歌荣誉。

树才（1965— ），浙江奉化人，诗人、法语翻译家。毕业于北京外国语学院法语系。1990 年至 1994 年在中国驻塞内加尔使馆任外交官。2000 年调入中国社会科学院外国文学研究所，任副研究员。出版诗集《单独者》，译著有《勒韦尔迪诗选》《夏尔诗选》《博纳富瓦诗选》等。2008 年获法国政府颁发的教育骑士勋章。

陈先发（1967— ），安徽桐城人。1989 年毕业于复旦大学。著有诗集《春天的死亡之书》、《前世》、《写碑之心》、《养鹤问题》（台湾版）、《裂隙与巨眼》、《九章》（获 2017 年鲁迅文学奖）等，随笔集《黑池坝笔记》，长篇小说《拉魂腔》。曾获鲁迅文学奖、华语文学传媒大奖、《十月》诗歌奖、《十月》文学奖、陈子昂诗歌奖、《安徽文学》奖、《扬子江》诗学奖等数十种。作品被译成英、法、俄、西班牙、希腊、意大利等文。

东荡子（1964—2013），原名吴波，湖南沅江人。中国作家协会会员，20 世纪 80 年代曾以东荡子为笔名发表大量诗歌作品。著有诗集《王冠》、《阿斯加》、《不爱之间》、《九地集》、《如此固执地爱着》（合著）等。

陈超（1958—2014），生于山西太原，诗人，理论家，曾任河北作家协会副主席，河北师范大学文学院教授，博士生导师。发表诗作300余首，出版诗集《热爱，是的》《陈超短诗选》等，主编《以梦为马——新生代诗卷》《最新先锋诗论选》《中国当代诗选》等。曾获中国作家协会第六届庄重文文学奖、《作家》年度诗歌奖、第三届鲁迅文学奖等。

朱朱（1969— ），江苏扬州人。1991年毕业于上海华东政法学院，1998年10月辞去公职。著有诗集《驶向另一颗星球》《枯草上的盐》《青烟》《五大道的冬天》、散文集《晕眩》《空城记》等。曾获《上海文学》2000年度诗歌奖、第一届刘丽安诗歌出版奖、第二届安高（AnneKao）诗歌大奖，长诗《鲁滨孙》获2002年《诗林》优秀作品奖。

梁秉钧（1949—2013），笔名也斯，广东新会人，香港著名诗人、小说家、散文家、学者。20世纪60年代初开始文学创作，用本名发表诗歌，用笔名发表小说和评论。著有散文集《神话午餐》《山水人物》、诗集《雷声与蝉鸣》《游离的诗》《博物馆》《衣想》、小说集《岛与大陆》《剪纸》《记忆的城市·虚构的城市》、摄影集《也斯的香港》等。多次获得香港中文文学双年奖，被誉为“香港文学形塑人”。

古马（1966— ），甘肃凉州人。曾在《诗刊》《人民文学》《星星诗刊》等刊物发表了大量的诗作。著有诗集《胭脂牛角》《脱帽看诗》等。作品入选《二十世纪九十年代诗选》《中国·星星四十年诗选》《99中国年度最佳诗歌》《2000中国年度最佳诗歌》《2000中国诗歌精选》等国内几十种诗歌选本。作为诗刊

“每月诗星”栏目的第一位诗人2000年1月被重点推荐介绍，曾获第四届甘肃省优秀文学作品奖等文学奖。

朵渔（1973— ），原名高照亮，山东人。1994年毕业于北京师范大学中文系，现居天津。曾获华语文学传媒大奖·年度诗人奖、柔刚诗歌奖、屈原诗歌奖、海子诗歌奖、天问诗人奖、单向街书店文学奖、《诗刊》《诗选刊》《星星》等刊物的年度诗人奖等。著有《史间道》《追蝴蝶》《最后的黑暗》《意义把我们弄烦了》《原乡的诗神》《生活在细节中》《我的呼愁》《我悲哀地望着我们这一代人》等诗集、评论集和文史随笔集多部。

伊沙（1966— ），原名吴文健，生于四川成都。当代著名诗人、作家、翻译家。1989年毕业于北京师范大学中文系。现任教于西安外国语大学中国语言文学学院。代表作品有《车过黄河》《结结巴巴》《饿死诗人》等。出版诗集《饿死诗人》《野种之歌》等。

娜夜（1964— ），祖籍辽宁兴城，满族，成长于西北地区，毕业于南京大学中文系。曾长期从事新闻媒体工作，现为甘肃省文学院专业作家。20世纪80年代中期开始诗歌写作。曾获《人民文学》奖、天问诗人奖、“新世纪十佳青年女诗人”称号等。2005年《娜夜诗选》获第三届鲁迅文学奖。出版诗集《回味爱情》《冰唇》《娜夜诗选》《娜夜的诗》《起风了》《睡前书》等。

沈苇（1965— ），浙江湖州人。毕业于浙江师范大学中文系。1988年进疆，曾任教师、记者，后为新疆作协专业作家，《西部》杂志总编，中国作协诗歌创作委员会委员。现执教于浙江传媒学院。著有诗集《沈苇诗选》《我的尘土 我的坦途》《在瞬间逗留》、散文随笔集《新疆词典》《植物传奇》《喀什噶尔》、评论集《柔巴依——塔楼上的晨光》等。

黄斌（1968— ），湖北赤壁人。诗作散见于《诗刊》《天涯》《诗歌月刊》等刊物及诗歌选本。出版诗集《黄斌诗选》和随笔集《老拍的言说》。1993 年获《诗神》全国诗歌大奖赛一等奖。2005 年与武汉一些诗友合作，编辑诗性文化读本《象形》。

韩博（1973— ），黑龙江牡丹江人，诗人、剧作者、媒体工作者。先后就读于复旦大学国际政治系与新闻学院，获法学学士与文学硕士学位。曾任复旦诗社社长，主编诗刊《语声》。并主持燕园剧社，编导多部舞台剧。先后就职于各出版社和杂志社。著有诗集《献给屠夫女儿的晚餐和一本黑皮书》《十年的变速器》《未成年人禁止入内》《结绳宴会》《借深心》等、散文集《塞尚夜总会》。曾获刘丽安诗歌奖、香港青年文学奖。

荣荣（1964— ），原名褚佩荣，浙江宁波人。毕业于浙师大化学系，先后做过教师、公务员，现为《文学港》杂志社主编、宁波市作家协会主席、浙江省作协副主席。出版过多部诗集及散文随笔集等。参加过《诗刊》社第 10 届青春诗会，曾获首届徐志摩诗歌节青年诗人奖、“新世纪十佳青年女诗人”称号、《人民文学》诗歌奖、2008 年《诗刊》年度优秀诗人奖、第五届华文青年诗人奖、2010—2011 年《诗歌月刊》年度实力诗人奖、鲁迅文学奖等。

路也（1969— ），本名路冬梅，济南人。毕业于山东大学中文系，曾为首都师范大学驻校诗人、美国 KHN 艺术中心入驻诗人，现执教于济南大学文学院。著有诗集《风生来就没有家》《心是一架风车》《我的子虚之镇乌有之乡》、中短篇小说集《我是你的芳邻》、长篇小说《鞠是有的》《别哭》等。曾获《诗刊》华文青年诗人奖、“新世纪十佳青年女诗人”称号、“茅台杯”人民文学奖优秀诗歌奖、《星星》年度诗人奖、《人民文学奖》等。

多多（1951— ），本名栗世征，生于北京。1969 年到河北白洋淀插队，1976 年回京，后到《农民日报》工作。1972 年开始写诗，被认为是“朦胧诗”代表性诗人。1989 年出国，旅居荷兰，2004 年回国后被聘为海南大学人文传播学院教授。其作品多次获国内奖项，2010 年获纽斯塔特国际文学奖。出版诗集《行礼：诗 38 首》《里程：多多诗选 1973—1988》《阿姆斯特丹的河流》《多多诗选》《多多四十年诗选》等。

叶辉（1964— ），江苏高淳人。著有诗集《在糖果店》《对应》，曾获得获第 19 届柔刚诗歌奖和第六届扬子江诗学奖。

王艾（1971— ），浙江黄岩人。诗人、小说家、自由艺术家。少年时代开始学习美术，后入住圆明园艺术家村，20 世纪 90 年代中后期积极参与汉语诗歌各类活动及写作。曾编辑民刊《诗艺》《标准》等，出版小说《摄氏五十度》《四脚朝天》等，著有诗集《梦的概括》《轻柔的言语》。其小说与诗歌作品被翻译成德、英、日、意等文。曾获首届刘丽安诗歌奖。

大解（1957— ），原名解文阁，河北青龙人。当代诗人、作家。毕业于清华大学水利工程系，1988 年调到河北省文联《诗神》月刊，任编辑、副主编。现主要从事诗歌创作，兼及小说、随笔、寓言等。出版诗集《岁月》《个人史》《干草车》《山的外面是群山》、长诗《悲歌》、小说集《长歌》和寓言集《傻子寓言》等。作品曾获首届苏曼殊诗歌奖、首届中国屈原诗歌奖金奖、鲁迅文学奖等多种奖项。

阿信（1964— ），甘肃临洮人，长期在甘南工作、生活。著有《阿信的诗》《草地诗篇》《那些年，在桑多河边》等多部诗集。曾获徐志摩诗歌奖、西部文学奖、中国“十大好诗”、昌耀诗歌奖等奖项。

盛兴（1978— ），山东莱芜人。“下半身”写作诗人代表之一，诗歌入选多种诗歌选本。代表作有《安眠药》《一个罪犯在逃跑》。出版诗集《安眠药》《我还没有》。曾参加哥本哈根“中丹国际诗歌节”、第五届《人民文学》新浪潮诗会、第34届青春诗会，获极光文艺年度诗人奖。因其在先锋向度上构成了美学突破和文体意义的创新，被评为“磨铁诗歌奖·2018年度中国十佳诗人”。

蔡天新（1963— ），浙江人，诗人、随笔和游记作家。现为浙江大学数学系教授、博士生导师。15岁考入山东大学，24岁获博士学位，31岁任教授。读研期间开始写作，有诗集《彼岸》《梦想活在世上》《漫游》《美好的午餐》、随笔集《在耳朵的悬崖上》《难以企及的人物》等。

谯达摩（1966— ），又名谯达慕，贵州沿河人。中国“第三条道路写作”诗派创始人。先后就读于复旦大学、首都师范大学、北京大学，获教育硕士学位。曾任《世界文坛》《第三条道路》主编。出版诗集《橄榄石》《摩崖石刻》等。

灰娃（1927— ），原名理召，陕西临潼人。1955年入学北京大学俄文系，并旁听中文系及西文系部分课程，并于1961年被分配至北京编辑社做文字翻译。代表作品有诗集《山鬼故家》。

陆忆敏（1962— ），生于上海，中国“第三代”诗群代表诗人之一。毕业于上海师范大学中文系。代表作品有《沙堡》《风雨欲来》《美国妇女杂志》《年终》《避暑山庄的红色建筑》等，作品收入《后朦胧诗全集》《灯心绒幸福的舞蹈——后朦胧诗选萃》《中国当代实验诗选》等诗选。出版诗集《出梅入夏》，获得2016花地文学榜年度诗歌奖提名奖。

森子（1962— ），黑龙江呼兰人。毕业于河南周口师院美术系，2010年主编出版《阵地诗丛》10种。出版诗集《采花盗》

《闪电须知》《平顶山》《面对群山而朗诵》《森子诗选》、散文集《若即若离》《戴面具的杯子》等。曾获刘丽安诗歌奖、诗东西PEW2013年度诗歌奖。亲历了三十年来中国当代诗歌的发展与演变，是当代具有先锋意识和反思先锋性诗歌写作的主要实践者之一。

贺中（1963— ），又名克列·萨尔丁诺夫、贺忠、河中等，甘肃肃南人。诗人、作家，毕业于北京第二外国语学院，现任《西藏旅游》杂志主编。著有诗集《群山之中》《西藏之书》《说说你，说说我》等。与庄严合编了《西藏旅游探险手册》，与人合编、合著、合拍若干有关西藏的摄影画册、图书及电视片。

桑克（1967— ），黑龙江密山人，诗生活网和《剃须刀》杂志创办人之一，《南方周末》《东方早报》专栏作家。1989年毕业于北京师范大学中文系，1992年到《黑龙江日报》从事新闻工作至今。著有诗集《桑克诗选》《桑克诗歌》《转台游戏》《冬天的早班飞机》《拉砂路》《拖拉机帝国》《冷门》、译诗集《菲利普·拉金诗选》《学术涂鸦》《第一册沃罗涅什笔记》《谢谢你，雾》等。

殷龙龙（1962— ），北京人。1981年开始写诗，1984年开始发表诗歌作品，曾经参加圆明园诗社。1997年加入北京作家协会，1999年参加《诗刊》社的青春诗会。出版诗集《旧鼓楼大街》《单门我含着蜜》《汉语虫洞》《我无法为你读诗》等。曾获御鼎诗歌奖、《诗探索》年度诗人奖。

凌越（1972— ），原名凌胜强，安徽铜陵人，1993年毕业于华东政法学院。现居广州，曾任《书城》杂志编辑，现任教于广东警官学院。著有诗集《尘世之歌》、评论集《寂寞者的观察》、访谈集《与词的搏斗》。1996年获得刘丽安诗歌奖。

赵野（1964— ），四川人。毕业于四川大学外文系，1982年联合发起“第三代人”诗歌运动，1983年组织成都市大学生诗歌联合会，主编《第三代人》诗歌民刊，1985年参加四川省青年诗人协会，参与编辑《现代诗内部交流资料》，1989年与钟鸣等人创办《象罔》杂志。出版诗集《逝者如斯》《水银泻地的时候》，曾获《作家》杂志诗歌奖。

莱耳（1967— ），出生于湖北武汉，1997年定居深圳。2000年创办诗生活网，现任诗生活网总监。写有诗歌《云的猜想》《水与莲之晤》《夏季》《方向》等。

马铃薯兄弟（1962— ），本名于奎潮，江苏东海人。先后在华东师范大学、北京大学、南京大学学习或进修。20世纪80年代开始写作。现任江苏文艺出版社副总编辑。有自印交流诗集六种。部分作品被译介到海外。主编《中国网络诗典》《现场——网络上的中国先锋诗歌》等。

张执浩（1965— ），湖北荆门人。1988年毕业于华中师范大学历史系。2003年加入中国作家协会，现为武汉市文联专业作家、《汉诗》执行主编。曾在武汉音乐学院任教，著有长篇小说《试图与生活和解》《天堂施工队》《水穷处》、中短篇小说集《去动物园看人》、诗集《苦于赞美》《动物之心》《撞身取暖》《宽阔》《欢迎来到岩子河》、随笔集《时光练习簿》等。作品入选多种选集及中学教材。

小海（1965— ），本名涂海燕，江苏海安人。从1980年起在海内外报刊发表诗作千余首，诗作入选过百多种选集并被译成多国文字。系“第三代”诗人及“他们”诗派代表诗人之一，主编有《〈他们〉十年诗歌选》（和杨克合作），著有诗集《必须弯腰拔草到午后》《村庄与田园》《北凌河》和随笔集《旧梦录》等。

郑敏（1920— ），福建闽侯人。1943 年毕业于西南联大哲学系，1952 年在美国布朗大学研究院获英国文学硕士学位，曾在中国社会科学院文学研究所工作，1960 年后在北京师范大学外语系讲授英美文学。出版诗集《诗集 1942—1947》《寻觅集》《心象》《早晨，我在雨里采花》和《郑敏诗选 1979—1999》，另有诗学专著《诗与哲学是近邻》等。

宇向（1970— ），山东济南人。“70 后”重要诗人，自幼喜爱绘画、写作。出版《宇向诗选》《低调》《我几乎看到滚滚尘埃》《向他们涌来》《口袋里的诗》《其他的事情》等。作品被译成英、法、德等文。曾获柔刚诗歌奖、《人民文学》新世纪散文奖、宇龙诗歌奖、文化中国·年度诗歌大奖、刘丽安诗歌奖、奔腾诗歌奖、第 14 届华语文学传媒大奖年度诗人等荣誉。

哑石（1966— ），生于四川广安。毕业于北京大学数学系，现任职于西南财经大学。代表诗作有《四重奏》《童年的反光》《青城诗章》《月相》《假动作》等。曾获首届华文青年诗歌奖、成都二十年诗歌奖（1980—2000）、2001 年度最佳诗歌奖。

沈浩波（1976— ），江苏泰兴人。为世纪初席卷诗坛的“下半身诗歌运动”的重要发起者。出版诗集《心藏大恶》《文楼村记事》《蝴蝶》《命令我沉默》。曾获第 11 届华语文学传媒大奖、《人民文学》诗歌奖、《十月》诗歌奖、中国首届桂冠诗集奖、首届“新世纪诗典”金诗奖、第三届长安诗歌节·现代诗成就大奖等。同时，作为北京磨铁图书有限公司创始人，是国内最著名的出版人之一。

翟永明（1955— ），四川成都人。毕业于四川成都电讯工程学院，曾供职某物理研究所。1974 年高中毕业下乡插队。1981 年开始发表诗作。与欧阳江河、柏桦、孙文波和张枣并称为“巴蜀五君子”，被称为中国当代最优秀的女诗人。1984 年其组诗《女人》以独特奇诡的语言与惊世骇俗的女性立场震撼文坛。代表作品有《女人》《静安庄》《人生在世》《脸谱生活》等。出版诗集《在一切玫瑰之上》《黑夜中的素歌》《终于使我周转不灵》等。

江一郎（1962—2018），浙江台州人。生前系中国作家协会会员、浙江省作家协会诗歌创作委员会副主任。1980 年开始写诗，次年公开发表诗作，已先后在《诗刊》《人民日报》《人民文学》等国内外报刊发表了大量诗歌，其中有不少诗被 80 余种选本选录。著有诗集《风中的灯笼》、《白银书》（合集）等。曾获首届华文青年诗人奖、人民文学杂志社诗赛一等奖、浙江省优秀文学作品奖等。

轩辕轼轲（1971—　），山东临沂人。2000 年参与“下半身》诗歌运动”，曾在《人民文学》《大家》《芙蓉》《天涯》等刊发诗及小说，现在临沂市工商局批发城分局工作。著有诗集《在人间观雨》《广陵散》《藏起一个大海》《挑滑车》等，曾获 2012 年度（第 10 届）“茅台杯”人民文学奖诗歌奖，曾获评“磨铁诗歌奖·2017 年度中国十佳诗人”。

李红旗（1976—　），山东邹平人。导演、编剧、作家、诗人，1995 年毕业于山东滨州教育学院美术系，1999 年结业于中央美术学院油画系。1999 年开始发表诗歌及中短篇小说，主要作品有长篇小说《幸运儿》《我感到浑身有使不完的劲》、诗集《临床经验》等。2005 年拍摄剧情长片处女作《好多大米》，获 58 届洛迦诺国际电影节亚洲电影促进联盟奖。

尹丽川（1973—　），重庆人。作家、导演、编剧，毕业于北京大学西方语言文学系，后深造于法国 ESEC 电影学校。发表和出版小说《贱人》《宫崎骏的感官世界》、诗歌小说集《再舒服一些》等。著有诗集《大门》，执导影片《公园》入围第 26 届中国电影金鸡奖最佳导演处女作，执导爱情电影《牛郎织女》入围第 61 届戛纳电影节“导演双周”单元。

巫昂（1974— ），原名陈宇红，福建漳浦人。1996 年毕业于上海复旦大学中文系，后在中国社会科学院文学研究所攻读现当代文学并获得硕士学位。曾为《三联生活周刊》记者，后辞职成为自由作家。在《南方周末》《新周刊》《南方都市报》等媒体开设专栏，并持续创作诗歌与小说。2007 年，以《犹太人》等一系列诗歌作品，赢得了广泛关注。著有诗集《什么把我弄醒》《干脆，我来说》《通往阳光密布的所在》等。

赵丽华（1964— ），女，河北霸州人。中国作家协会会员，国家一级作家。曾任《诗选刊》编辑部主任，主编《中国诗选》等。曾担任鲁迅文学奖、柔刚诗歌奖、全国“爱情诗”大奖赛及全国“探索诗”大奖赛评委等。先后在《南方周末》《中国民航》《晶报》《都市女报》等多家报刊开辟随笔专栏。出版诗集《赵丽华诗选》《我将侧身走过》《她们仨》等。

黄金明（1974— ），广东化州人。1998 年毕业于广东教育学院中文系，并执教于广州某院校，2000 年 1 月到《南方农村报》工作。有多篇诗歌、散文、小说发表于《人民文学》《北京文学》《花城》《山花》《诗刊》《星星诗刊》等 100 多家杂志。著有诗集《大路朝天》《老虎，老虎——黄金明十年诗精选》等。

代薇（1964— ），原名戴薇，浙江人。生于成都，长在重庆，现居南京。当代女诗人、专栏作家、新闻记者、中国作家协会会员、南京市作家协会理事、南京市青联委员。现供职于南京某报社。著有诗、散文合集《江海潮》，诗集《代薇诗季，诗合集《诗歌卷》等。

周瓒（1968— ），本名周亚琴，生于江苏。1989 年考入扬州师范学院中文系，1999 年毕业于北京大学中文系，获文学博士学位。现为中国社会科学院文学研究所研究员、研究生导师。出版的主要作品包括诗集《松开》《写在薛涛笺上》《反肖像》和《哪吒的另一重生活》，诗歌论著《透过诗歌写作的潜望镜》《挣脱沉默之后》，译诗集《吃火》（玛格丽特 · 阿特伍德诗选）和《葬礼上的啦啦队长》（尼娜 · 卡香诗选）等。

柏桦（1956— ），重庆人，中国“第三代诗歌”的杰出代表诗人，与欧阳江河、张枣、孙文波和翟永明并称为“巴蜀五君子”。1982 年毕业于广州外国语学院英语系，后任职于西南农业大学、四川外语学院、南京农业大学、西南交通大学艺术与传播学院。著有诗集《表达》《望气的人》《往事》、诗论集《地下的光脉》、回忆录《左边——毛泽东时代的抒情诗人》等。

于坚（1954— ），云南昆明人，“他们”诗派代表人物之一。1983 年与同学发起银杏文学社，并出版《银杏》。1985 年与韩东、丁当等人合办文学刊物《他们》，1986 年发表成名作《尚义街六号》。著有诗集《诗六十首》《宝地》《对一只乌鸦的命名》《棕皮手记》《云南这边》《于坚的诗》等，其中 1994 年的长诗《0 档案》被誉为“当代汉语诗歌的一座里程碑”。出版散文集《棕皮手记》《人间笔记》《棕皮手记 · 活页夹》《丽江后面》《老昆明》等。

余笑忠（1965— ），湖北蕲春人，现居武汉，当代著名青年诗人、电台主持人。毕业于北京广播学院文艺编辑系。曾任职于湖北人民广播电台，从事文学编辑、主持。现供职于湖北广播电视台音乐广播部。曾获第二届中国年度诗歌奖、第三届《扬子江》诗学奖 · 诗歌奖”、第 12 届《十月》文学奖 · 诗歌奖”等。代表诗作有《十年》《俯首》《光明颂》等。

南人（1972— ），原名于希，江苏泰州人。毕业于北京师范大学中文系。曾在《凤凰诗刊》发表作品，2000 年创办诗江湖网站。作品入选《中国先锋诗歌档案》《新世纪诗典》《当代诗经》《中国新诗年鉴》《中国诗典》等，出版诗集《黑白真相》《最后一炮》《致 L》，优秀代表作有《脐带》《各路神仙》《后半夜》《暗物质》等。曾获评“磨铁诗歌奖 · 2017 年度中国十佳诗人”。

姚风（1958— ），原名姚京明，生于北京，后移居澳门。现任教于澳门大学葡文系。著有中葡文诗集《写在风的翅膀上》《一条地平线，两种风景》《瞬间的旅行》《黑夜与我一起躺下》《远方之歌》《当鱼闭上眼睛》，译著有《葡萄牙现代诗选》《澳门中葡诗歌选》《安德拉德诗选》《中国当代十诗人作品选》等十多部。曾获第 14 届“柔刚诗歌奖”和葡萄牙总统颁授的圣地亚哥宝剑勋章。

李亚伟（1963— ），生于重庆酉阳，第三代诗歌的发起者和代表人物之一。1983 年创作《中文系》，在诗界较有影响。1984 年与他人共同创立“莽汉”诗歌流派。著有《中文系》《少年与光头》《异乡的女子》《风中的美人》《酒中的窗户》《秋天的红颜》等。

严力（1954— ），祖籍浙江宁海，生于北京。旅美画家、纽约一行诗社社长、“今天派”主要成员、“朦胧诗”的中坚力量。1973 年开始诗歌创作。1979 年成为民间艺术团体“星星画会”的成员，参加两届“星星画展”。1985 年夏留学美国纽约。1987 年在纽约创办“一行”诗歌艺术团体，并出版诗刊《一行》。代表作品有《与纽约共枕》《黄昏制造者》《历史的扑克牌》等。出版诗集《酒故事》《严力诗选》《黄昏制造者》等。

黄礼孩（1970—　），广东徐闻人。《诗歌与人》主编、广东省作家协会诗歌创作委员会主任、广州市作家协会副主席、《中西诗歌》杂志主编、广州城市形象国际传播大使，此外，还担任广东外语外贸大学创意写作专业导师。出版诗集《我对命运所知甚少》《一个人的好天气》等。诗歌作品被译成多种外文介绍到国外。曾获2014年凤凰卫视“美动华人·年度艺术家奖”、广东鲁迅文学艺术奖、刘禹锡诗歌奖、中国赤子诗人奖等重要诗歌奖项。

刘春（1974—　），曾用笔名西岩，广西荔浦人。著名诗人、评论家、“70后”代表性诗人。1990年起在《人民文学》《诗刊》《天涯》《星星》等刊物发表大量诗歌和随笔作品，2000年独立创办“扬子鳄”诗歌论坛。著有诗集《忧伤的月亮》《运草车穿过城市》《广西当代作家丛书·刘春卷》《幸福像花儿开放》和诗学专著《朦胧诗以后》《一个人的诗歌史》等。

凸凹（1962—　），本名魏平，祖籍湖北孝感，生于四川都江堰。先锋诗人、实力作家。先后当过工厂设计员、编辑记者、文化馆文学辅导干部、政府职员等。1986年与人创建端午文学社。出版诗集《大师出没的地方》《镜》《苞谷酒嗝打起来》《桃花的隐约部分》《大河》《手艺坊》等。2006年开始“凸凹体”写作并在诗界形成新的影响。

沈娟蕾（1975—　），曾用笔名沈木槿、沈凤起，浙江桐乡人。现为作家、摄影师、诗人。师范学校毕业后成为小学教师，后就读于南京大学作家班。参加第17届青春诗会。已于《诗刊》《人民文学》《诗歌月刊》等刊物发表大量诗作。有诗文集《在维度的温差里》、诗集《冬天的品质》等。

万夏（1962—　），四川南充人，1984年与李亚伟、胡玉、胡冬、马松等共创“莽汉”主义诗歌流派。毕业于南充师范学院中文系。1990年代初主编并出版《20世纪诗歌编年史——后朦胧诗全集》。1993年起开始进入文化产业，现为北京紫图图书有限公司董事长。主要作品有《丧——万夏作品集小说卷》《本质——万夏作品集诗歌卷》。

余怒（1966— ），安徽安庆人。1985年开始诗歌创作。1987年在《湖南文学》发表诗歌处女作《标本》。1992年作短诗《守夜人》，取笔名为余怒。1997年6月，获台湾民间第一届双子星新诗奖。著有诗集《守夜人》《余怒诗选集》《余怒短诗选》《枝叶》《余怒 吴橘诗合集》《现象研究》《饥饿之年》《个人史》《主与客》《蜗牛》和长篇小说《恍惚公园》。

阿毛（1967— ），湖北人。中国作家协会会员。2004年参加过第20届青春诗会，曾任《芳草》文学杂志副主编。已出版诗集《为水所伤》《至上的星星》《我的时光俪歌》《变奏》《阿毛诗选》和散文集《影像的火车》，其中《当哥哥有了外遇》在诗坛获得很大反响。诗歌入选两百多种文集、年鉴及读本。曾获年度诗歌奖、华文青年诗人奖、最佳爱情诗奖、中国年度先锋诗歌奖、屈原文艺奖等。有诗歌被翻译成多种文字。

汤养宗（1959— ），福建霞浦人，中国作家协会会员。曾于东海舰队服役，从事过剧团编剧、电视台记者等职业。写有长诗《一场对称的雪》《危险的家》《九绝或者哀歌》《寄往天堂的11封家书》《举人》等。出版诗集《水上吉普赛》《黑得无比的白》《尤物》《寄往天堂的11封家书》《去人间》《制秤者说》《一个人大摆宴席：汤养宗集1984~2015》等多种。

卢卫平（1965— ），湖北红安人。1985年始发表作品，1995年加入湖北作协，同年转入广东作协。2001年加入中国作协。2005年被评为二级作家，系广东省诗歌创作委员会委员，《中西诗歌》编委。作品入选多种诗歌选本。已出版诗集《异乡的老鼠》、《九人诗选》（合集）、《向下生长的枝条》等多部。

王小妮（1955— ），生于吉林长春，满族人，中国作家协会会员。1982 年毕业于吉林大学中文系，与徐敬亚、吕贵品一起被称为“吉林大学三大诗人”。现为海南大学人文传播学院教授。2000 年秋参加在东京举行的“世界诗人节”。2001 年受德国幽堡基金会邀请赴德讲学。2003 年获得由中国诗歌界最具有影响力的核心期刊《星星诗刊》《诗选刊》《诗歌月刊》联合颁发的中国 2002 年度诗歌奖。曾获美国安高诗歌奖。代表作品有《我感到了阳光》《风在响》等。

秦巴子（1960— ），陕西西安人，曾任中学教师、杂志编辑。1985 年开始发表文学作品。曾参加《诗刊》社第 11 届青春诗会（1993）。迄今已在海内外报刊发表诗歌、小说、散文随笔、评论等数百万字。出版诗集《立体交叉》《理智之年》《纪念》、散文随笔集《时尚杂志》等。

马莉（1956— ），广东湛江人。毕业于中山大学中文系。当代诗人、画家、散文家，中国书画院艺术委员，中国作家协会会员。《南方周末》原高级编辑。1978 年开始发表诗歌作品。著有诗集《金色十四行》《白手帕》《杯子与手》。2003 年获中国作协主办的第二届中国女性文学奖，2007 年获首届中国新经典诗歌奖。

马雁（1979—2010），四川成都人。1997—2001 年就读于北京大学中国语言文学系古典文献专业，系突围诗社、幸福剧团成员。曾主持未名诗歌节（1999、2000、2001 年），参展当代艺术广州三年展（2008 年）。有自印诗集《习作选》《迷人之食》，曾获刘丽安诗歌奖、珠江诗歌节青年诗人奖等奖项。2010 年 12 月 30 日在上海闵行区所住宾馆因病意外辞世。

周公度（1977— ），山东金乡人。诗人、作家、《佛学月刊》杂志主编。曾供职于《新编隋唐五代文》编委会，主编《诗选刊》杂志多年，著有诗集《夏日杂志》、诗论《银杏种植——中国新诗二十四论》、儿童诗集《梦之国》、随笔集《机器猫史话》、戏剧《忆少女》、小说集《从八岁来》等。

徐南鹏（1970— ），福建德化人。青年作家、诗人。曾在《人民文学》《诗刊》等发表作品，作品被选入《2001年中国年度最佳诗选》等多种年选。著有诗集《城市桃花》《大地明亮》《星无界》《我看见》和文集《沧桑正道》《大风吹过山巅》等。曾参加《诗刊》社第20届青春诗会。获《诗歌月刊》年度诗歌奖、施学慨文学奖等奖项。诗歌被译为英、德、韩、日等文。

张作梗（1966— ），本名张海清，偶用笔名庞贝，祖籍湖北京山。系湖北省作家协会会员。1984年开始文学创作，主要以诗歌为主，在《诗刊》《星星》《长江文艺》《扬子江》等报刊发表大量作品，已出版诗集两部，诗歌代表作《哑巴》。诗作入选《中国年度最佳诗歌》《中国诗歌精选》《中国诗歌年选》等多种选本。

江非（1974— ），本名王学涛，山东临沂人。中国作协会员、中国诗歌学会理事、“70后”代表诗人之一。曾参加青春诗会、全国青创会，著有诗集《白云铭》《傍晚的三种事物》《独角戏》《纪念册》《一只蚂蚁上路了》等。曾获华文青年诗人奖、屈原诗歌奖、徐志摩诗歌奖、海子诗歌奖、《诗刊》年度青年诗人奖、两岸桂冠诗人奖、《北京文学》奖、海南文学双年奖等重要诗歌奖项。

梁平（1955— ），生于重庆。先后毕业于重庆师专中文系、西南政法大学法律系民商法研究生班。现为现为中国作协全委会委员、中国作协诗歌委员会委员，四川省作家协会副主席，国家一级作家，享受国务院政府特殊津贴专家。曾任《星星》诗刊主编，现任《草堂》主编。出版诗集《拒绝温柔》《梁平诗选》《重庆书》《琥珀色的波兰》《三十年河东》《家谱》《汶川故事》《时间笔记》等8部，著有长篇小说《朝天门》等。

唐欣（1962— ），陕西人。现在北京石油化工学院任教。著有诗集《在雨中奔跑》《晚点的列车》《雨天和蛇》《母亲和雪》等。编著《有个地方你从未去过——中外名诗101首选读》《秋日与迷途——现代文学读本》。另有著作《从文化到文本》《当代西部文化研究》《纸上的敦煌》《幻象与真实》《说话的诗歌》等。曾获磨铁读诗会·2016年度中国十佳诗人奖、第二届韩国亚洲诗人奖、第七届NPC李白诗歌奖成就奖等。

独孤九（1971— ），本名马利，生于天津。1990年代开始写诗，2000年开始进入网络诗歌论坛。作品入选多种诗歌刊物，著有诗集《寻找》等。

杨佳娴（1978— ），中国台湾人。台湾大学中文所博士。任教于台湾清华大学、台湾大学。作品曾发表在《幼狮文艺》《明道文艺》《创世纪》等刊物。著有诗集《屏息的文明》《你的声音充满时间》《少女维特》。曾获宝岛文学奖、台湾文学奖、政大道南文学奖、台北文学奖、青年文艺营创作奖、梁实秋文学奖和大专学生文学奖等。

简单（1972— ），原名余宏昌，河南宝丰人。中国作家协会会员。主要从事诗歌、小说、散文及剧本创作，编有《外省》诗刊，著有《小麻雀之歌》《胡美丽的故事》《午夜之暗》《新通桥之恋》《落凫记》等书，曾获《莽原》杂志文学奖。

阿斐（1980— ），原名李辉斐，江西都昌人。1999年第一次发表诗歌，2000年在《下半身》发表作品，为“下半身”诗群最年轻的成员，有“80后诗歌第一人”之称。诗作散见于《中国新诗年鉴》等选本以及《作品》《诗刊》《诗选刊》《天涯》等刊物，诗歌代表作有《经过幼儿园》《以垃圾的名义》《众口铄金》等。曾执行主编《2004—2005中国新诗年鉴》，于2006年举办首次个人专场朗诵会。

李轻松（1964— ），辽宁凌海人，毕业于中央戏剧学院戏剧文学系。1981年开始发表作品。2008年加入中国作家协会。2004年在《南方周末》开辟个人专栏。曾参加第18届青春诗会，荣获第五届华文青年诗人奖、《诗刊》社年度优秀诗人奖、《诗选刊》年度最佳诗歌奖等。已出版诗集《垂落之姿》《李轻松诗歌》《无限河山》等。

朱零（1969— ），浙江台州人。诗人、随笔作家。曾任《人民文学》杂志诗歌编辑，现任《中国校园文学》主编。著有诗集《回云南记》、诗论集《朱零编诗》、随笔集《风马牛》等，并主编《人民文学》“新浪潮”丛书等。

苏历铭（1963— ），祖籍云南，生于黑龙江佳木斯，中国作家协会会员。毕业于吉林大学经济系，先后在日本筑波大学、富山大学留学，主修国民经济管理和宏观经济分析。自1983年起，在海内外杂志上发表诗文，曾获中国华文青年诗人奖。著有个人诗集《田野之死》《有鸟飞过》《悲悯》《开阔地》和随笔集《诗的记忆》。与人合作出版诗集《白沙岛》《北方没有上帝》《东北1963》。

谭克修（1971— ），湖南隆回人。毕业于西安建筑科技大学，曾在长沙市规划设计院工作，现为湖南省作家协会诗歌委员会副主任。以组诗《海南六日游》《某县城规划》《还乡日记》等为代表诗作，著有诗集《三重奏》。参加过《诗刊》社第19届青春诗会，获得《诗歌月刊》和《星星》诗刊两家主办的“2003中国年度诗歌奖”。

余光中（1928—2017），祖籍福建永春。1952年毕业于台湾大学外文系，1959年获美国爱荷华大学艺术硕士。先后任教台湾东吴大学、台湾师范大学、台湾大学等。现已出版诗集21部、散文集11部、评论集5部、翻译集13部，共40余部。代表作有《白玉苦瓜》（诗集）、《记忆像铁轨一样长》（散文集）及《分水岭上：余光中评论文集》（评论集）等，其诗作如《乡愁》《乡愁四韵》等广泛收录于大陆及港台语文课本。

旋覆（1981— ），原名侯子英，生于河北。毕业于河北医科大学中医系，后基本在杂志社工作，也曾在一个诗歌工作室工作过。著有诗集《厌》，为橡皮诗丛《12星象集》十二诗人之一。

二十月（1976— ），原名吴淼，现工作生活于北京，著有诗集《双行星与小卷兽》《利维坦的客户》等。著名微信公众号“利维坦”（liweitan2014）的创办人。

徐俊国（1971— ），青岛平度人。中国作家协会会员，首都师范大学第八届驻校诗人，曾参加《诗刊》社第22届青春诗会。著有诗集《鹅塘村纪事》《燕子歇脚的地方》。曾获“茅台杯”全国十佳散文诗人奖、华文青年诗人奖、汉语诗歌双年十佳、中国诗剧场诗歌奖、中国·散文诗大奖、第一朗读者·最佳诗人奖、《西北军事文学》年度优秀作品奖等诸多奖项。

清平（1962— ），江苏苏州人，著名诗人。1983年考入北京大学中文系，1987年进入人民文学出版社工作。1996年获刘丽安诗歌奖。著有诗集《一类人》《我写我不写》等。代表诗作有《献给小昭的诗》《秋天的酒：寄蔡》等数十首。

君儿（1968— ），天津宝坻人。毕业于山东大学中文系。著有诗集《沉默于喧哗的世界》《大海与花园》《歌钟》《飞越太平洋的鸟》等，有诗歌作品被译作英、德、韩等文，作品入选英文诗歌集《中国当代诗歌后浪》。曾获《新世纪诗典》第五届“李白诗歌奖”金诗奖、韩国第二届亚洲诗人奖、第四届谷熟来禽桂冠诗歌奖、现代诗百优诗人，《新诗典》六零后十大诗人等诸多荣誉。

唐果（1970— ），四川达州人，1987 年随父母迁居云南德宏，现为某国企职员。2000 年开始诗歌写作，2001 年起在《诗刊》《诗选刊》等报刊发表作品。著有个人诗集《唐果在传说》《用最少的翅膀飞》《给你》、诗合集《我的三姐妹》等，曾获女子诗报 2006 年诗歌年度奖。

西川（1963— ），原名刘军，江苏徐州人，1985 年毕业于北京大学英文系，和海子、骆一禾被誉为“北大三诗人”。曾与友人创办民间诗歌刊物《倾向》（1988—1991）。曾执教于北京中央美术学院人文学院，现为北京师范大学文学院教授。出版诗集《虚构的家谱》《大意如此》《西川的诗》、诗文集《深浅》、散文集《水渍》《游荡与闲谈：一个中国人的印度之行》、随笔集《让蒙面人说话》等。部分作品已被译为英、法、荷、西、意、日等文。

贾薇（1966— ），云南盐津人，现就职于昆明某报社。1989 年起开始诗歌创作，其诗歌、小说和美术作品发表于《南方周末》《中国油画》《今日先锋》《人民文学》《青年作家》《天涯》《中国诗人》等。诗歌作品被选入国内外多种重要的诗歌选本。出版《镔铁：1979—2005 最有价值先锋艺术评论》。2010 年出版诗集《侧身的贾薇》。

苏浅，女，生于 1970 年代，辽宁人，现居大连。著有诗集《更深的蓝》、《写在水上》、《出发去乌里》、《我的三姐妹》（与唐果、李小洛合著）等。曾获《诗选刊》2004中国年度先锋诗歌奖。参加第22届青春诗会。

李小洛（1972—　），陕西安康人。中国作协会员，陕西省作协理事。2004年开始发表作品，首都师范大学2006年度驻校诗人。陕西文学院签约作家。安康市文联副主席，安康市作协副主席。著有诗集《偏爱》《偏与爱》《孤独书》《七天》、随笔集《两个字》、书画集《水墨系》《旁观者》等。曾获华文青年诗人奖、郭沫若诗歌奖、柳青文学奖等。

张联（1967—　），宁夏盐池人，中国作家协会会员。1990年开始发表。著有诗集《傍晚集》、随笔评论集《村间集》。诗作和访谈入编《大地访四诗人》《中间代诗全集》《中国当代诗库》和《中国诗典1978—2008》。曾获《独立》首届中国民间诗歌奖。

潘维（1964—　），浙江湖州人，现居杭州。担任浙江省知识界联谊会常务理事、浙江省作家协会专家组成员、浙江省作协文学院特约研究员、中国作协会员、三月三诗会组委会成员。著有诗集《潘维诗选》《水的事情》《诗五十首》《隋朝石棺内的女孩》等，获柔刚诗歌奖、天问诗人奖、《诗刊》年度诗人奖、两岸诗会桂冠诗人奖、闻一多诗歌奖等奖项。作品被译成英、法、日等文。

丁成（1981—　），江苏滨海人。活塞派代表诗人，2002年发起“80后诗歌运动”，同年主持出版《蓝星——80后文论卷》，在中国诗坛引起巨大反响。20世纪90年代中期开始写诗，后兼事批评理论。著有《我是那我是》《蟑螂的微笑》《四重奏》《黑太阳》等近百部长诗及一万多首短诗，思想笔记《驯兽师日记》，长篇小说《人类园》，理论批评文集《异端的伦理》，主编《80后诗歌档案》。

冯晏（1960—　），黑龙江哈尔滨人。著名诗人、作家、中国作家协会会员。出版诗集《冯晏抒情诗选》《原野的秘密》《看不见的真》《纷繁的秩序》《镜像》《吉米教育史》《边界线》等。参与策划出版和印制《九人诗选》、“剃须刀诗丛”、《诗歌手册》等。先后获《芳草》杂志汉语诗歌双年十佳诗人、《十月》诗歌奖、首届苏曼殊诗歌奖等，诗歌作品被翻译为英、日、俄、韩等文。

海男（1962— ），原名苏丽华，云南人。毕业于鲁迅文学院研究生班，20 世纪 80 年代开始文学创作，在诗歌、散文、小说领域多有建树，已出版作品 30 多部，共计 500 万字。曾为云南人民出版社《大家》杂志社编辑，现为云南师范大学文学院教授。主要作品有《我们都是泥做的》《裸露》《边疆灵魂书》等，引起文坛广泛关注。出版诗集《虚构的玫瑰》《是什么在背后》等。诗集《忧伤的黑麋鹿》2014 年获得第六届鲁迅文学奖。

龚学敏（1965— ），四川九寨沟人。1984 年毕业于四川省阿坝高等师范专科学校数学系，历任中学教员、警察、公务员、《阿坝日报》社总编辑、阿坝州作协主席等职务，现任四川省作家协会副主席,、《星星诗刊》主编。1987 年开始发表作品，2007 年加入中国作家协会。出版诗集《九寨蓝》《幻影》《雪山之上的雪》《紫禁城》等。长诗《长征》获第五届四川文学奖，并列入中国作协 2006 年度重点扶持篇目。

晴朗李寒（1970— ），原名李树冬，又名李寒，河北河间人。毕业于河北师范学院外语系俄语专业，曾有多年在俄罗斯担任翻译的经历。译著有《俄罗斯当代女诗人诗选》《三色李》，合译有《当代俄罗斯诗选》等。2009 年出版诗集《空寂·欢爱》。

邰筐（1971— ），山东临沂人。出版个人诗集《城》，诗合集《我们柒》、《三个刀伏手》（与江非、轩辕轼轲合著）等。作品被选入《新中国六十年文学大系》《中国改革开放三十年诗选》《中国诗典 1978－－2008》《新世纪五年诗选》《新世纪十年诗选》《70 后诗选》等 40 余种文本。曾获华文青年诗人奖、泰山文艺奖、汉语诗歌双年十佳奖等多种奖项。

朱庆和（1973— ），山东临沂人，现居南京。“70 后”重要诗人，江苏省作协签约作家，毕业于东南大学马克思主义哲学专业。曾与李樯、林苑中、轩辕轼轲、育邦等创办文学民刊《中间》，与韩东、于小韦、刘立杆、李樯等创办“他们”文学网。公开发表诗作 300 余首、中短篇小说 40 多万字，著有小说集《山羊的胡子》、诗合集《我们柒》，曾获第三届紫金山文学奖、首届雨花文学奖、第六届后天文艺奖。

李笠（1961— ），上海人。1988 年移居瑞典，在斯德哥尔摩大学专修瑞典文学。出版《水中的目光》《栖居地是你》《原》等 6 本瑞典文诗集，并荣获 2008 年《瑞典日报》文学奖和首届马丁松时钟王国奖等诗歌奖项。翻译《玫瑰与阴影》《冰雪的声音》《特朗斯特罗姆的诗歌全集》等北欧诗歌，此外将中国诗人作品《西川诗选》《麦城诗选》等翻译至国外，还出版过《西蒙和维拉》《诗摄影》等摄影集，有五部诗电影曾在瑞典电视台播出。

雷武铃（1968— ），湖南临武人。诗人、译者、文学批评家。北京大学外语学院文学博士，现为河北大学文学院教授。出版诗集《赞颂》、《蜃景》（合著），研究著作《自我·宿命与不朽：伊克巴尔研究》，翻译作品《区线与环线》（谢默斯·希尼诗集）、《踏脚石：希尼访谈录》。另有多篇零散诗歌、评论、翻译发表。

小引（1969— ），原名王朝晖，祖籍安徽，现居武汉。毕业于武汉水利电力大学。中学期间开始诗歌创作，著有诗集《我们都是木头人》。获榕树下 2000 年全国网络文学大奖赛诗歌组第一。

创办或者诗歌网。有作品散见于《星星》《诗歌月刊》《四川文学》《诗选刊》《诗前沿》《诗潮》《诗江湖》《扬子鳄》《破碎》《外省》《回归》等各类刊物。

王夫刚（1969— ），山东五莲县人。著有诗集《诗，或者歌》、《第二本诗集》、《粥中的愤怒》、《斯世同怀》、《孤岛上的地方主义》《7 印张》（合集）和随笔评论集《练习册上的钢笔字》《我在南郊》等。曾为首都师范大学2010—2011 年度驻校诗人，参加过《诗刊》社第 19 届青春诗会，获团中央、全国青联首届鲲鹏文学奖、山东省第二届齐鲁文学奖和诗刊社第四届华文青年诗人奖。

韩少君（1964— ），湖北荆门人。笔名了如先生、音寨，1985 年毕业于长江大学（原荆州师专）中文系。1984 年开始发表作品，2005 年加入中国作家协会。著有诗集《倾听》《你喜欢的沙文主义》《黄金日子》《另一粒阳光》等。曾获长江文艺奖。

唐不遇（1980— ），广东揭西人。诗人、《南都周刊》资深记者。2000 年起，开始在《诗刊》《诗林》《诗选刊》《天涯》《作品》《十月》《山花》《星星》等文学刊物发表诗歌。出版诗集《魔鬼的美德》、《刻在墙上的乌衣巷》（合集）。曾获柔刚诗歌奖、诗建设诗歌奖等多种诗歌奖项。

宇龙（1965—2002），本名杨根祖，祖籍湖北天门。中国人民解放军原广州军区空军武汉基地少校军官，曾任飞行员。代表作有诗歌《机场》、诗剧《黑天鹅的歌舞厅》等。2005 年 10 月，中国社会科学出版社出版了《宇龙诗选》。2006 年正式设立“宇龙诗歌奖”，作为一个民间诗歌奖项，它旨在推动中国当代诗歌的发展，奖励那些坚持严肃、独立的诗歌创作，取得了相当的诗歌成就，并具有创作发展前景的中青年优秀诗人。

老巢（1962— ），原名杨义巢，安徽巢湖人。“中间代”诗人，北京作家协会会员，中国诗歌学会会员，中国国际文学艺术家协会执行副理事长。出版诗集《风行大地》《老巢短诗选》《巢时代》《春天的梦简称春梦》等。作品入选《中间代诗全集》《新世纪5年诗选》《北大年选·诗歌卷》等选本。获全国年度优秀诗集奖、十佳诗人和诗歌贡献奖等奖项，被评为“新世纪安徽十大诗人”。

李森（1966— ），云南腾冲人。现任云南大学文学院院长、教授、博士生导师，著有诗集《李森诗选》等。在《花城》《作家》《人民文学》《读书》等国内外报刊上发表诗歌、散文和文艺理论文章300余篇，已出版《画布上的影子》《动物世说》《鸟天下》《荒诞而迷人的游戏》等著作5部，主编著作6套，参编著作4部。是“他们”诗派诗人之一。其寓言体散文语言幽默，思想深邃。

郑小琼（1980— ），四川南充人。2001年南下广东打工，有作品散见于《人民文学》《诗刊》《独立》《活塞》等，出版诗集《女工记》《郑小琼诗选》《纯种植物》《人行天桥》和散文集《夜晚的深度》等。作品曾获庄重文文学奖、人民文学奖等，入选广东省宣传文化人才专项资金等。有作品译成德、英、法、日、韩、西班牙、土耳其等文。

李少君（1967— ），湖南湘阴人。一级作家，中国作家协会会员，海南省文联专职副主席，海南高校文学社团联盟总顾问，曾任《天涯》杂志主编，现任《诗刊》主编。出版《南部观察》《岛》《蓝吧》《草根集》《诗歌读本：三十二首诗》《在自然的庙堂里》等诗集多部，主编《21世纪诗歌精选》《十年诗选：2000—2010》等十多种选集，部分作品被收入《大学语文》等多种选本，并被翻译成英文、瑞典文、韩文等。

王敖（1976— ），山东青岛人。北京大学中文系学士，华盛顿大学比较文学硕士，耶鲁大学博士，现任教于美国威斯里安大学东亚学院。出版诗集《朋克猫》《黄蜂怪》《孤独之心俱乐部》《绝句与传奇诗》，翻译文集《读诗的艺术》。曾获安高诗歌奖等。

哨兵（1970— ），湖北洪湖人。中国作家协会会员，鲁迅文学院第 15 届高研班学员。现居武汉。出版诗集《江湖志》《水立方》《清水堡》《蓑羽鹤》等。获《人民文学》新浪潮诗歌奖、第二届《芳草》文学杂志汉语诗歌双年十佳、《中国作家》郭沫若诗歌奖优秀奖、《长江文艺》年度诗歌奖等杂志奖项，有诗作被翻译成英文出版。

非亚（1965— ），广西梧州人，现居南宁。1983 年考入湖南大学建筑系，大学期间受朋友影响开始诗歌写作。1991 年与麦子、杨克创办诗歌民刊《自行车》并主办至今，曾获《诗探索》年度诗人奖、广西青年文学奖、广西文艺创作铜鼓奖等。作为建筑师，曾合作设计南宁国际会展中心。